永遠的青梅樹

The Enlightenment of the Greengage Tree

夏庫菲・阿札爾 Shokoofeh Azar——著

顏湘如——譯

我們不是最早自我毀滅的人；在這麼一座擁有各種幸福設備的城市裡。

——巴赫朗·貝札伊《荒蕪的顯現》

獻給所有我認識的人，無論生死。

目次

導讀 故事的迷宮

馮品佳（陽明交通大學外文系終身講座教授）

阿札爾（Shokoofeh Azar）的《永遠的青梅樹》（*The Enlightenment of the Greengage Tree*）其實是個巨大的創傷故事。而創傷的根源來自一九七九年伊朗的伊斯蘭革命，許多知識分子蒙受巨變，不但身心飽受壓迫，甚至失去生命。比較幸運的人則遠走他鄉，像阿札爾這樣在異鄉回憶、書寫創痛。

但是要怎樣讓讀者可以感受那些深刻之創痛呢？尤其是讀者極為可能不熟悉伊朗歷史，頂多曾經聽說過伊斯蘭革命或是何梅尼的基本教義派宗教政權。《在德黑蘭讀蘿莉塔》（*Reading Lolita in Tehran*）的作者納菲西（Azar Nafici）選擇使用紀實的方式，透過英文書寫描述她在伊朗大學任教的經驗。阿札爾則選擇了魔幻寫實的手法，使用波斯母語串連起伊斯蘭革命的現實衝擊與古老的波斯神話，透過黑色幽默的氛圍表達深藏於文字之下的傷痛。

阿札爾採取極為文學性的書寫策略，而且野心勃勃，不斷援引古今中外各種經典與文學作品，顯示敘事者家族的愛書惜書，也使得有如接龍的故事不斷分枝發散，集結了許多說故事人的喧嘩眾聲，整部小說成為集體說故事的場域，也有如一座故事堆疊起來的迷宮。

這座故事迷宮主要的敘事者是慘遭烈火焚身的芭霍兒。她在伊斯蘭革命初期因為德黑蘭的家宅受到暴民襲擊，與父親珍愛的樂器一起葬身火海，魂魄卻跟著家人北漂避難，彷彿從未離世。芭霍兒介乎陰陽界的存在，為她帶來全知的視角，不僅能夠道出家族成員數十年間的經歷與變化，也能藉著家人的遭遇引領出不同次要角色的諸多故事。

除了敘事功能，作者也透過芭霍兒想像與探索死亡的意義。簡言之，芭霍兒以及其他亡魂的存在，展示了一種獨特的生死觀。小說中包含各種不同的死亡形式：有的像芭霍兒那樣肉體死亡而靈魂長存於世；有的是與精靈交易，擁有神出鬼沒的不死之身，像是餓鬼圖蘭姑媽和她的兒女；也有無法死亡而漂泊於世者，也就是小說中一再出現、有如陰間使者的傳訊陌生人。而鬼魂會進食、成長、甚至變老，幾乎與活人無異，但又不是真正活著。芭霍兒在姊姊指控她的無所不在造成生者的困擾時，驚覺自己一直以來與家人相伴相隨的存在「純粹只是幻象」，人生中對她有意義的一切事物，皆於肉身灰飛煙滅之際畫上句點。這樣苦澀的領悟，凸顯的是以神之名、造成許多無辜生命枉死的宗教政權是何等邪惡。

正因為何梅尼所領導的政權荼毒生靈，阿札爾在小說中特別安排冤死亡靈對於這個宗教獨裁者進行華麗而恐怖的復仇，藉之發抒被迫去國離鄉的怨氣。在這個想像世界裡，左右世界政局、不可一世、將他人生命玩弄於股掌的何梅尼，會在冤魂的逼迫下建造永遠無法完成的鏡子迷宮，最後隻身死在其中，徒留屍臭。阿札爾更趁機批評何梅尼，讓他臨終時覺悟自己所謂的宗教聖戰不過是暴政；而聖人形象之下，他不過是自戀自大的小男孩。可嘆這樣的復仇也只能存在文學的空間中，在現實世界，小說的英文譯者甚至必須匿名以保護自身安全。

小說尾聲時芭霍兒一家幾乎滅絕，而且大多死於非命，只剩下遠走印度靈修的叔叔霍斯勞，斷絕了家族繁衍後代的可能，彷彿預示著在宗教治國之下伊朗知識分子黑暗的未來。或許霍斯勞提供了如何在這個不公不義的世界生存的方法：不讓自己捲入周遭的瘋狂，避免自己受到邪惡力量的污染。雖然這個「啟示」看似消極，然而這或許是在末法時代不得不然的自保之道。

小說以青梅樹開場，最終芭霍兒一家五口以亡者的形式團圓，消失在青梅樹之中，首尾呼應，也彰顯出青梅樹的象徵意義。這個原生於伊朗的樹種，代表未受宗教、戰爭、甚至科技污染的原初伊朗，保有神話般的能量與靈視。芭霍兒及家人與青梅樹合而為一，象徵著這個家族、乃至於作者自己終於回歸一心嚮往的伊朗原鄉，超脫有如迷宮的現實世界，未嘗不是圓滿的結局。

第一章

碧塔說，一九八八年八月十八日下午兩點三十五分正，媽媽在山丘樹林裡最高的一棵青梅樹上頓悟了。那座山丘腳下共有五十三間村屋，當時家家戶戶正熱鬧地刷洗鍋碗瓢盆，每天下午樹林總會被這番響動吵得睡意全消。而就在同一時刻，蒙著眼睛、雙手反綁的蘇赫拉布被吊死了。他被吊死前沒有受到審判，也不知道自己隔天一大早會和其他數百名政治犯，集體埋在德黑蘭南邊沙漠的一個長坑裡，沒有留下任何記號或標示，以免多年後有某個親戚前來，用小石頭敲著墓碑低聲誦念：「萬物非主，唯有真主。」[1]

1 在伊朗文化中，民眾經常拿小石子敲擊墓碑說：「萬物非主，唯有真主。」敲擊石頭是為了喚醒死者靈魂來聽生者吟誦這句話。

碧塔說媽媽從最高的青梅樹上下來，看也沒看正在用裙子裝酸青梅的她，就直接走向樹林，嘴裡說著：「這些事全都跟我想的不一樣。」碧塔要媽媽解釋，但是媽媽好像得了樹林熱症似的（我稱之為樹林憂鬱症），怔怔地踩著穩定步伐，眼神空洞地走進樹林，爬上最高的橡樹，坐在那最高枝頭上，在太陽、雨水、月光與霧中待了三天三夜，迷惑地注視著她生平第一次看到的生命。

媽媽歇棲在最高枝頭，觀看自己的人生，觀看親人（無論親疏）的複雜生活，觀看那棟位在五公頃樹林裡的五房大屋發生的事件——拉贊[2]、德黑蘭、伊朗，然後忽然間，視角上升至地球與宇宙發生的事件。就在此時，碧塔跑進屋裡宣告說，媽媽雖然仍對螢火蟲懷抱狂熱，現在也對高度有了狂熱！起初，我們誰也沒把她新著迷的事物當一回事，但眼看午夜往復，仍不見她的蹤影，我、爸爸、碧塔便先後提著燈籠去坐在樹下。我們燃起了火，在火上放一只鋅茶壺，好讓這片侏儸紀世代（最後僅剩）的希爾卡尼亞樹林瀰漫著我們的熏茶香氣，引誘媽媽下來。北方熏茶的香氣飄進媽媽鼻孔時，她正在穿越銀河，看著星辰與星球以不可思議的秩序旋轉繞行，每運轉一周就會裂開一個空間，科學家總是徒勞地在那個空間裡尋找神的形跡。棲息於星塵之上，從高處俯望著猶如一個小點的地球，她得到的結論仍和那一天下午兩點三十五分正相同：不值得，人生和她想的不同。人生即是她與其他人毫不吝惜糟蹋的東西：當下。源自當下的內在，蘊含著過去與未來，一如手上的掌紋、樹葉的紋理，或是她丈夫胡山眼裡的血絲。

次日清晨五點左右，爸爸、碧塔和我在濃濃的晨霧中醒來，看見狐狸捕食完拉贊的母雞、公雞後正要返回巢穴，並可以感覺到戴勝鳥的翅膀就近在咫尺。媽媽在星球與城市、村落、島嶼和部落間遊歷過後，又再次回到最高枝頭，剛好聽見成千上萬的麻雀鳴啼，並看到一隻刺蝟因為爸爸移動而蜷起身體滾下樹林山坡。我們全都在同一時間各就定位：我們圍在火邊，媽媽棲在高枝，蘇赫拉布和其他數百具屍體躺在坑裡。到頭來，行刑者畢竟承受不了壓力，無法依既定時間埋葬屍體。不過先被殺的人反而幸運。接下來的幾天當中，遭處決的人數增加太多，屍體高高堆在埃文監獄後院開始發臭，而自從監獄蓋好以後就未曾飽餐過的螞蟻、蒼蠅、烏鴉和貓，無不貪婪地對屍體又舔，又吸，又啄。少年政治犯幸運地獲得伊瑪目赦罪，條件是要對罪犯開最後一槍，結束他們的痛苦。於是數百名十三四歲的少年——他

2 拉贊（Razan），位於伊朗的一座城市。

們唯一犯的罪若非參與集會、閱讀被禁的小冊，就是在街頭發傳單——對著一張張面孔射出最後一槍，而其中有些面孔還用抽搐的瞳孔注視他們。

情勢一片混亂，令人作嘔的死亡惡臭充斥於牢獄中，使得行刑者不堪負荷，不時有人因此發瘋而直接送往軍方精神病院，幾個月後就無端失蹤或被殺。從一九八八年七月二十九日，開始處決第一批人民聖戰士與共產黨俘虜，直到同年九月中，在德黑蘭、卡拉吉與其他城市，有超過五千人被吊死或被槍決小隊射殺為止；期間只有三名省區部隊軍人不遵守開槍命令，而他們的身體也和其他受刑者一樣，成了三顆鉛彈的永恆寄生處。到了下一個月中旬，數十名負責將屍體運送到城外偏遠沙漠區的半掛式冷藏運輸車駕駛當中，有四人最後也進了精神病院。腐敗的屍臭味牢牢地黏在他們的鼻腔，無論走到何處，他們都覺得是自己身上發出的味道，暴露了他們的身分。他們懷疑自己的妻子也聞得到，只是出於同情或害怕而沒有顯露出來。排在長長隊伍中等著領糧食配給票、麵包或殺菌乳時，他們深怕別人投來的憂懼眼神。有一個人甚至覺得堆滿屍體的壕溝四周聚集了愈來愈多烏鴉，都是跟蹤他而來。他認為是自己身體的臭味吸引了烏鴉來毀滅他：如今烏群就歇在屋牆上，棲在電線桿上，飛翔在城市上空。在較小的城市裡，有兩名負責在城郊沙漠處決政治犯的槍決小隊隊員，因為逃離職守而背後中槍。與此同時，有數百名行刑者與腐屍運送者由於「執行勤務表現傑出」，而升級為革命衛隊戰士、審問官、市長、處罰執行官與典獄長。

當爸爸用愉快的晨間聲音高喊，可以來吃「康達克」烤餅配茶了，他深信媽媽不會忘記她最近迷戀的東西。正因如此他才又匆匆補上一句：「我們要是有從祖先那裡遺傳到什麼，就是這份狂熱，這份對新事物、對不可思議的事物的狂熱。」接著，晨霧愈來愈濃，遮蔽了我們三人，以及我們的燈籠、火與茶壺，也給媽媽再一次遊歷世界的機會。這個世界裡涵蓋了一個星球，儘管星球上幅員遼闊，擁有無數國家、宗教、書籍、戰爭、革命、處決、新生還有這棵橡樹，媽媽卻剛剛才發覺，在宇宙間，它只不過是一顆細小微粒。

現年四十四歲的媽媽忽然間變老了。她的頭髮轉為灰白，而三天後家裡第一個看見她的碧塔大喊：「剛剛來了一個老太太！」我和爸爸跑去見她時，媽媽已經坐定在客廳沙發上，以一種神祕的平靜態度在修剪左手大拇指指甲。

媽媽在樹上的三日頓悟忽然讓我心生一個念頭。媽媽剛開始修右手大拇指指甲時，我已經搜齊我書架上全部的書，並微笑著對他們三人說，如果家裡有什麼東西不見了，就是我拿的。然後，在碧塔的驚訝神情、媽媽超脫塵世的凝視與爸爸一如往常的撇嘴嘻笑下，我頭也不回便走進爸爸的工作室，抓起我需要的東西：一把鐵鎚、釘子、鋸子和麻繩。蓋出我想要的樹屋總共花了五天，這座樹屋不能被看見，要蓋在樹林裡最高橡樹（直到一個小時前還是媽媽升天處的那一棵）的最高處。樹屋有一扇窗面向旭日，一扇門面向夕陽，一個小陽台面向家，以及一道繩梯。還有一大塊防水布遮蓋屋頂和所有樹枝，以便在下雨的日夜，製造出我出生十三年來始終喜愛的聲音；蘇赫拉布被捕前，每年夏天都會在木架與地窖的地板鋪上這塊防水布用來養蠶。蠶會在上面吃桑葉吃上整整兩星期，然後一面夢想著化成蛾一面吐絲作繭，最後在牠們不知情的情況下，被丟入大桶熱水中煮熟。從那些繭抽出的白絲線，只有伊斯法罕、納因和卡尚等城市裡一部分的富有地毯商才買得起。他們會把絲線交給一貧如洗的地毯織工，白天裡這些織工甚至連一分鐘都無法離開陰冷潮濕的地下室去曬曬太陽，他們只知道一件事：如何編織蠶夢。

爸爸坐在媽媽對面的綠沙發，看著她心不在焉地修指甲，心裡想著：雖然他這個彈塔爾琴的好手是家裡養蠶的起源，也毫無疑問地繼承了與靈界生物的溝通能力，卻始終無緣見到媽媽自在地飛行。

爸爸第一次看見正要前往達爾班公園的媽媽時，她還不滿十七歲，而且正深陷一場苦戀；這場戀愛讓她第一次也是最後一次，得以翱翔於納希爾霍斯勞街、街上行人與二手書商之上。就在遇見爸爸的六個月前，她有過一場更加令人心潮澎湃，卻沒有未來的邂逅。那次經歷實在太令人悸動，以至於她終其一生每每喟嘆不已。嘆息聲既長且深，她盡可能地不流露於外，但這麼多年來，爸爸還不至於沒有注意到。二十五歲那年，爸爸深深愛上了媽媽羅莎，而且是一見鍾情，兩人甚至當天晚上就在達爾班的夜霧中成婚。一位路過的穆拉[3]在一片恍惚迷亂中為他們證婚，他因為害怕惡靈與霧，便手提油燈，一面倉促趕著要走下山坡一面喃喃誦念禱詞。收取了二十土曼加上小費後，穆拉甚至沒有多逗留，因此沒看見這對年輕夫妻熱烈的初吻。爸爸在媽媽嘴裡放了一顆山茱萸莓果，說道：「我帶妳去見我的家人。」

儘管爸媽有諸多怪異特質，我最喜愛的家族成員卻是叔叔霍斯勞。我在蓋自己的樹屋時，想起他總能把所有工作變成一種神祕儀式。家中三個小孩當中排行老二，與老大、老么各差三歲的他，證明了自己是最有資格繼承家族癲狂特質的人選。末代巴勒維國王雷札治

3 穆拉（Mullah）是伊斯蘭教的一種尊稱，意譯是先生，或老師，通常是指受過伊斯蘭神學與伊斯蘭教法教育的人。

下，他入獄一年，何梅尼[4]時期入獄兩年。他先結婚，然後離婚，接著自我放逐在家三年，研讀七十九冊印度與東亞神祕主義書籍並學習梵文。他曾經三天三夜，躺在一座西藏墓園的空墓穴中讀《吠陀經》，之後在修習奧修冥想時升空離地一公尺。他曾受薩滿指示，搭著木船在西伯利亞一座湖中央生活一個月。

交叉編織樹枝為樹屋搭牆時，由於想到霍斯勞叔叔的瘋狂，我有一度不勝絕望——在這世上我已經沒有什麼新鮮迥異的事情可做了。我們只能等候霍斯勞叔叔，因為無論如何，只有他最可能了解媽媽。他有豐富的尋找經驗，與我和我們恰恰相反。我們才剛剛起步。

當我一面蓋樹屋一面想著霍斯勞叔叔做過的一切，想著媽媽出乎意外地頓悟並飛升到青梅樹與橡樹頂端，突然冷不防地下起夏雨，一下就是三天三夜。要不是身穿天藍色褶裙的碧塔撐著橘色雨傘，像下凡天使一樣出現，帶我回屋，我恐怕會變成一隻滿身鱗片，以藻類、腐爛水果和青苔為食的爬蟲動物。到了第五天太陽下山時，在樹林的寂靜聲中，在等候霍斯勞叔叔到來，以及蘇赫拉布的消息之際，我的樹屋落成了。

4 何梅尼，一九七九年伊朗革命後，取代國王巴勒維成為國家最高領袖。

第二章

有人說當你老是在等人，而終於有人來了，卻可能會不符合你的期待。四十幾歲的姑媽圖蘭和她六個已成年與半成年的孩子，正氣喘吁吁地爬上樹林山坡。我人在樹林小屋裡，被濃密的橡樹枝葉遮掩住，他們沒看見我正從小屋的窗口看著他們。圖蘭姑媽年紀輕輕，大約十七、八歲，就嫁給一個出身伊斯法罕望族的四十歲男人，然後開始一個接著一個地生小孩。如今至少一百二十公斤的她，有如一頭牲畜噴著鼻息、拖著沉重步伐上坡。她那六個懶惰、愚蠢的孩子跟在後面喘氣喘個不停，活像一列咻咻響的蒸汽火車。他們一個黏著一個，有的做鬼臉，有個折樹枝，有的吃水果，宛如一隻六頭怪物爬上山來，一轉眼間樹林就被蹂躪殆盡。一如往常坐在青梅樹下的碧塔看見他們，立即高聲大喊奔上前去，迎接客人的同時也警告屋裡的居民：那個人人都期望不會久待的姑媽來了。

爸媽各自從五房大屋的不同角落現身，媽媽第一時間想到的是又多了七張嘴要餵食，爸爸則想到得鎖上工作室的門。碧塔想的是該把她的粉紅芭蕾舞衣、舞鞋藏到哪去，我則是想著應該把我其他的東西藏進屋裡。當三個當地工人將他們的沉重行李拖上山來，可以清楚預見再過不久，這片樹林就會受到他們掌控。孩子們都還沒到達屋宅，身後便已留下破壞的痕跡，圖蘭姑媽不停地小聲斥責，希望盡量不要帶著不好的名聲上門作客。還沒穿越庭院，圖蘭姑媽就喳喳呼呼地通報德黑蘭那一大家子的近況，殊不知蘇赫拉布被捕後，爸媽對這些沒完沒了的最新消息一點也不感興趣。

爸爸堂叔的兒子夏里亞是經濟學博士，但文化革命期間因為社會主義思想傾向被大學開除學籍，現在在德黑蘭和伊斯法罕之間開長途計程車。他又出車禍了，而且有四名乘客當場死亡。這已經是爸爸這位侄子第五次從死神身邊安然逃脫。圖蘭姑媽說這次車禍過後，有一次夏里亞到了伊斯法罕，注意到有一名乘客沒下車。他狐疑地透過後照鏡看著乘客，一看到那名黑衣男子冰冷沉靜的臉，他馬上認了出來，於是一言未發，直接讓其他乘客上車，然後駛回德黑蘭。到了半夜，等所有乘客都下車後，那名黑衣男子仍坐在後座。夏里亞從鏡子裡看著他說：「先生，我知道我的路走到盡頭了！」他將車鑰匙遞了過去。黑衣男子說道：

「看來你知道我是誰！」據圖蘭姑媽說，夏里亞告訴那人，他從早到晚一大半時間都在想著他，所以一眼就認出來了。

當圖蘭姑媽發現自己說的話第一次激起爸媽的些許興味，立刻壞心地截斷話題。她腳步依然沒停，邊走邊說：「我還是長話短說好了。……夏里亞以為死神是來帶走他的靈魂，但事實上他只是來叫他別絕望，而不是來煩他的。」

一百二十公斤重的圖蘭姑媽喘著氣走過院子，一面又說自從發生那件事，家裡的人連一秒鐘都不肯上夏里亞的車，因為他顯然和死亡天使亞茲拉爾做了交易。姑媽說他老婆、小孩都離開他了，因為覺得他受到詛咒，也擔心自己會連帶受鄰居指責。但儘管如此，他也絲毫不在意，說死神對待每個人都不一樣。

圖蘭姑媽的敘述正確無誤，但漏失了許多細節。例如，她不知道夏里亞不再心心念念大學院校後，已從憂鬱轉向酒精；當時他看到那人沒下車，隨即踩下油門前往沙賀蘭高地，從那裡可以看到德黑蘭的燈火閃耀如鑽石。接著，確認四下無人之後，他從座椅底下拿出兩只烈酒杯和一個隨身酒壺。他繼續坐在駕駛座，那個陌生人也還坐在後座，他將兩個杯子倒滿，一杯遞給陌生人，說道：「敬已經寫下並無法重寫的部分！」不等陌生人開口，夏里亞便逕自喝了兩杯，然後轉向他說：「現在我完全準備好了，先生！」對夏里亞的海量感到敬佩的死神，也喝了自己那一杯，繼續聽著夏里亞說：「我一直很想死在這個地方，德黑蘭所有的汙穢與美麗都在我的腳下。」略一停頓後又接續道：「我總喜歡上來這裡還有另一個原因，就是想在那一大片屋群當中找到我心愛女人的房子。」話畢，他大笑起來又說：「可是這麼多年來，看著那些燈火明明滅滅，心裡想著愛，我終於發覺自己這輩子沒有愛過一個女人。」

但死神（他本來真的是要來帶走夏里亞的靈魂）告訴自己，他要讓這個男人好好享受人生的最後時刻。因此他請夏里亞再給他倒一杯。夏里亞聽了笑著下車，打開後車箱，從輪胎旁邊的隱蔽處拿出一罐四升裝的私釀酒。兩人不發一語，互相碰杯，為彼此的健康乾杯，一而再，再而三，直到爛醉。之後他們全身赤條條地跑向黑暗中的山，又唱又跳，還把內褲掛在食指上甩動。當德黑蘭，連同城裡所有的穆拉、富人、真主黨員、妓女、政治犯、戀人、遊民與詩人，都一起在他們腳下昏昏入睡，他們微微打開雙腿，開始往下面撒尿。然後互相比較性器、高聲大笑，最後醉到當場倒地不省人事。數小時後，被黎明的涼風吹出一身雞皮疙瘩，他們才倏然驚醒。儘管烈酒的苦澀味仍讓他頭暈目眩，死神不得不承認他這一生中從未如此暢懷過。隨後他跟夏里亞說該回城裡去了。他在榭米藍廣場下車時，不顧夏里亞堅持拒絕還是付了車錢，並要夏里亞以後再也不用擔心死亡！依然帶有醉意的他，趁著清晨微亮天光，踉踉蹌蹌沿著沙里亞蒂街走去，一面大笑一面摸著性器心想，原來自己這玩意比夏里亞小那麼多。

這時候，圖蘭姑媽已點了根菸，開始談起她的表姪女紹古菲，說她的未婚夫沙朗姆拋下她去了美國。有一天，紹古菲睡了三天才醒過來，擔憂地問說：「沙朗姆呢？」當她得知自己睡了三天三夜，還忘記未婚夫早已離開，不由得害怕起來。那天晚上她入睡後，竟過了一個月才醒來，清醒後又擔憂地問沙朗姆在哪裡。這回當她得知自己整整睡了一個月，而記憶甚至變得更短，她害怕得不敢睡覺；於是為了保持清醒，她每天晚上拿刀割手指，並將鹽巴揉進眼睛裡。然而，日夜不眠不休幾天之後，有天晚上她還是睡著了。如今已經過了六個月又十六天，她仍然還沒醒過來，擔憂地問：「沙朗姆呢？」

爸媽同情地為這個表姪女嘆了口氣，然後搭著圖蘭姑媽的肩膀，帶她來到客廳，天花板上的吊扇將正午的炎熱暑氣左右推來推去，沒有涼意。完全靜止不動的空氣哀悼著在那個受詛咒的夏天裡默默發生的不祥事件，家族裡所有活著的成員中，無論是有意識或無意識的記憶裡，都不曾發生過類似的事。那段期間，霍斯勞叔叔只顧埋頭讀史書，試圖理出歷史與家族事件之間的關聯性以便寫入家族圖譜，但就連他也不曾在任何一本涵蓋過去兩百年歷史的書上的任何一行，看見像那年發生的那種大屠殺。

正是那起事件發生後，我們這五口之家才從德黑蘭搬到這座位於馬贊達蘭省偏遠鄉間的五公頃樹林。從那時至今，圖蘭姑媽是第一個特地來找我們的親戚。沒人知道她是怎麼找來的，也不敢問，否則她會立刻說：「要是我們不受歡迎，那我們就走。」然而，沒過多久我們就全都明白她想做什麼，只是當時已經太遲。這群不速之客在炎炎夏日抵達的兩個星期後，圖蘭姑媽帶著六個孩子去林子中央的一個小水塘游泳戲水，忽然就在我們眼前消失不見。

我們家中只有碧塔愛游泳，也只有她和他們一起下水，可是當池水和他們七人轉眼間憑空消失，只剩碧塔在泥濘的池底胡亂揮動手腳，臉上和身上滿是泥巴，嘴也惶惑地一張一闔，彷彿一隻小魚在黏滑的泥巴中垂死之際喃喃說著：「水……水……水……」

雖然家裡常出怪事，但那天每個人確確實實嚇壞了。碧塔尖叫著奔入媽媽懷裡。媽媽愣愣瞪著水塘與他們七人原來所在的地方，直到夜幕降臨，爸爸只好提著燈籠去帶她回家。旁覷到這一切的我默不作聲，等著看碧塔知不知道些什麼。是的，她知道，她清清楚楚地知道。那天晚上，媽媽在碧塔嘴裡抹鹽以後，碧塔終於從驚嚇中清醒過來，並坦承曾有幾次看到圖蘭姑媽在日落時進樹林去，和一些看不見的東西交談密謀。

在那之後，慢慢、慢慢地，爸媽書房裡有一些書不見了。接下來，有一塊收藏在我床底下久未使用的大墊子不見了，接著是一盞油燈、一個盤子、湯匙叉子、一只鍋子和一些食物，最後是一條毯子。前天，蘇赫拉布放在書桌上的的相機也消失了。媽媽忘了我曾經對此提出警告，便說是因為圖蘭姑媽和她六個孩子的無形存在造成的。最後有一天，她進到客廳氣得大喊：「這個家裡到底是怎麼回事？」我覺得害怕，連忙從房間裡回答：「我繼承了蘇赫拉布的相機。」碧塔邊脫芭蕾舞鞋邊嚷道：「白癡！妳說得好像他被殺死了——被槍決了！」唯一知道蘇赫拉布被槍決的我，很快地帶著我所需要的最後幾樣東西，跳出臥室窗戶跑向樹屋。雖然我已正式宣告不會再繼續偷竊，東西卻仍繼續消失並在屋裡到處移動位置。

有時候，物品會毫不客氣地當著我們的面到處移動，有一次更誇張，我們正圍坐在餐桌旁吃午餐，竟聽見大嚼特嚼的聲音，還能聞到打嗝的臭味。事到如今再也不能否認了，因為食物就從我們的盤子騰空而起，並在嘈雜的咀嚼聲中消失不見。假如爸爸沒有成功制止圖蘭姑媽和她那六個貪吃又沒禮貌的小孩的過火之舉，可能就得找來拉贊的驅魔師——對任何精靈而言，這都是可怕的事。據說第一任驅魔師在拉贊的火中消失後，現在這位驅魔師某一天突然從森林現身，來到拉贊。無論如何，若是沒有驅魔師，拉贊居民是無法控制森林四周那些無形存在的猖獗行為以及與它們之間的關係，因為它們不停地試圖將自己的存在、喜好與律法強加於這一區的人民身上。

有一天晚上，我們全部圍在庭院的火邊，一邊說笑一邊吃葵花子，爸爸忽然伸手到半空中，抓住圖蘭姑媽無形的手腕，威脅說她要是不肯放過我們，他會去請驅魔師來，讓她沒好日子過。圖蘭姑媽被嚇一跳，一顆葵花子梗在喉頭，咳嗽起來。過了好一會兒才答道：「都是你不好。你把我們當成莫大的負擔，我們才會落得這種下場。現在你就得自食惡果。」可是爸爸沒有退讓，仍抓著她的手腕說：「那就照我說的來解決吧！」圖蘭姑媽似乎懊悔了，便用哀傷誠懇的口氣說：「沒有人歡迎我們，我們連在自己家都不受歡迎。我那個吝嗇的丈夫把孩子當成敵人，自己另外買了一台冰箱還上鎖。我們每到一處，那家人總是很快地就給冰箱上鎖。所以，今年我決定放手去做。我在父親的一本書上讀到與精靈建立關係的祕密。我就是靠著精靈幫忙才找到你們家。我到這裡來加入它們，現在我和它們在一起，過得很開心。」

從那刻起，我們便不再聽到圖蘭姑媽那群小孩吃東西的聲音，也不再聞到她打嗝的臭味，但我們都對她的經歷深感哀傷，於是暗下決心，以後家裡的東西再有異動也不要有所反應。雖然後來冰箱裡不能保證一定有食物（在那些年，冰箱隨時有食物的情形很難得一見），也沒有人會抱怨。然而才短短三天後，村裡便傳出拉贊遭到一大群惡鬼精靈劫掠的消息。找驅魔師的時候到了。村民們說驅魔師都還沒擦去鏡子的灰塵也還沒念咒，那些不成氣候的精靈就害怕到不戰而逃。現在偶爾會聽說遠方森林裡一些村落的人，抱怨說食糧被一群精靈一掃而空。

有幾個月的時間，沒有人知道我的樹屋的存在。後來有一天，爸爸照常叼著菸斗、騎著棕馬，漫無目的地遊蕩到樹林遠端時，無意間看見繩梯，爬了上來，在家裡失竊的東西當中發現我寫的東西，便讀了起來。那天晚上在餐桌上，每個人吃到剩最後一口時，爸爸拿出筆記本，沒有看我就開始大聲誦讀：「事情發生的時候，爸爸的手工塔爾琴還在我手裡。我不知該如何形容。我試著想忘記皮膚和眼球上那可怕的燒灼感……我需要把心思放到其他事物上。我需要寫，需要想著他們，想著那些現在孤孤單單的人。」

我感覺到臉和脖子脹成紫紅色——我實在太生氣了。我不能罵爸爸，在我們家就是不能這麼做，但我真的很想罵他大笨蛋。這是我所知道最難聽的字眼。碧塔說：「所以呢？」爸爸又繼續念：「我需要寫。我必須記得把那本四百頁的筆記本從爸的房間拿出來。我寫東西的時候，比較能專心地轉移注意力。」

我沒把晚餐吃完，就伸手去搶爸爸手裡的筆記本。本子騰空飛起，一路飛出門外，媽媽嚴厲地說：「妳長大了，不能再像這樣胡鬧。」我仍然背對著他們，蠻橫地說：「妳忘了嗎？我不會長大了！」我正要走出家門，媽媽又說了她最愛說的一句話：「我不管人的生命是以諾魯茲節（新年）還是以大革命為界線，反正在我家裡，就是以阿拉伯人的入侵為界線。」事件發生後，媽媽總是說「阿拉伯人的入侵」，而不說「火災」或是「燃燒」。……她依然堅決強調他們到來後燒殺擄掠的事實，一如一千四百年前。

第三章

去年冬天，就在媽媽還沒升上青梅樹梢、蘇赫拉布還沒被槍決、圖蘭姑媽和她那群飢餓的孩子也還沒來之前，一九八八年二月六日下著雨的一大早，我們五人被護院狗哥吉的吠叫聲吵醒時，已經來不及幫蘇赫拉布逃進森林了。才一眨眼功夫，就有四名革命衛隊士兵和一個穆拉突然上門，將還躺在床上的蘇赫拉布銬上手銬，然後胡亂抓了一些小冊子和書，便把人帶走。爸爸還來不及追上去，媽媽也還來不及大喊：「你們這些惡棍要把我兒子帶到哪去？」他們的Patrol休旅車疾馳而去，輪下濺起的泥巴噴在我們臉上，哥吉仍繼續吠叫。

接下來五個月，誰也不知道蘇赫拉布被關在哪裡，直到有一天，有個蓬頭垢面、眼神哀傷的陌生人來到拉贊，對他第一個遇見的人指著我們位在山上的房子說：「去跟他們說，去埃文監獄可以找到他們的兒子。」悲傷的陌生人一如來時，又準備啟程循著蜿蜒巷弄走向通往森林的小徑，去向其他家庭替囚犯送信。然而在他離開前，有個坐在村中廣場角落裡磨刀的男人開口說：「你幹麼要費事去給你不認識的人傳遞消息？」悲傷的男人說：「說來話長，你不會有耐心聽的。」然後他再度上路，但那位村民以緩慢穩定的步伐跟了上去，遞給他一根手捲菸，說道：「我很有耐心。」於是陌生人與又重新磨起刀來的村民面對面而坐，說道：「我在一個很窮的家庭長大，我們窮到最大夢想就是吃雞肉。我剛滿十二歲時，母親又懷孕了。有天晚上我聽到她跟我父親說，要是能吃上一隻雞腿死也甘願。隔天我就因為偷了一隻雞被關進牢裡，但我很滿足，因為被捕以前我們把雞煮了給母親吃，她吃完雞腿欣喜若狂。我一年以後出獄，沒想到再見到雙親時，他們不但模樣老了十歲還變得更窮了。十五歲那年，我又再度入獄，這回是因為老闆不肯付我薪水，我把他殺了。我想見母親的渴望一天比一天強烈，但她一次也沒來看過我。幾年過去了，我曾被送上絞刑台六次，但每次繩子都斷掉，最後他們決定讓我出獄。然而就在做出決定的幾天後，我的小弟，我父母人生中的光輝，他也和我進到同一所監獄。不管我怎麼問，他都不肯告訴我他犯了什麼罪。最後，夜班警衛才趁著三更半夜悄悄跟我說出原委。他說我弟弟殺死了我們全部六個兄弟姊妹還有父母。我聽了以後整個人變得又聾又瞎，當下立刻用剃刀割斷熟睡中的小弟的頸部血管。他只來得及在臉上閃現一抹帶淚的微笑。第二天，消息隨著報紙送進監獄，在各個牢房間傳播，我也從囚犯的口耳相傳得知了真相。我小弟是我們家唯一去上學的小孩，他在科學課學到乙醚可以讓人昏迷，於是就在當天晚上，他趁家裡所有人都睡著以後，用八塊浸過乙醚的布蓋住他們的鼻子，以便瞞著不讓他工作的父母上街去賣香菸，改善家計。我父親的夢想是要我小弟在課餘時間只須認真念書，好讓他至少有個兒子能有點成就，打破貧窮的循環。問題是，老師沒有告訴他們，如果用乙醚摀住鼻子超過幾秒鐘會致人於死。這一切原本是可以避免的。第二天一大清早，當我弟弟高高興興帶著錢回來給爸媽，拿掉他們臉上的布以後卻發現他們全都冷冰冰，都死了。」

陌生人點起一根菸，長吸一口後接著說：「我一聽到這些話，立刻用同一把剃刀割手腕自殺。我死了。我在棺材裡躺了一夜，可是隔天早上，有一名警衛看見覆蓋在我臉上的塑膠有水氣凝結，他們把我帶到醫院去，發現我的動脈已徹底割斷也變黑了，但我竟然還活著。」

哀傷的陌生人吐出一口氣，然後又用力地吸菸，同時伸出左手腕給村民看。只見皮製腕帶底下有一道很深的傷口，並可以清楚看出血管從中間斷裂，至今仍是黑色的。還在慢慢磨刀的村民往那人的手臂瞄了一眼。那個傷心人問道：「你真的還想再聽嗎？」村民回答：「當然，只要你等一下也願意聽我的故事。」

傷心人將香菸放進嘴裡，看著村民的雙手慢慢地、穩定地磨著刀。他注視著刀從容不迫地在石頭上移動，繼續說道：「我又被送上絞刑台三次，但繩子每一次都斷掉。之後，他們偷偷把我趕出監獄，因為覺得我被詛咒得太厲害，連死都不配。我下定決心要去殺死那個沒把課教完整的老師，但就在那天晚上，我睡在路邊時，有生以來第一次夢見我母親。她住在一個沒有開口的玻璃屋裡。我繞著一個玻璃房間走，感覺好像玻璃隨時會碎裂。那屋裡什麼都沒有，我母親站在牆邊往外看。當她看見我，溫柔地摸摸我的頭髮說：『我要是知道你還活著，就會去看你，每個禮拜都會去。』接著她給了我一個袋子，一面輕撫我的手一面指某個方向說：『拿著這個袋子往那邊走。』我醒來以後，發現這個袋子放在身邊的地上，裡面全是囚犯寫給家人的信。從那天起，我就朝著母親指的方向前進，沿路遞送家書，我知道只要母親得知自己的孩子還活著關在監獄裡，她們就會去探監。」

陌生人抽了一口菸，然後將香菸踩熄說道：「不過我還是不明白她為什麼要我往這個方向來……往北走。」

「你一旦明白了，就會死。」村民冷冷地說。那個傷心人的眼睛閃了一下，他略一停頓後說道：「打從第一次站上絞架，我就死了，只是沒人知道。」村民說：「那麼你聽聽這個。」他用鋒利的刀尖剔牙，說道：「我家也同樣很窮。在我出生的許多年前，我父親穿越一片又一片山林，經過一座座城市、一個個村落，最後來到德黑蘭。在這裡辛苦奮鬥許多年後，他用自己的雙手蓋了一座小磚窯。沒想到幾個月後，他就被殺了。我父親在死前的某一天晚上，夢見一條蛇從袖子裡爬出來咬他。第二天他告訴我母親，他欠學徒一百土曼，也還欠另外幾個人錢，他吩咐了萬一他死了該怎麼做。他說完以後，我母親脫下結婚戒指，捲起他們腳下的地毯，叫他拿去賣了還債，順便拿一點救濟別人，以避開死亡。然而，父親賣了東西以後，花了些錢買一條裹屍布和幾樣喪葬用品。他把一百土曼放在口袋準備給學徒，剩下的則放在我母親的碗櫥。當天中午，父親還來不及付錢，那個憤怒的學徒就把他刺死了。母親聽到消息後，整個人心灰意冷，後來抑鬱而終，留下年僅十歲的我，開始到處行乞、打零工，經過一座座城市、一個個村落，最後來到這裡。我到了這裡的第一晚就夢見我父親。他住在一個沒有窗子也沒有家具的玻璃屋，我看了很怕玻璃隨時會碎裂砸在他身上。他溫柔地撫摸並親吻我的腳，說道：『早知道你會吃這麼多苦，我當時就會拿錢去救濟人。』他說完走到一面玻璃牆前面，指著外面的廣場說：『拿一把刀子去那個廣場上等著。』」村民拿起刀子給傷心人看，說道：「這就是殺死我父親的刀。」眼神哀傷的陌生人一聽，立刻起身說：「在我死之前，請讓我親吻你的手。」

村民冷冷地將手伸向陌生人。那個傷心人親了手以後說：「很感謝你幫助我得償所願。」他倆沉默不語，一起緩緩走向森林深處，一到看不見村子的地方，村民便將刀子插入傷心人的心臟，刀刃完全沒入直到刀柄。傷心人露出村民永遠忘不了的哀戚眼神，淡淡一笑，就此死去。事後，村民正打算將屍體與刀丟入沼澤中餵蛆和蟲子，這才第一次正視死者的雙眼，心不禁突了一下。看到那雙放大的瞳孔，他發覺這個人和他等了一輩子、恨了一輩子的人完全不同。村民瞪著那雙瞳孔直到黃昏降臨，然後他燃起一小團火，接下來一個禮拜，他始終透過火光看著屍體慢慢腫脹、開始腐臭，並受到蛆與蟑螂與蛇的侵食。他就這樣持續地看，直到充滿鼻腔的腐敗惡臭也和充斥他這一生的憎恨一樣多。到最後，大量繁殖出沒的蛆和蛇和蠍子讓他厭惡到不由得蔑視起自己。屍臭味濃烈到附近的花都枯萎了，蝴蝶與蜻蜓也繞道而行，他於是將刀子與剩餘的屍體丟入沼澤，然後將男子的沉重背包甩上肩，出發前往遙遠的村落。但首先，他來到我們山頂，看見我爸爸坐在門廊上，便以清晰平靜的語氣傳達了消息，之後便離開了。

終於有了蘇赫拉布的消息，爸爸覺得鬆了口氣，有一瞬間還心想：那個人的眼神多悲傷啊。他進屋收拾東西後，立刻啟程前往德黑蘭。他並不知道，後來也不會得知，蘇赫拉布被移送到埃文監獄前，曾在最近的城市待了十一天——關在單獨監禁的牢房裡，全然遭遺忘。

爸爸不會知道，那個革命衛隊兵把蘇赫拉布推進牢房後，去更衣室換好衣服、填完假單就離開了。接下來的十一天，他回到阿爾達比勒附近的村子舉辦婚禮，和妻子同床共枕，讓她懷上孩子以後才回監獄。他回去後，與同事喝茶聊天時，問說德黑蘭那個男孩怎麼樣了。每個人都反問：「你說誰？」隨後連忙趕往位在又濕又暗的地下長廊盡頭的單人牢房，只見蘇赫拉布已經奄奄一息，而且因為妄想與恐懼、飢餓與死亡，整個人扭曲變形。十一天前，當那位士兵沒給他留下食物或水就離開，蘇赫拉布原以為幾個小時後便會有人來訊問他。打從一開始，牢房裡的臭味就讓他頭痛：有尿味混雜著鮮血味、膿瘡味、汗味與嘔吐味。他試著告訴自己很快就會有人來告訴他接下來會怎樣，藉此自我安慰。他站起來，試圖去感覺牢房的大小。一步寬，三步長，約莫像墓穴的大小。囚室內連一個小小的開口都沒有，至少在闃黑中看不出來。他把耳朵貼在鐵門上，聽見遠處有個微弱聲響。經過幾個小時，外面絲毫沒有動靜，他心裡才湧上第一波恐懼，遭遺忘的恐懼。他嚇壞了，起身開始用力敲門，然後發了瘋似地踢門。又掙扎了幾個小時以後，既驚恐又飢渴的他開始盲目地沿著牆壁摸索，最後在靠近地板處摸到一個短到不能再短的水龍頭，可是位置實在太低，他只得將臉頰貼在地上貪婪地喝著，嘴裡滿是鐵鏽味。不知道是水還是他的焦慮作祟，讓他的胃絞痛起來。室內沒有馬桶。又過了一個小時。到最後他別無他法，只能就地解放，再用同一個水龍頭清洗身子。憂懼導致腹瀉的氣味讓他又吐了好幾次。他於是脫下衣服，蓋在排泄物上面以掩蓋氣味，卻是枉然。

妄想開始了。恐懼。感覺很接近死亡。無法呼吸。嘔吐。為了安撫自己，他想拿自己類比以前讀過的政治小說中的所有主人翁，不料他們的名字已從記憶中消失。他甚至想不起自己喜歡的，也常在音響上聽的音樂。從那最初的時刻起，他便無法分辨日夜。

到了第三天，他再也想不起當天是幾號，到了第七天，他甚至不記得那天是星期幾，是哪個月份，是哪一年。他凝視眼前的漆黑、凝視虛空、凝視死神之眼太久太久，以至於眼珠外凸，眼球的微血管彷彿都乾涸了。他的口水也乾了，使得他一再咳嗽。他用手摸著牆上用指甲或尖銳物品留下的痕跡，試圖猜測刻鑿的字母。有一度竟然讀到一個完整句子：**我們在第三世界分享著同樣的痛苦，儘管走在截然不同的道路上**。不管他怎麼絞盡腦汁，也想不起來這句話是誰說的。他解下褲腰帶。要是再不做點什麼，他會瘋掉。他想用腰帶扣的心棒在牆上刻一首詩，卻很快就忘了自己想寫什麼。他餓到把牆壁剝落的灰泥都塞進嘴裡，舌頭乾燥得像火在燒，他也咳得更厲害。從第七天起，他甚至提不起力氣拖行到門邊，將耳朵貼上去努力傾聽遠處的聲音，最近那聲音聽起來很像有人在竊竊私語打算謀害他。模糊的人聲正在密謀要如何在黑暗中勒死他，好幾個聲音混在一起，有殺人者、行刑者、拷問者的笑聲與叫嚷，還有一個人是負責在絞刑台上抽掉死囚腳下的凳子。第八天，無論他再怎麼摸索地板，也找不到一隻蟑螂可吃，就像某本書裡的主角一樣，書名他忘了。後來他甚至想吃自己的排泄物來活命，好向那些把他像狗一樣丟棄的卑劣禽獸證明，不管他們怎麼做他都能活下來。他用襯衫拾起一塊乾掉的糞便，試著說服自己味道應該就像泥巴一樣。但手根本還沒抬到嘴邊，他就大吐特吐，把肚裡僅剩的膽汁噴得滿牆。之後他就什麼都不記得了。沒有恐懼，沒有幻想的可怕聲音，沒有飢餓，沒有死亡，沒有憂愁，也沒有想念媽媽、爸爸、碧塔或是我。

透過眼睛細縫看見一絲微光時，他不知道已經過了多久，只發現自己躺在床上，兩隻手臂都吊著點滴，並聽到有人搧了一記耳光、揍了幾拳又踢了幾腳，然後有人大吼道：「他要是死了，誰要負責啊？你這頭蠢驢嗎，阿茲里？」第二天，來替他換點滴的護士悄悄告訴他，把他丟著等死的那個革命衛隊軍人只被罰多服一個月兵役。一切就此結束，好像什麼事也沒發生，好像他本來就不該活下來。說不定他們把他從鬼門關前救回來，是為了將來能以更符合「革命精神」的儀式處決他。

三星期後，蘇赫拉布移交給省監獄，而他爸爸去詢問他的事，得到的還是和以前一樣的答案。「誰？」那位士兵看看名單，搖搖頭，深表同情地說：「沒有，先生，這裡沒有人叫這個名字。」

隨著爸爸一個城市、一個城市地尋找他兒子——我們的哥哥，他們也把蘇赫拉布當成燙手山芋般一個城市丟過一個城市，他還被痛打到尿血，一個腎臟衰竭。最後，他們決定將他送到德黑蘭，免得自己的手沾上他的血。他遭指控逃兵役，還有閱讀敢死游擊隊的各種宣傳小冊，檔案原本只有一頁，但為了讓移監具正當性而增厚許多。於是蘇赫拉布帶著骨折的下顎、斷裂的肋骨與僅一個正常運作的腎臟，被送到德黑蘭；五個月以來，媽媽、爸爸和碧塔也終於第一次見到他。探視期間，他們都又說又笑，誇張到其他探視者氣惱得怒目而視。

我們搬到拉贊八年後的某一天，媽媽很鄙視自己，因為她第一次被迫戴上頭巾。八年前，當我們決定離開德黑蘭來這個偏遠村落，她曾發誓只要這個政權還在的一天，她絕不離開村子或甚至這片樹林，那就不必披戴頭巾了。這八年來，她成天忙於書本、母雞、公雞、雨、音樂與回憶，就連一九八七年七月二十六日達爾班洪水氾濫，傳來一名親戚的死訊，她也沒有離開樹林，以免被迫在葬禮上戴頭巾。當她聽說有一位十三歲的親戚只因為在齋戒月吃了一顆青梅，就在革命廣場上被處以七十下鞭刑，她也不甘願戴上頭巾去德黑蘭，對那個孩子與其家人表達支持之意。她說她不想目睹集體暴力。媽媽會說：「一旦你的眼睛習慣在城市街頭和廣場上看到暴力，以後只會愈來愈習慣。慢慢地你就會變成跟敵人一樣，也就是那個散播暴力的人。」多年後，當初那個十三歲的孩子因為對伊朗人心懷恨意，便頭也不回地去了法國，媽媽得知消息並不驚訝。她不怪他，因為她聽說那一天，行刑者對瘦巴巴的十三歲男孩心生同情，便試著打輕一點。可是街上民眾貪婪地圍觀，好像在看什麼街頭表演，他們高喊道：「太小力了！……再打！……再來一次！……從頭再來！」因此他挨了不只七十鞭，而是九十三鞭。事後，男孩對家人說當鞭子狠狠打在他的皮膚和瘦骨上，他痛苦地緊貼在地的時候，心裡暗暗發誓，如果能活下來，他會把握住第一個機會：若不是報復那些人就是逃離他們。幾年後，他從土耳其邊境逃到歐洲——聽說還改了名字與身分，每當被問及來自何處，他都會說：「希臘！」

儘管如此，媽媽卻不知道該來的還是會來。誠如爸爸所說，總有一天她仍不得不打破自己的原則去探視心愛的兒子。因此當他們在杳無音訊五個月後去見蘇赫拉布，看到他瘦了二十公斤，他們不只假裝沒發現，還談笑自如，以減輕母親不得不戴頭巾與蘇赫拉布被任意拘禁的壓力。媽媽問說食物怎麼樣，蘇赫拉布笑了一聲說：「很好啊。」爸爸問他知不知道什麼時候會被釋放，蘇赫拉布又笑一聲，說他要是能被釋放可真是新聞了！接著為了轉移話題，碧塔說他們也到處去找芭霍兒，好讓她也一起來探監，但就是找不到。她既不在雞舍也不在馬廄！蘇赫拉布笑著說他不擔心，因為他前一天晚上才夢見我。爸爸十分心急地問：「那麼芭霍兒怎麼樣了？她說了什麼？」大家都笑起來，但蘇赫拉布非常認真地說我告訴他：「生命還是會繼續。」於是三十分鐘的探視都在說笑。大家都很高興，蘇赫拉布只是被誤抓，很快就能出獄。然而，母親無意間聽到其他探視者全都同樣輕鬆愉快，不禁開始感到不安。只可惜這時要表達任何憂慮已嫌太遲，因為監獄警衛的鈴聲忽然大響，大夥兒都嚇一大跳。

監獄的大操場起了一陣騷動，讓一些不知情的訪客閃過一絲希望，以為要打倒伊斯蘭政權的反抗行動終於開始了。在那段時期，許多人天真無比，只要稍有擾動、槍聲、電視螢幕忽然變黑、忽然停電，或是有任何突發的異常狀況，他們就會高興地大喊：「他們來了！……他們來了！」但是誰來了？沒有人知道。因此，當第一隻燕子飛到接見室牆壁高處的小窗，警衛慌張地朝玻璃一陣掃射，因為他第一個想到的也是：「他們來了！……他們來了。」

所有人屏息看著鮮血淋漓、羽毛殘破四散的燕子掉落在地，嚥下最後一口氣。警衛、囚犯與訪客都還被突如其來的槍聲嚇得驚魂未定，便有第二隻燕子從破掉的窗口飛進來。接著又一隻，又一隻。轉眼間，室內充滿了吱吱啾啾的鳥群，那鳴啼聲令人心生憂慮。爸爸無意識地高喊道：「燕子！……燕子！」多名獄警朝著受驚嚇而惶惑的鳥群開槍。空氣驀地變黑，槍聲在牆面之間彈跳回響。裡面的人嚇壞了，紛紛以手護頭，並在槍口下被趕進操場，沒能與遭囚禁的心愛的人道別。操場逐漸被子彈、羽毛與成千上萬的燕子屍體淹沒；寥寥幾天帶有春意的日子讓這群燕子誤以為遷徙季節到了，才會飛上德黑蘭的天空。在方形大操場裡，被警衛開槍射得驚惶失措的燕子，對著人、監獄牆壁和鐵絲網橫衝直撞。死去的鳥紛紛墜落，宛如黑色冰雹。有幾個人也被射中，人與燕子的屍體血淋淋地倒落在埃文監獄操場裡，而仍繼續被驅趕出後門的人踩踏過屍體，尖聲叫喊，並為死者落淚。有一個老人邊哭邊嚷嚷：「可憐的燕子啊！……可憐的燕子啊！」嘴巴卻挨槍托撞了一下。

三十分鐘後，天空重現清朗蔚藍，絲毫看不出幾分鐘前，監獄操場尚未遍布燕子羽毛以及被誤殺的鳥與訪客屍體，而那裡曾有候鳥遮天蔽日。警衛們坐在操場邊休息，並看著渾身是血的鳥屍，而鳥的黑白羽毛則還飄懸在半空中。誰想得到，這麼多無助的鳥只因為錯估了季節而被殺？有一名警衛想到這個笑了起來。接著又一個警衛，然後再一個。武裝警衛的轟笑聲在監獄的高牆之間彈來彈去。一陣風吹進了埃文監獄操場，吹過北德黑蘭的高地，吹過得意洋洋哄堂大笑的警衛，帶著飄揚的羽毛越過埃文的高牆，一一落在房屋與渾然不覺的人身上——這些人正一如日常，從城市這一頭趕赴遙無止境的另一頭，去而復返，去而復返。一小時後，一根血跡斑斑、被子彈射得千瘡百孔的羽毛，黏上了一輛銀色別克Skylight的擋風玻璃，車子的駕駛正淚眼汪汪、滿懷驚恐，默默地往北行駛。駛向森林，駛向最不可能再見到另一個人類的地方。

第四章

正當燕子在埃文上空遭屠殺之際，媽媽、爸爸和碧塔在槍林彈雨中奔來跑去，蘇赫拉布從囚室小窗哀戚地看著鮮血淋漓的燕子，而我則在家裡彎彎曲曲的廊道裡悠哉閒晃，每個房間都窺探一下，偶爾偷點東西。我走進爸爸位在廚房後面的工作室，這裡有一扇小門連接後院。工作室裡滿滿都是木頭、書，以及做木工與裱框的工具。就在媽媽最喜愛的母雞漢娜女士趁家中無人，進到房裡到處隨意大便並跟我一樣四下窺探時，我發現了我已經尋找好幾個月的照片。它放在一只黃色信封裡，另外還有爸爸的其他照片：爸爸和他心愛的塔爾琴的合照；爸爸在做塔爾琴；爸爸和賈利勒・夏納茲、法爾汗・謝里夫、皮爾尼亞坎[5]的合照；爸

5 三人都是伊朗著名的塔爾琴大師，各有以其名命名的演奏風格。

爸從背後環抱著我，和我一起彈塔爾琴——我找的正是這一張。我拿起照片塞進洋裝底下，和當天早上剩下的幾顆核桃放在一起。爸爸工作室的一角擺了一張積滿灰塵的老舊雙人沙發，還有一張堆滿各種東西的桌子。除了塔爾琴，什麼都有，從菸灰缸到閱讀燈，應有盡有，還有一個舊水族箱，沒有魚也沒有水，卻裝滿貝殼，那是爸爸從海邊撿回來的。爸爸沉迷於貝殼已經有好一陣子了。同一時間媽媽也迷上螢火蟲，她每晚都會進入森林，然後抱回滿滿好幾罐。等所有人都睡著後，媽媽會將她在森林邊緣抓到的螢火蟲放出來，讓牠們飛來飛去。她不知道我一直在看著她，逕自躺在家中地板中央看著螢火蟲，看著牠們如星星般閃爍並在她的髮絲間交配。有天晚上，媽媽因為蘇赫拉布被捕而苦悶難眠，又來找螢火蟲和屋內的寂靜與暗影，發現牠們正圍繞著我閃閃發光。我格格地笑，她卻頭髮散亂，一臉驚駭地看著我。那天晚上，媽媽挨著我坐在地板上，讓我和她一起分享螢火蟲帶來的和諧氣氛。我就是在那天晚上才發覺到，我的母親，這個女人曾陪我吃三餐、每晚哄我入睡，她那聲溫柔的「晚安」是屋裡最後回響的安全之聲，而我竟那麼不了解她。當晚，她與我分享她的一首詩。那是她婚前寫的，當時的她夢想著要當詩人。她閉上眼睛，斜倚矮桌，在一閃一閃的螢火蟲包圍下朗誦道：

向來自滿的造物主
被希望歡樂與螢火蟲環繞，終有孤單的一日
世界的末日
少了夜夜的擾動，一聲吶喊：
造物主啊，你的正義何在？

在那些失眠的夜裡，爸爸會到碧塔和我的房間看一眼，由於擔心蘇赫拉布的命運，便開著他的銀色別克Skylight前往海岸。他會坐在濕濕的沙地上，傾聽夜裡可怕的海潮聲。他會拿手電筒檢視貝殼，並將五彩繽紛的貝殼塞滿口袋，回家後擺進空水族箱，一直忙到天亮。有時候，爸爸仍會在半夜醒來，轉到美國電台收聽伊朗國內的政治新聞。收音機是我們家裡唯一的大眾傳播形式。每當「美國之音」的主持人在新聞報導空檔，播放在伊斯蘭革命後逃往美國的伊朗歌手的歌曲，他都會調低音量，然後拿起一個大貝殼貼在耳邊聽海的聲音。他閉起雙眼，深深吸著菸斗，在沙發上把腿伸直，就像我們還會全家一起去天鵝飯店的往日。那個時候，沒有革命衛隊會喊我們中產階級，或是因為碧塔把頭上的頭巾推得太後面，就指責她的行為危害國家安全。有時，在鋸木頭、上護木漆或準備寫書法用的大理石紋紙時，爸爸會聽他最喜愛的歌手唱歌。他會聽黛爾卡西，天曉得她現在住在哪裡；會聽瑪茲耶或流行音樂之王韋根，也會聽革命後逃往美國的海伊德：

為了我悲傷的家屋
為了我悲傷的巷弄
為了你，為了所有和我們一樣的人
它在唱著我很悲傷

或是巴南，唱道：

每晚的我如笛子般幽咽哀吟
妳偷走了我的心與靈，卻未成為我的愛人
妳原在我身邊，妳棄我而去

猶如花香一般，妳在哪裡？
我獨自被棄，妳獨自遠走。

有時到了半夜，媽媽也會醒來，他們便一起切割木頭或上漆。有一天晚上，當「美國之音」的政治新聞主播打破他們之間的沉默，他們甚至沒有看對方，因為他們各自的心眼都在看著蘇赫拉布。他們只是鋸著木頭：「吱—吱—吱」。主播說，如今什葉派的阿亞圖拉何梅尼已答應結束為時八年的戰爭，聯合國安理會也通過了第五九八號決議，有些跡象顯示他會為這次的挫敗雪恥，因此伊朗的前途仍然堪憂，只不過還沒有一個政治分析家能預測會發生什麼事。爸爸以為媽媽在哭，媽媽則以為是爸爸在哭。

清晨一早，當爸媽在我最愛的公雞納姆隊長的啼聲中醒來，看見天亮了，又發現地上滿是鋸得奇形怪狀的木塊，他們不知如何是好。一開始爸爸怪媽媽把他們裱框用的木頭全毀了，接著換媽媽對爸爸大吼，說他不該把所有的木頭都放到她面前。到最後，他們大笑起來，笑到淚水滾落臉頰。隨後爸爸把媽媽的頭摟進懷裡，以免她的啜泣哭號擾了清晨安睡中的我們。

家裡最像祖屋的地方就在屋椽下面。那裡全是老鼠，在綢布、鑲嵌木桌，以及在世與死去的祖先肖像上來回奔竄，甚至還會吃樟腦丸。在那裡，堆滿了儲藏的筆記本和紙張和被蛀得破爛不堪的手寫書和舊照片；堆滿了媽媽收藏起來的精緻舊地毯、直紋方毯和平織地毯，結果倒是讓老鼠、蛀蟲和白蟻以最快的速度毀壞了大半。媽媽對革命後的生活厭惡到不敢回顧過去，唯恐再小的物事都會讓她想起昔日的幸福快樂。所以才會到處都有老鼠。有時候，屋椽底下老鼠和白蟻的動靜太大，媽媽會上樓去坐在布滿灰塵的沙發上，在煙霧瀰漫、嗆人的空氣中看著老鼠的饗宴，看著美與歷史一點一點被啃噬掉。那許多事物累積成數十年的回憶與過往的身分，它們已倖存了許多世紀。「我們不是最早自我毀滅的人；在這麼一座擁有各種幸福設備的城市裡。」她默念道。然後她會淚眼迷濛地下樓，盡可能地遠離房子。她會去坐在森林裡的一棵樹下哭泣，眼淚哭乾之後，才紅著鼻頭、腫著眼睛回來，開始煮飯，一面用美麗的聲音緩緩輕吟沙姆盧[6]的一首詩：

太陽睡了，睡了大地
像個死了兒子的母親一樣，哭泣

憔悴地，變換成深暗夜帳
緩緩地，大海成了我幸福的墳場

關於媽媽對蘇赫拉布的奇怪愛意，我們全都心照不宣，又有些疏離地予以尊重。蘇赫拉布不僅僅是媽媽的二十六歲愛兒。對媽媽來說，蘇赫拉布不是被關在不明監獄裡命運未卜的兒子，而是她一輩子所承受的心跳、欲望、愛與希望的巔峰，是她的夢想，是她在小說與層層詩句中尋找的目標，也是她最終失去的東西。蘇赫拉布被捕後，她一句話也沒說，可是她已確知他的命運。也許除了我以外，她是唯一知情的人。儘管幾秒鐘前還在重溫她前一晚的夢境，但就在蘇赫拉布被處決的那一刻，她便在青梅樹梢上頓悟了。蘇赫拉布被處決的前一晚，媽媽從噩夢中驚醒，手抓著左邊乳房，心想：**他們殺了蘇赫拉布**。然後焦慮地看著衣服上的一點血跡，她脫去衣服，只見左乳上有兩個滲著血的小嬰兒齒痕，就在蘇赫拉布還是嬰兒時咬破的地方。她看到那滴血的同一時間，便有一道無形的力量將她拉上青梅樹，讓她受

6　沙姆盧（Ahmad Shamlou），伊朗最具影響力的詩人、作家、記者，於一九八四年獲諾貝爾獎提名。

到那沉默的狂熱、那突如其來的頓悟所衝擊。

在得知蘇赫拉布的名字與母親年少戀情之間的關聯之前，我們早已聽說她懷他時，曾夢到他在母腹中夢見自己在一座濃密森林裡赤身爬行。他爬啊爬，最後來到一棵與其他樹毫無兩樣的樹前，爬上樹去。爬了一會兒，暫停一下又繼續爬。這時嬰兒察覺到自己移動時，樹會長高，而當他停下，樹也停止生長。嬰兒繼續愈爬愈高，樹也愈長愈高。他爬得好高好高，樹也長得又高大又廣闊，遮蔽了半個地球。爬到大樹頂端後，嬰兒往下看著地面，停了下來，隨即沒入樹皮中消失不見。

後來，她在蘇赫拉布十五歲生日派對上敘述這個夢，大夥兒聽了各有解讀，唯獨蘇赫拉布只是聳聳肩，以一貫的幽默說道：「我呢，一點都不記得了。」

蘇赫拉布還在的時候，我們夏天的消遣娛樂之一就是拿羽球拍抓房間與屋椽內的小老鼠。然後我們三兄妹會舉行現場測試來決定老鼠的命運，並在爸爸（老鼠殺手）回家以前宣布並執行最後裁決。「死一隻小老鼠解決不了問題，我們不能違背自然法則，手上還是不要沾血比較好。」於是我們三人會大發慈悲，把嚇壞了的老鼠從閣樓角落放了，然後帶著滿足的微笑看著牠們消失在遠處。但如今淪為屋椽下老鼠犧牲品的是許多珍貴的伊朗手工藝寶物。不過比起爺爺家的收藏，這些連一個裝古董的小箱子也填不滿。一九六一年秋天，母親第一次見到爸爸的家與家人，那棟十八房大宅的氣派，宅內的無數走廊與通道、室內台座與戶外露台，看得她瞠目結舌，一度無法動彈。若不是爸爸及時摟著她帶領她往前走，身為家中長媳的她一定會在婆婆戈妲法麗和公公賈姆希德面前出洋相。事實上，那是一棟卡札爾王朝時期的豪宅，凡是第一次進屋的人，看到那些廳堂、過道、走廊的金碧輝煌、灰泥粉刷與無數鏡子，都會目瞪口呆。屋裡的擺飾全是羅莎只在書上讀過、在雜誌上看過圖片的物品：色彩繽紛的伊朗、中國與印度絲綢、套了罩裙的椅子、伊朗絲絨布簾、百枝水晶吊燈、瓷瓶與紫色鬱金香、繪有花鳥的瓷盤、草履蟲圖案織面軟墊、納因與卡尚產的稀有絲質地毯；卡札爾與巴勒維王朝諸王以及父親家族的偉大祖先札卡里亞．拉齊的肖像；出自伊斯法罕大師之手的鑲嵌與雕刻桌椅、義大利家具、銀盤；還有一面書櫃擺滿各種語言的書，從俄文、中文、英文、法文與德文，到藏文、梵文、亞蘭文、巴勒維文、拉丁文與阿拉伯文，無所不包。那些書加上傳統與現代兼備的家具擺設，這棟宅子可說是卡札爾與巴勒維時期的結合。

正如同屋裡住的人。那天，當時才二十五歲的爸爸在雙子瀑布附近發現一個小洞穴，在那兒待了一星期之後才正要回家。那個星期當中，他不斷彈奏塔爾琴直到指尖滴血，石頭上還長出紅色地衣並開了花。回家途中，達爾班山坡尚未天黑，他的目光無意間落在媽媽身上，只見她全心全意地讀著蘇赫拉布．塞佩里[7]的詩集，既沒看見四周的人也沒看見橘紅色的美麗夕陽。於是爸爸得以觀察她良久。媽媽一直到讀完《旅人》才抬起頭來。抬起雙眼的她已不在這個世界，眼裡沒看見任何人。她正悠遊於一個只有她和蘇赫拉布兩名遊者的宇宙。四下環境裡，她只聽見「嗡嗡」聲。心裡只不斷回響著一個句子，猶如夜裡的隆隆雷聲一再敲打著孤寂寢室的窗：

而愛，唯有愛
將我帶至浩瀚的人生煩憂
將我送到可以變成鳥的地方

爸爸就是在此時此刻接近媽媽，要不是動了腦筋，他可能會永遠失去她。他夠聰明，一開口先從塞佩里的一首詩切入，並告訴媽媽一些關於這位詩人的新資訊，因此打從一開始，她就覺得他們非常談得來。也因此到了晚上還不到十點的時候，羅莎做了她這一生中所做過最大膽的事：她沒有找唯一的家人——她母親——商量或徵得同意，就答應嫁給這個後來成為我父親的男人。山坡暗處出現了一個穆拉，他又冷又害怕邪靈與霧，但仍答應以二十土曼的酬勞當場為他們證婚。

直到多年後，我和碧塔和蘇赫拉布問爸媽，為什麼蘇赫拉布的名字和我們姊妹倆不一樣，是以S開頭，媽媽才終於說出來龍去脈。那天她去納希爾霍斯勞街買書，當時所有的書店都在那條街上。她買了剛剛出版的《旅人》，正在讀那首長詩時，下起了毛毛細雨落在書上，這時她忽然雙腳離地，飛越過行人與書商。爸爸當時一邊抽著菸斗，一邊專心聆聽媽媽回顧那天的情景。在細雨中閱讀《旅人》，接著赫然發現自己的腳離地，從納希爾霍斯勞街的行人頭上飛過，是一個年輕男子將手搭在她肩上才把她拉回來。那人非常地瘦，臉上留著濃密鬍子，看起來像個嬉皮。要不是他說話溫文有禮，媽媽一定會嚴厲回應這個身材瘦小、留著鬍子，讓她重新穩穩站上納希爾霍斯勞街鵝卵石地面的男人。他看著媽媽，跟她說她的

7　蘇赫拉布．塞佩里（Sohrab Sepeheri），知名伊朗詩人、畫家，他的作品被翻譯成多國語言。

皮夾掉了。她沒有一句道謝，直接取回皮夾又繼續上路，依然沉浸於詩句中——**我的心無比哀傷，什麼都不能／無論是苦橙枝頭安靜下來的芳香時刻／或是兩片紫羅蘭花瓣間沉默的真誠話語／都不能釋放我**。然而，媽媽才走幾步，剛才那個年輕人又把手搭在她肩上，這次是問她願不願意跟他喝杯咖啡。媽媽答應了，這個反應讓兩人都嚇一大跳，齊聲大笑。接下來的兩小時，討論完《旅人》鮮活流暢的心靈意象，高中剛畢業的羅莎說了自己想當詩人的夢想，年輕男子也提起自己剛結束一趟神祕的印度之旅，兩人互相訴說許多關於自己的事，咖啡甚至兩度變冷。接著羅莎才猛然想起自己得趕緊回家，以免孤單的老母親擔心。於是他們匆匆道別，早暗的天色讓羅莎急忙奔入霏霏雨中，正要穿越擁擠的雷札國王街時，她竟在車輛刺耳的喇叭聲、猛踩油門的加速聲與尖嘎的剎車聲中聽見他的名字：蘇赫拉布・塞佩里。

媽媽說她聽見他的名字時，膝蓋發軟，差點被一輛車撞倒。她想回頭跑回對街，想尖叫，想對他高喊，想對他說：「別走……留下來……」可是太遲了，蘇赫拉布已消失在因為突然下雨而奔跑的人群中，留下羅莎站在原地，四周淨是喇叭與剎車的噪音，手裡則拿著方才那個年輕男子送給她當紀念的派克鋼筆。數年後，有個穆拉帶了幾名革命衛隊兵來逮捕她兒子（婚後幾個月出生的蘇赫拉布），竟任性地從她桌上偷走了這支鋼筆。也許她是因為害怕失去才會接受我父親胡山的求婚。她不能再失去另一個蘇赫拉布。後來，當媽媽向爸爸坦承，只要讓她再見到蘇赫拉布．塞佩里一面，她絕不會放他走，爸爸倒是不太煩惱，因為他從許多文學圈與音樂圈的朋友那裡聽說蘇赫拉布是個超脫塵世的詩人，從來沒交過女友也不想結婚。結果果然沒錯。許多許多年後，一九八〇年四月二十一日，當報紙登出頭條新聞：「旅人作者啟程踏上永恆之旅」，蘇赫拉布仍是單身。爸爸讓她自己去發現，不必要提早傷她的心。幾個月後，羅沙在翻閱爸爸的日記時讀到蘇赫拉布．塞佩里的死訊，胡山便讓她獨處一整天，哀悼她離去的旅人。

在閣樓上那些被棄置的寶物間走動時，我想起這裡也是已故家族成員的鬼魂尋歡作樂之處。這是碧塔說的。她相信有許多次，她都聽到屋椽底下傳來腳步聲、竊笑聲和電燈按鈕開開關關的聲音。碧塔說，不管這個家族的人再怎麼抗拒死亡，死者數量還是不少。有一回，碧塔趁爸爸不在，跑進他的工作室乘涼看書，看見一個穿著白絲袍、戴著祆教白帽的虛弱老人從閣樓梯子走下來。碧塔睜大雙眼看著，一眼就認出他來，便說道：「你跑這麼遠來嚇我嗎？」他不是別人，正是我們的先祖札卡里亞．拉齊，也就是那位十世紀的學者、酒精的發現者，也是一百八十四本關於醫學、煉金術與哲學書籍的作者。他因為寫了兩本書闡述先知的無用與欺騙行為，而被其他新近皈依伊斯蘭教的伊朗人開除教籍，書也當下遭到燒毀。我們的偉大祖先佝僂著背，睜著被汞氣與蒸氣薰到弱化的眼睛，步下階梯轉向碧塔說：「妳得去做一件事。」碧塔害怕極了，問道：「為什麼是我？」孱弱的老人回答：「因為妳將會是箱子的唯一繼承人。」「什麼箱子？」碧塔問道。偉大祖先說：「以後妳就會明白。妳必須承諾保護箱子不受他們侵害，直到指定的時間為止。」他說到「他們」二字，眼睛和眉毛動得好誇張，碧塔立刻明白他的意思。

為了盡早擺脫他，碧塔說：「好吧，我答應。可是我怎麼知道該怎麼做？你怕的人無所不在，就連這裡也是。」老人坐在最底下一層階梯，若有所思地說：「妳說得沒錯。」

隨後他們陷入沉思。碧塔看著老人手上和臉上蒼白發皺的皮膚，恐懼感慢慢消退，同情心取而代之。她是真的想替他做點什麼，所以才說：「只要你能把我送到一個可以擺脫他們的地方，我就會遵守承諾。」老人思索片刻後說：「比方說哪裡呢？」碧塔說：「我也不知道。你想一想。」

老人聽了便站起身來，一如下樓時那般，踩著謹慎步伐，儀態端莊從容地爬上樓梯，直到與屋椽下地毯的塵土髒汙及大量蒙塵的卡札爾時期布料融為一體。老人離去後，碧塔把這次會晤忘得一乾二淨，一直到多年後，她的手拂掠過自身黏滑的魚尾，這段早已湮滅遺忘於幽冥之中的對話才又再次浮現。

在那之前，我只見過一次遊魂。那是一個雨夜，我在樹屋裡睡覺，因為聞到濕濕涼涼的氣味而醒來。很明顯有人在——不必開燈就知道。那個存在慢慢靠近，拉起燈籠的燈心並點亮火柴。原來是一個西伯利亞獵人的遊魂，已迷路多年。我下床給了他一杯水和兩顆烤馬鈴薯，因為我知道遊魂總是又餓又渴。他一語不發，就坐到角落裡狼吞虎嚥起來。他吃著吃著，跟我討鹽，我便拿給他。喝完水以後還要再喝。之後，雖然我沒要求什麼，他打開他的鹿皮衣給我看，裡面掛著幾塊兔皮與狐狸皮，還有幾把手工製獵刀。他說他是西伯利亞的獵人，生前被一個薩滿騙了。薩滿告訴他如果他能殺死一頭大熊，就會幫他娶到他愛慕的族長女兒。沒想到他被大熊給生吞活剝，而那個薩滿則自己娶了族長女兒。老人說他死的時候才二十歲，但他後來才知道死人也會慢慢老去。自從他死後，心裡充滿復仇的欲望。然而即便過了一千年，他仍找不到機會復仇，雖然他曾經在四世當中割下薩滿的頭，還刺死過他一次，但這樣還不夠。薩滿在他的最後一世，利用了前幾世記憶中的一些巫術，將獵人的魂魄困在龍捲風中。獵人在龍捲風風眼裡環繞旋轉了三天三夜，終於降落，但如今幾百年過去了，他還是找不到回西伯利亞的路。在靈界，他的階級與這個地區的鬼魂截然不同，所以那些連西伯利亞在哪裡或甚至自己身在何處都不知道的無知鬼魂，根本無法輕易回答他的問題。我信誓旦旦地告訴他我知道那在哪裡，我知道那是在北方，但如果他想知道確切地址，就要隔天晚上再來，我才能從地圖上指給他看。老人於是念著西伯利亞咒語，消失在空氣中，他幾乎不敢相信我能拯救漫遊了數百年的他。

次日晚上，我拿來一張世界地圖，與老人坐在燈籠燭光下，將我們所在的地方與他要去的地方指給他看。我解釋的過程中，他不停問問題，並用手觸摸地圖上以不同色塊標示的各個國家。然後他沉默不語，安靜了好長時間。起初我以為老人的沉默代表滿足，但慢慢才發覺他是陷入哲學思考的恍惚。當他最後終於開口，兩眼仍盯著地圖說道：「所以說，我住過的這個玩意叫地球，它是圓的，而且照妳所說，這許多國家和部落領地都存在，還有七十億的人住在這顆球上，而我甚至不知道七十億是多少，只知道那代表很多很多。」

他停頓一下又說：「那代表非常、非常、非常多，比所有的西伯利亞部落還要多。」我俯身看著地圖，等著想知道他的結論是什麼。他幾經沉思後說道：「好像再也不值得了。」我很高興聽到這熟悉的語句。我正要問他打算怎麼辦，他就說：「老實說，如果有這麼多人活著，想想看有多少死人和遊魂也同樣住在這顆球上。如果每個遊魂都想找另一個鬼魂或活人報仇，這世界就成地獄了。」他用黝黑的杏眼看著我，用被太陽曬傷、毫無笑意的嘴唇吸飽空氣，最後放聲大笑。他的笑聲把我惹笑了。他的笑愈來愈大聲，愈來愈大聲，最後驚動昏睡的鳥，附近屋子也亮起了燈。然後西伯利亞獵人站起來，狂笑不止地走出門，消失在空氣中之前還往後朝我擺擺手，另一隻手則抱著仍然笑得不停顫動的肚子。

所有離群燕子在埃文上空被射殺的那個漫長而不祥的日子結束時，我也完成了留在屋裡與閣樓上種種回憶的巡禮。就在那一刻，爸媽和碧塔被一群巴斯基民兵[8]與革命衛隊攔下；他們臨時起意進行路檢，把通往菲魯茲庫公路上的車一一攔下，檢查袋子和靴子裡有沒有違

8　巴斯基民兵，來自巴斯基的年輕義勇軍，是伊斯蘭革命後成立的輔助部隊，負責的任務包括內部維安、執法、籌辦公開宗教儀式、維護公序良俗與鎮壓反對人士的集會。

禁品。爸爸的車上沒有酒也沒有音樂卡帶；沒有馬斯伍德・拉賈維[9]或基亞努里[10]的演說錄音；沒有何梅尼在庫姆的菲濟耶馬德拉薩神學院的演說[11]；更沒有雙陸棋或撲克牌。車上有的可能只是一本塞在角落裡被遺忘的書。有個十四歲的巴斯基民兵肩上扛著一把G3衝鋒槍朝他們的車走來，踢踢輪胎，看都沒看爸爸一眼，就以嘲弄的口氣說：「外國車啊！」從那刻起，到他們終於獲准重新上車離開，爸媽和碧塔整整在路邊的寒風中挨凍瑟縮了兩個半小時。他們的車從內到外被翻了個遍，最後衛隊兵在碧塔的包包裡找到一本馬奎斯的《百年孤寂》，他們花了一小時傳來傳去，並透過無線電到處詢問，好不容易才相信就政治而言，這本書並不危險。當爸爸的車終於啟動準備離開，那個巴斯基男孩眼看自己沒什麼藉口可以在碧塔這個美女面前炫耀，便往碧塔的窗玻璃吐葵花子殼，然後微微一笑，露出一口爛牙。

9　拉賈維（Masoud Rajavi），人民聖戰士組織領袖。
10　基亞努里（Kianuri），人民黨領袖。
11　此指何梅尼在一九六三年的初期演說之一，當時他告誡國王，但同時又說他不希望國王被推翻，也不希望人民因為他下台而高興。

第五章

死有很多好處。你會忽然變得輕盈自由，不再害怕死亡、病痛、審判或宗教，也不必在長大後注定複製別人的人生。不會再有人逼你學習或測驗你關於宗教準則或有效的祈禱。但對我來說，死亡最主要的好處是當我想知道某件事，馬上就能知道。*Kon fayakon*[12]。易如反掌。想去什麼地方，就可以出現在那個地方，簡單得很。我是在我死去那天，一九七九年二月九日，領悟到這一切。當時再過兩天，伊斯蘭革命便到達最高潮。我死的那天，一群情緒激動、沸騰著革命的恨意與狂熱的革命份子，蜂擁進我們位於德黑蘭帕斯區的家，發出奇奇怪怪的噪音，並高喊：「真主至大，真主至大！」他們衝進爸爸位於地下室的工作室，往他

---

12 「有！於是就有了！」（*Kon fayakon*）一語出自《古蘭經》第二章一百一十七節，神對造物的敘述。

的手工製塔爾琴、雕刻用的桑木和書籍淋上煤油之後，全部放火燒了。才十三歲的我正在那裡練塔爾琴，當他們展開野蠻攻勢，我爬到桌子底下，嚇得全身動彈不得。我親眼看到他們到處潑油，丟打火機。「轟——」

一切都在瞬間發生。我不記得自己有多痛或是叫得多大聲，卻忘不了皮肉燒焦味和鬈髮燃燒的滋滋聲。有一刻，我從一團顫巍巍膨脹起來的火焰蒸氣中心，從走廊和窗戶，看見了他們所有人。我看見媽媽，昏迷不醒倒在一些女人懷裡，剛才那把火正是她們以打倒享樂惡習的名義放的。我看見爸爸，半身燒傷站立著，被一群革命男份子團團包圍，幾個月前他們還喊他「大師」。我也看見碧塔和蘇赫拉布不停尖叫，直到嗓子喊啞了，無聲地倒在院子地上。他們全都在顫動的一剎那間消失，然後……再次出現。儘管已過了這麼多年，每當想起爸爸撲進火中救我，結果半邊身子著火被拖出去送醫的情景，我還是覺得噁心欲嘔。我還記得媽媽試圖伸手拉爸爸和我，硬是掙脫那些女人油滑的魔爪——她們手裡拿著長勺，前來將她們革命的熱情與悲苦澆淋在我們平靜的幸福之上。

那個時候，我對死亡或來生毫無概念，更不知道每次的死亡都是另一世的一座指標。所以當我發覺自己身體還在燃燒卻感覺輕飄飄，而且可以從上方俯視自己，不禁大感驚訝。沒多久，一切就都明白了：一旦失去肢體能力，其他能力便會擴增。我知道了可以走哪些沒人走過的路，而最後最棒的事情是可以成全家人想再見到我的願望。

爸爸剛出院回家時，家裡一片可怕的死寂。地下室的毀損與火煙也波及到庭院，燒毀了花和樹，誰也沒靠近過那個地方。由於地下室與院子的牆壁被煙燻黑，酸櫻桃樹與梨樹枝幹也變得焦黑，家裡的氣氛充滿悲傷，連諾魯茲節[13]的蝴蝶和蜻蜓也沒有翩翩飛入我們的院子。蘇赫拉布和碧塔不再去上學。因此，有一天，我受夠了這深深的哀愁與悲嘆，便開始惡作劇。媽媽在淋浴間裡默默掉淚時，我便在她耳邊輕哼：「小姐，小姐，小姐呀／坐到我的膝蓋上。」爸爸坐在沙發上，一滴淚珠滾落臉頰時，我便在他燒傷的肩膀塗上Desitin燒燙傷乳膏。我還胡亂移動碧塔和蘇赫拉布書包裡的課本。

還有一回，我把壓力鍋的蓋子放進蘇赫拉布的背包，把碧塔的鞋子放進冰箱。類似情形一直持續到有一天，媽媽因為實在提不起勁而躺下來（那段時間她經常如此），我就開始搔她癢，她忍不住發出長長的悅耳笑聲。爸爸和兩個孩子已經好久沒在家裡聽見任何大的聲響

---

13 連諾魯茲節，按伊朗傳統日曆，是新年的第一天。

（笑聲就更別提了），急忙跑過來，發現我們背對著他們坐在床上，又摟又笑。於是我就這樣繼續與家人一起生活。有時候媽媽會忘記，還拿著課本問我上課的情形，碧塔也會和以前一樣為了洗碗和我討價還價，而蘇赫拉布則不時問一些關於死者世界的問題。

我成了家族裡謎樣的傳聞。那些來參加過我葬禮的人，後來看見我和媽媽一起做飯或是和爸爸一起看書，都不禁懷疑自己的精神狀況。就這樣，爺爺賈姆希德的一句名言成了家族成員的口頭禪。有時看得見我、有時看不見的他，以頗具哲理的口氣說：「在這世上，不是任何事都會有理由。」因此，家族親人不論親疏，都漸漸接納我這個無法解釋的謎樣存在。

「阿拉伯人入侵」（媽媽總是如此稱呼那起事件）後，我們決定離開德黑蘭。唯一需要說服的人是碧塔。她仍然覺得如果留下來，就能繼續上芭蕾舞課，並成為偉大的芭蕾舞者。等爸爸讓她看到夠多的報紙與雜誌公告，譴責跳舞、演奏音樂與唱歌的婦女違反宗教法之後，她才終於屈服。誠如爸爸所說，無論是暴力集團的派對或是新政權與穆拉們的蜜月期，我們都不能加入，對於革命那一切蠻橫的不公與報復，我們不能沉默旁觀。我們不能眼睜睜看著巴勒維王朝的領袖與官員被處決，看著電視上每天播放臉色蒼白的政治犯，結結巴巴地向偉大的革命領袖道歉說：「我們受蒙騙了。」我們不能忍受有人打著反中產階級運動的名號，掠奪艾布士大師的家，卻在街角或是貨車後車廂出賣他的珍貴畫作。有一次爸爸經過舒拉巴德街區，看見堆積如山的伊朗與國際電影錄影帶與片盤，被放火燒了。當時是冬天，雪花被火焰燒融之際，那些負責審查西方產品的部會官員，手插在綠色大衣（那些年，這類大衣在革命份子之間極為流行）口袋內，圍站在燃燒的小山旁，指著伊朗老電影的封面邊笑邊追憶。

我們受夠了。也許其他人能應付得來，也許其他人已準備好更寬容地看待那些暴力與野蠻程度與日俱增的事件。可是對我們來說，對我們家人來說，真的夠了。他們可以看著暴徒以伊斯蘭之名，高喊「真主至大」的同時，將一名懷孕的巴哈伊教婦女從住家屋頂拋下來；他們漸漸習慣於看見處決行動從監獄內移到城市廣場與自家門前的公園。爸爸說大部分的人都想要習慣一切，而且他特別強調「想要」二字。就好像當他們從伊斯蘭的敵人手中──富人與中產階級──奪取戰利品、土地、工作、公司行號與工廠，坐地分贓，並在一夕之間從住在鄉間的局外人變成領薪水的革命衛隊與市議會成員之前，已事先做好決定。因此我們才會決定賣掉深愛的房子，出發前往馬贊達蘭省森林附近某個未定地點，那裡沒有電視，沒有《世界報》，也沒有荷槍、穿戴「瑪奈伊[14]」的姊妹委員會成員，她們原本的身分是「新城[15]」的妓女，如今的新任務則是揚善抑惡。這座城市的歷史愈來愈粗暴、愈來愈不友善，犯罪行為也愈來愈多，我們只想從這被玷汙的一頁，靜靜地消失。

翌年夏初，房仲業者以市價的三分之一買下我們家，備受打擊的媽媽一面徘徊在屋內她最喜愛的幾個地點一面自言自語。她走到院子平台，旁邊是半燒毀的開花多肉植物，原先已長到客廳頂端了；她又走到種滿吊鐘花和鞘蕊屬植物的露台。她坐在露台上喝茶緬懷過去，看著如今多半都穿戴頭巾或露面罩袍的婦女徒步經過，哀傷地喃喃自語：「現在女人又得掩蓋頭髮，就像掩蓋笑聲一樣。房子和夢想都變得好小，連蝴蝶也離開城市了。牆會再度變高，民眾也會買厚厚的窗簾。陽台將不再是放花盆、椅子和書的地方，而是讓習慣與別人分享垃圾者的儲藏室。」

等候房仲業者派人來完成買賣時，媽媽坐在燒焦的地下室階梯上，手撫著燻黑的牆壁，兩眼茫然注視著漆黑的地下室。她猶如遭驅逐的先知般警告道：「你們殺了一個無辜的孩子，等著瞧吧，你們的無辜孩子也會被殺。」

一從仲介那兒拿到錢，我們馬上離開。幾天當中，在森林裡與蜿蜒曲折、沒有路標的泥濘道路上，反覆地迷路又重新找到路，最後終於來到一個村落，爸爸一見到村民的平靜眼神就知道我們到了。這裡就是我們要找的安全地方：拉贊。地方上的人帶我們看了許多區塊，在發現拜火教古神廟的廢墟後，媽媽便選定那座小山上的五公頃土地，小山俯瞰四周鄉村，唯一的聯通道路路況又差，離村子又遠，誰也沒想過要在那裡蓋房子。事實上，村裡沒有人曾經拿土地換錢。神的土地仍然屬於村民，而村民彷彿為鄰居獻上祭品似的將那五公頃地送給我們，說道：「那是神的土地，你們就去開墾吧。」那天站在小山上，媽媽面轉向祆教拜火廟說：「就跟一千四百年前的你們一樣，我們也逃跑了。」

然而，當我們在俯瞰拉贊的小山上的森林與那間拜火古廟附近為房子打下基石，根本沒想到逃跑是多麼無用，因為才短短九年後，載著一名穆拉與他貼身護衛的車便重重輾壓過聯通村子的道路，上山進入樹林，來到我們家門前。我從樹屋上面看著他們，心想他們不知會

14 瑪奈伊，一種蒙住頭、下巴、肩膀和胸部的頭巾，革命過後十分盛行。

15 新城，德黑蘭南區的一個街區，革命前以妓院與酒吧著稱。

用多麼可恨的方式傳達消息。媽媽和碧塔遠遠地聽見車聲，各自待在房裡，等著看這次他們想幹什麼，因為如今屋裡既沒有蘇赫拉布也沒有他的書了。在門廊上抽菸斗的爸爸站起身來，眉頭深鎖。穆拉下了車。其中一名革命衛隊兵進到院子說：「三天後到月神樂園[16]。」

三天後，德黑蘭月神樂園——一個令人聯想到兒時遊戲與歡笑、爆米花、烤玉蜀黍和面帶微笑拍快照的地方——充斥著武裝革命衛隊巡邏兵與配備無線對講機的便衣警察，他們已經關閉「翻轉船」與「恐怖列車」設施，給民眾翻轉的生活帶來真正的恐怖。

一千多個黑衣男女等候著高掛在樹上、摩天輪上、翻轉船上與歡樂列車站上，嘰嘰喳喳響的擴音器叫到自己的號碼。擴音器的嘈雜噪音加上說話者用汙言穢語大吼大叫，根本讓人聽不清。對著喇叭嚷嚷的人說：「閉嘴，給我坐下！」接著又聽見他對另一個人大吼：「什麼，你聾了嗎？我說你的小孩被處決了。這些是他的東西。好了，趁我們還沒把你抓起來，快滾吧。」

那些和爸爸一樣站在院子角落，焦慮呆愣瞪著手上號碼看的人，並不知道自己會從哪個在擴音器背後扯開嗓門、口氣粗魯、又罵又叫的人那裡收到將來可以去探視的消息或是一袋衣物。三小時後，爸爸成了坐著的人之一。所有人收到的都不是探視時間，而是一只袋子和一聲吼叫：「不准辦葬禮，埋葬地點不明。」坐著啜泣的黑衣人群中，偶爾才會有人趁機對他人說：「我們的孩子要不是在赫瓦蘭[17]就是在沙漠裡。」

家裡再一次寂靜無聲，一如我們——塔爾琴、書和我——被燒掉那次。

這回，屋裡的快活色彩染上憂思，不需要喪服。整個世界都變黑了，黑色樹木、黑色天空、黑色的雪。盛夏裡突然下起雪來，一下就是一百七十七天。媽媽突如其來在青梅樹上頓悟才過了一個月，雖然她什麼都沒說，卻能感覺到、感應到、知道一切。爸爸佝僂著背、雙眼腫脹滿是驚恐地從德黑蘭回家時，雪已經開始下了。那天早上，黑壓壓的雲層已經開始下雪下個不停，媽媽和碧塔再無懷疑的空間。尤其是上午稍晚，有一隻巨大飛蛾出現在媽媽臥室的窗外彎起翅膀，碧塔左眼的眼皮在跳，還有一群烏鴉對著我們家嘎嘎亂叫。當碧塔看見飛蛾，很確定那是蘇赫拉布的靈魂來道別，但她和媽媽都對這些徵兆視而不見。她們試著不

16 月神樂園，革命前德黑蘭最大的遊樂園。

17 赫瓦蘭，德黑蘭南邊的一座無碑墓園，一九八八年遭處決的無名受害者就葬在這處萬人塚。

受影響，身體卻變得遲鈍，所有動力全都耗盡。所以，她們只是坐在門廊上，抬頭看著闃黑天空，看著被風猛吹、將她們的裙子滲黑的雪。爸爸在午夜回到家，又凍又濕，一語不發。她們什麼也沒問。他直接把袋子拿到蘇赫拉布房裡，然後去沖熱水澡，整整沖了三個小時，後來還是因為村民的屋頂被雪壓垮驚恐尖叫，他才出來。

黑雪下了一百七十七天。田裡的稻米變成爛泥，大片的茄子和番茄發了霉，蝴蝶的翅膀黏在一起腐爛了。鳥兒又濕又餓，母牛生出死胎。我們輪流看顧爐火，以免火熄滅，因為已經沒有油，火柴棒頭的磷也因為潮濕而瓦解。我每天都到森林去，在毫不停歇的落雪中撿拾一些木柴，搬到門廊上，來來去去的同時也看著家人。他們的身形模糊晦暗，曾一度充滿自信、歡樂的五人家庭，如今只剩三個孤獨無助的成員。屋牆發霉，長滿苔蘚，生鏽的屋頂破了幾個洞，從天花板滴進金屬鍋的水聲是屋裡僅有的樂音，混合著雷鳴與雪花輕柔卻持續不斷的沙沙聲。但是沒有人出聲，無論是媽媽、碧塔、爸爸，還是麻雀——那群從森林飛到我們家門廊上避難，濕透而沉默的麻雀。

天氣會讓人產生錯覺。萬物都被濕冷吞沒。我們的指甲因為絕大多數時間都是濕的，開始發黑變腫。有一天，我們發現從革命街二手書店重新買回的書和日記，紙頁黏在一起，墨水也暈開來，不禁慶幸至少裝著祖先文字與書本的行李箱，正乾燥而安全地留在德黑蘭。恰恰就在第四十天晚上，當我們全都默默圍坐在柴爐邊，不再去關心發黑的四肢或空腹時，有一個留著白色長鬚長髮、穿著一身白長袍的男人來敲門，他行經那群縮著脖子的麻雀卻未驚擾牠們，我們還來不及起身，他便自行開門，來到柴爐前，在爸爸身邊坐下。他突出的嘴唇隱約透著一抹笑意，同時對著火合掌禱告，誦念道：「火呀，向你祈禱。火呀，敬拜你。真相是最大的良善，是歡喜。為了那追尋最偉大真相的人，願他歡喜。火呀，阿胡拉馬茲達的光輝呀，但願造物者與他所造萬物為你帶來歡喜與讚美。在這個屋裡放光明吧。在這個屋裡持續地放光明。在這個屋裡熊熊燃燒，在這個屋裡永遠愈燒愈旺吧。真相是最大的良善，是歡喜。」我們太專注於沉默，以至於當那個全身潔白無瑕的老者說完這段話，禮貌地微微欠身，接著後退，還沒到客廳門便消失在夜色中時，我們一句話也沒說，只是怔怔注視著柴爐裡突然燒起來的火。從那時起的所有雪夜裡，我們的爐火從未熄滅過，老人每天晚上都會回來，每次也都會多帶幾個人坐在我們身旁，他們全都同樣裝扮，誦念同樣的禱告詞。

幾天過後的晚上，那群祆教徒照常拜火禱告之際，我們的目光落在門廊上，只見一位村民因為太害羞不敢敲門，便和妻子和三個小孩畏畏縮縮站在那裡。我們開了門，然後在各個房間奔走，為他們準備家裡最後一些堪稱乾爽的毛巾與衣服，在此同時，他們傾聽著那些我們已經聽慣了、為我們內心帶來些許溫暖的拜火禱告。從那一夜起，三五成群的村民帶著自家最後的鍋碗瓢盆、毛毯與食物，加入白衣男子的聚會，來到我們家避難——這裡是拉贊最後一棟屹立未倒的房屋。家家戶戶的屋頂被積雪壓垮，牛羊若非死了就是逃往較高處，剩下的公雞、母雞都跑到樹上去了。有人說看見雞隻在樹梢間飛來飛去，還和野鳥交配。還有人說看見牛羊住在山洞裡，舔著藥石、喝著熱礦泉水，而不吃草。

數星期後，由於再無空間睡覺、再無食物可吃，麻雀感受到危險，便展翅飛離我們家的門廊。接著，五個飢餓的年輕人帶著弓箭、刀子進入森林，一天後，抓回一頭羊、幾隻兔子和上百隻麻雀。他們著手在門廊上生火，燒烤獵物後狼吞虎嚥起來。

大夥兒漸漸習慣了那群奇怪的白衣人每天會準時在同一時間出現，又準時在一小時後消失。他們進屋後，每個人都會很有默契地保持安靜，聆聽禱告，等他們一走，便又再次嘰哩呱啦大聲說話。有人要找地方睡覺，有人唧唧哼哼喊肚子餓，還有人在找自己的幼兒，天曉得孩子在哪張床或哪個衣櫥底下睡著了。所有人都盡可能不碰我們的私人物品。可是有一天，碧塔看見一個小孩腳上穿著她的粉紅芭蕾舞鞋，再也按捺不住，尖聲喊說她受夠了這麼多人吵吵鬧鬧，一點也不尊重人。每個人都低下頭，沉默不語。她又哭又吼了一個小時，痛罵探頭探腦的小孩、黑色的雪、殺害我和蘇赫拉布的人、泥濘的土地和空空的冰箱。她從孩子腳上拽下鞋子回自己房間後，眾人又再度開始劈哩啪啦大聲談話，爭搶剩菜和睡覺的地方。當中只有以薩（何美拉．哈敦的外孫）靜靜地觀察著每一個人，包括碧塔在內；殊不知多年後，他會與她激情交歡，之後又移情別戀黛爾芭（當下就睡在一旁的金髮女孩），並娶了她生下五個孩子。

不久之後，在整棟房子陷入大混亂時，我尾隨白衣人而去，看見他們消失在拜火古廟附近——當地人都說那裡是幾百年前逃離皈依伊斯蘭教地區的祆教徒葬身之地。我拉拉第一個到我們家來那名老人的衣袍，問道：「你想要我們怎麼樣？」他彷彿已經在等著這個問題似的回答道：「希望、歡笑和興旺。」

這三樣東西老早就不存在我們家了。他隨即消失不見，後來他與他的同伴再也沒有回來。

麻雀、野豬和兔子眼看就要絕跡，結果就在第一百七十七天，天空逐漸放晴，黑雲轉灰，強風猛吹的黑雪也變得輕柔。到了當天夜幕降臨時，雪完全停了。聽了這一百七十七天的雷電聲、雪花窸窣聲與滴入金屬鍋的水聲，我們的耳朵好像已經習慣成麻木，不願相信附近森林的樹梢上有公雞啼鳴，也不願相信啾啾亂叫的麻雀突然唱起歌來，在水漾的陽光下飛舞。

一如天地萬物初創的首日，空氣潔淨清爽。村民紛紛跑進院子，互相擁抱尖叫吶喊，轉著圈跳起「恰克撒瑪[18]」。可是誰也無法回家。下了太多雪，根本看不見土地，大夥兒只得繼續等待。一個月後，厚厚積雪底下的土地重新露出，現在已成一片巨大的黑色沼澤，將我們的小山團團圍住，淹沒一切。大夥兒又繼續等待。這回，每二十天就有一群男人下山去，檢查豔陽高照的山谷地面。最後，當河水回到原來的河道，當樹木恢復原來的色彩，當大自然藉由金黃太陽修復了被黑雪剝奪的一切，腳下土地又能再度踩得踏實，男人便牽起妻兒的手，帶著最後僅剩的鍋碗瓢盆動身回到山谷，重新過日子。沒有一個人向我們道謝……世事便是如此。他們全部一起給予，也會全部一起拿取。一如大地、水和空氣。

漸漸地，公雞、母雞帶著模樣古怪的小雞，牛羊帶著新生的牛犢、羊羔從森林出來，下山前往拉贊。太陽慢慢清除了黑氣，植物重現綠意。每天下午，笛聲、歌聲與牧童的呼喊聲，又會再次隨風飄到我們的樹林，大地最後一絲有毒的黑色蒸氣，宛如遊魂般升上天空與雲結合。

我不知道媽媽之所以變了個人，是因為在青梅樹上頓悟，還是因為下了一百七十七天的雪、蘇赫拉布的死，或是那些白衣袄教徒的祈禱。驀然間，她脫殼而出，整個人精力飽滿、充滿雄心，而且依然美麗的豐厚嘴唇上毫無一絲笑意。她在樹林裡東奔西跑，在屋裡前跳後竄，活像隻野生鵪鶉在相思樹叢裡蹦進蹦出，還不停發號施令讓我們疲於奔命。黑色窗子得清洗，黑色衣服得丟掉再做新的，破舊的毯子、床單和床墊得和新的分開來，然後燒掉。所有倖存的卡尚和納因手工地毯都得從閣樓上和房間裡搬進院子曬太陽，還有放在閣樓箱子裡，躲過了老鼠、穆拉與黑雪劫難的所有書籍，所有《費爾多西》、《黑與白》、《謙遜》、《週五之書》等雜誌與《未來世代》報[19]也都不例外。

爸爸一面哀傷地將潮濕的報章雜誌分開來，攤開放在門廊上的太陽底下，一面說：「至少還有這些可以留給你們的孩子。」可憐的爸爸並不知道，除了沒有記憶的魚以外，他不會

18 恰克撒瑪，馬贊達蘭的一種土風舞，男女成對地跳。

19 這裡提到的都是革命前的各種知性刊物。

有後代。牆壁需要重漆，閣樓的洞需要用蠟和樹脂填補，需要有個人去把逃進森林裡的馬牽回來。花園裡的日本海棠、連翹、珊瑚樹和玫瑰需要重種。發霉的牆壁、生鏽的窗戶和腐朽的門需要修整。然而在這一切當中，出人意外的是聲音。雪停後，房子的鑲木板開始乾燥，各種聲音也慢慢回來了。「喀喀喀……」下雪期間銷聲匿跡的白蟻氣勢洶洶地回歸。牠們無所不在：家具內、門內、窗內、廚房櫃子內、空書架內、天花板內。等到能聽見壁柱間傳來白蟻的「喀喀」聲，我們已經無法忍受，也才領悟到儘管如此大費周章地整修，也救不了這棟房子。因此，爸爸做出他這一生最大的犧牲。當他宣布他準備去德黑蘭向祖父或是曾祖父借錢來重建房子，我們全都鬆了一口氣，癱倒在空蕩蕩的地板上。不過我們誰也沒有笑，對我們的嘴唇而言，現在露出笑容還嫌太早。

雖然爸爸的話讓人安心，卻不料名為艾法的鬼魂來到我的樹屋，使我們比預期更輕鬆地解決了錢的問題。就在當天晚上，與我從未謀面的艾法來跟我說，從拜火廟廢墟正中央往森林走整整十步，有一塊刻了隻烏龜的石板。從那裡再往南走十二步，又有一塊石頭像一張可以坐的椅子。坐在石椅上往東邊太陽升起的方向看，可以看見森林裡有一棵高大老樹突出於周遭樹木之上。那棵樹南側地底下一米深的地方，有我們祆教祖先留下的一甕金子。我問她為什麼要跟我說這個，她只回答：「因為妳父親必須幫助村民重建家園和學校。」

艾法尚未徹底消失在黑暗中，我就進屋叫醒爸媽和碧塔，各遞給他們一把鏟子。本來爸爸已經想著這下房子難賣了，幾個小時後，在完全不敢置信的情況下，我們竟從古老墳墓與屍骨與瓷碗之間，挖出一個裝滿薩珊王朝[20]金幣與珠寶的甕，並將它擺在依然整潔的客廳的地上。碧塔拿起一條鑲著寶石的項鍊說：「這個國家的每寸土地都有一件古代珍寶。」

爸爸知道在德黑蘭與庫姆的幾個強勢穆拉掌權下，情報與國家安全部沒收了所有古代珍寶，悄悄囚禁或處置掉發現的人，然後自己私下分贓。所以爸爸別無選擇，只能冒險親自到德黑蘭去，在霍斯勞叔叔、祖父和曾祖父的協助下出售珠寶。然而他很幸運，祖父和曾祖父太珍惜伊朗的古代遺產，因此準備自掏腰包，拿出一部分家族產業與他們的畢生積蓄來換取多數寶物，然後再大張旗鼓地捐給國家收藏館。

然而，危險並未消失。我們都很擔心爺爺家這些古物的未來，尤其德黑蘭市長不斷出價想要收購。現在呢，因為市長每次出價都被拒絕，就搬出法令作為威脅。沒多久，他們收到

20 薩珊王朝，阿拉伯人入侵前，最後一個信奉祆教的波斯王朝。

市長辦公室寄來的一封信，宣稱他們的房子必須賣給市政府以便興建公路。光是想到就覺得是場噩夢。我們都愛極了那棟擁有無數廊道、肖像玄關與精美木工鑲嵌藝品的十八房大宅，它是我們家族與整個國家歷史的一部分。最後，霍斯勞叔叔、爸爸、爺爺奶奶和曾祖父發揮了創意。霍斯勞叔叔打電話給一個相識多年、值得信賴的記者。一星期後，他們當著許多記者的面，將這批祆教寶物當成傳家之寶捐給國家收藏館。攝影記者拍下這些阿契美尼德與薩珊王朝的項鍊、手鐲、王冠與錢幣，文字記者則詳細撰寫相關報導。這麼一來，要偷走它們應該就沒那麼容易了吧，雖然我們知道古董竊賊與政治、經濟及宗教界許多大人物都關係匪淺。然後，在某個並不十分特別的清晨，當太陽仍努力曬乾泥巴，拉贊便被前所未見的重型卡車的聲音吵醒。一長列卡車拖著木料與建材，兩輛載著老練的建築工人，還有一輛載滿了書，車流全部一起跟著爸爸的車進入村子。

六個月的時間，村民與二十個城市來的建築工人頂著烈日辛苦勞動，直到拉贊變成一個連城裡建築師也感到豔羨的地方——一個不管是爸爸或是村民都永遠看不厭的地方。縱橫交錯的街道巷弄將精心建造的大村屋隔開來，屋牆以自然塗料漆成白色，還有來自青金石的藍色和泥土的赭色。如今河水流淌於砌石的運河道中，不會再輕易氾濫。寬敞的雞舍與一間散發森林植物香氣的澡堂、兩旁繁花盛開的街道、庭院裡的果樹，以及大片大片整齊方正的稻田，都讓每個新來的人看得目不轉睛。有一些工人愛上並娶了迷人的拉贊女孩，這倒也不令人吃驚。拉贊的幸福日子來臨了。村民抱著重燃的希望與精力幹活，將對遠赴戰場未歸的兒子的懷念鎖進隔絕開來的心靈皮箱，為女兒開心地跳舞慶祝。他們蓋了一所學校、製造陶器，並編織席墊與平織掛毯與布料，一如先祖。在此全面開發之際，爸爸一次也沒想過要開路。他不希望有任何道路從城市通往拉贊。如果他做得了主，也許甚至會想抹去卡車留在泥土地上、草原上的轍痕。有三個與村中女孩結婚的工人識字，爸爸便雇他們當老師。現在從我們的小山上看去，擁有這許多祕密、回憶與夢想的拉贊，顯得更加美麗繁榮。儘管爸爸滿足地看著這生氣勃勃到令人頭暈目眩的景象，嘴角卻從未露出一絲笑容。我老在他們眼前晃蕩，也許他正和我們所有人想著同一件事：怎麼都還不見蘇赫拉布的蹤影？

第六章

蘇赫拉布沓無訊息是因為他在等待。他在等待處決結束。處決確實結束了。有人說是在一九八八年九月二十七日，也有人說更晚。無論如何，最後終究是結束了。五千名男女老幼在德黑蘭、卡拉吉、馬什哈德與其他城市遭到殺害，唯一的罪就是他們的政治信念或宗教信仰。當他們最後全部死去，屍首餵了沙漠裡的烏鴉與流浪狗以後，他們並未呆坐著，反而動身出發。

五千名政治與宗教囚犯的鬼魂從眾多城市的沙漠地帶，從德黑蘭與赫瓦蘭一帶升空，看著自己發臭長蛆的肢體被到處拋撒，被烏鴉和狗銜往四面八方，然後他們帶著共同的怨恨出發了。他們想就近看看殺害他們的人的面容。他們原可立即現身於何梅尼（那個簽發處決令的人）的臥室，但為了紀念自己剛失去不久的性命，眾人一致默默決定徒步前往。於是，鬱悶不樂的鬼魂成群結隊從德黑蘭南邊、西邊與東邊沙漠出發，匯集在瓦利耶雅什廣場的交叉路口。五千個鬼魂或手插口袋，或抽著從路過行人身上偷來的香菸，走向瓦利耶雅什廣場、瓦納克、塔吉里什，接著轉進賈馬蘭街，也就是何梅尼住的街道。他們眼看男男女女直接從他們的身體穿過去，絲毫沒有感覺到他們的存在。他們看著有可能是自己孩子的幼童，看著人山人海的商店與滿是攤販的街道，看著都市戲院、聖城戲院、薩伊公園與國家公園。少了他們，生活依然如此活力充沛！戲院外面仍有那麼多棉花糖攤販和胡桃算命師，那麼多精品店、書店和黃金商販。男孩依然那麼快地陷入情網，追著女孩跑，送出自己的電話號碼！瓦利耶雅什街兩旁的懸鈴木依然開得那麼茂盛！德黑蘭竟有那麼多貓和烏鴉！他們讓已不存在的肺葉充飽了氣，一直晃蕩到天黑，然後決定不去面對殺死他們的人。他們領悟到自己的憂傷太過沉重，即使殺死謀害他們的人，情況也不會好轉。他們繼續走，看著一張張活人的面孔，生與死因是有了另一種形態。他們內心充滿愁緒與絕望。城市漸漸安靜下來。戀人雙雙走出餐廳與戲院，消失在錯綜複雜的巷弄間。商店熄了燈，到處可見零星燃起的火，是遊民聚集之處。市區街道變得空蕩，空氣中瀰漫著溫熱食物的氣味，窗口也飄出模模糊糊的夜間談話聲。剎那間，眾鬼魂感到傷心欲絕，緊縮的喉嚨倏然爆發。這五千名從瓦納克廣場往北走、際遇悲慘的鬼魂哭了起來。他們哭了又哭，哭了又哭，因為想念與心愛的人共進晚餐的情景，他們想吃香草燉菜、茄子燉肉和小檗炒雞絲。他們想念與家人在一起時無憂無慮的笑聲，想念家人的親吻道晚安。他們的眼淚流啊流……最後變成傾盆大雨。

四下裡，錯過最後一班公車的路人抬頭仰望滿天繁星，不明白這豪雨從何而來。只有無家可歸的毒蟲和瘋瘋癲癲的流浪漢，從心眼裡看見瓦利耶雅什街上流著一條淚河，源自五千個絕望痛哭的鬼魂，他們像一支潰敗的軍隊往前行進，偶爾倚靠著懸鈴木老樹，以參加喪禮的悲痛心情嚎啕大哭。洪水流到塔吉里什廣場和賈馬蘭街，越過乾枯河床上方的橋梁，流過便衣警察的腳下，流入中庭、爬上階梯，浸濕了地毯，直入阿亞圖拉何梅尼的臥室，然後爬上他的雙人床床腳，在一個尋常夏夜的半夜兩點三十二分，來到睡得很不安穩的他身邊。他照舊在做噩夢。他夢見被處決者的家屬成千上萬地將他團團圍在自由廣場上，瘋狂殘暴地抓攫撕扯他，他甚至連一滴血都沒落地。

他驚醒過來，覺得手指、腳趾和太陽穴都汗濕發黏。他翻了個身，抓抓蓬亂的長鬚，卻發現寬鬆上衣、床墊和枕頭都是濕的，不禁嚇得坐起身來。他害怕是自己的血讓所有東西變得如此濕黏。他用食指碰觸濕物，然後放到舌頭上嘗嘗，像是淚水的味道。他大吃一驚，連忙下床，那雙八十歲、顫顫巍巍的腳放到濕地毯上時，便深陷到腳踝的高度。他摸索到電燈開關打開來，這才發現房間已淹在淚水中。他的心臟因為害怕死亡而強烈收縮，他發出一聲可怕的尖叫，警衛個個驚慌失措，原本在天花板啃食木頭正啃得起勁的白蟻瞬間停止，幾隻昏昏欲睡的灰斑鳩也受到驚嚇。平常怠惰的八名警衛驚跳起來，帶著上膛的武器衝進屋裡，從何梅尼的房間循著淚河一路來到瓦納克廣場，在一旁錯綜複雜的巷弄裡，毒蟲和遊民正熟睡在民宅的窗戶下方，空氣中仍殘留著溫熱的晚餐味。

經過三天三夜心無二致的努力清理，才終於將賈馬蘭街旁領袖死巷中那棟房子各個壁凹角落的一灘灘淚水擦拭乾淨。然而，他仍會在一些奇怪地點發現水窪，每每用右小指沾起來一嘗，便又憤怒又恐懼地大吼大叫，這個情形一直持續到六月三日晚間十點二十分，何梅尼去世為止。有一次，他為了找眼鏡，手拂掠過罩袍，發現袍子全被淚水浸濕。他因為尖叫得太厲害，喉嚨痛至三天無法說話，結果取消了在庫姆的一場神職領袖與支持者的會議，還害怕到隱遁入一間還在興建中的神祕地下室。

就這樣，到了流淚遊行的第二天黎明時分，那群哀傷的遊魂各自啟程。有些回到自己位於村落與城市的家，有些留在德黑蘭街頭，向革命沸騰時期的憧憬與夢想致意，並希望有朝一日能親眼見到殺他們如殺蒼蠅的政權倒台。另外還有一些則對世事深惡痛絕，因而開始追求靈界的超脫。

蘇赫拉布就在最後這群人當中。

第七章

門「咿咿呀呀」響。鞋子拖鞋被丟進花園。小石子打中窗框。燈泡明明滅滅，窗簾開開合合。就在警衛睜大雙眼驚恐的注視下，無數腳印踩過眼前初降的白雪，朝院子延續而去，有腳步聲走向房子，大門打開後又關上。有一隻手拿起何梅尼掛在衣架上的袍子，從窗口丟到外面院子。另一隻手解開他的頭巾，將一端丟進馬桶後沖水。半夜，所有警衛瘋狂地搜索，他的妻子芭圖兒在自己臥室裡誦念恐懼祈禱文[21]之際，可以聽到門廊上有腳步聲、竊竊私語聲，那張演說日專用椅的蓋布也微微下陷，彷彿有人坐在上面。

有天晚上，一名年輕侍衛清楚聽見四周的樹下與灌木叢後面有聲音說著：「殺人凶

21　恐懼禱文，伊斯蘭教徒感到害怕時做的禱告。

手！……殺人凶手！……殺人凶手！……」他害怕至極，手指緊張地扣下扳機，朝矮牽牛與茉莉花叢一陣掃射，其餘侍衛連忙發出噓聲要他安靜。即使到了半夜，何梅尼的眼鏡從他頭頂上方的壁架升起，四下快速移動，然後當著他視力衰弱的雙眼飛落地面而斷裂，與他同在房裡的人也都絲毫沒有反應，因為他並未開口下令。

自從當上伊朗伊斯蘭共和國最高領袖這許多年來，此人養成了一個習慣，總會坐在一面大鏡子前發號施令，此時的他沉默不語。坐在鏡子前與人交談，會讓他充滿無比的信心與勇氣，自覺可以征服高山、沙漠與天空，並在彈指間將穆罕默德的正宗伊斯蘭傳播到世界各地。此時他仍堅持不出聲。若非當晚他們做得太過火，把他睡夢中的沉重軀體拖下床，若非他們將他拖過臥室的手工克爾曼地毯，接著又拖過長長的客廳，打算把他從二樓推下去，侍衛大概仍會按兵不動。但特別就在那天半夜，何梅尼驚恐得大吵大鬧，連賈馬蘭街上的十二名革命衛隊人員也聽見他的吶喊，奔進屋後，看見他的八名特別侍衛正惶恐地拉著他的腿，拚命要將他拉回房中。兩名革命衛隊人員朝隱形力量開槍後，侍衛才終於將他老邁發皺的身體從窗口拖進來。那天晚上，何梅尼哭了，因為其他人都目睹了他的褲子流下一條條濕濕黃黃的痕跡，這是他頭一次讓所有人看到那張永遠皺眉怒視、冷酷高傲的臉背後，其實是個什麼樣的人。

一小時後，十二名革命衛隊人員與八名特別侍衛聽見他在臥室裡說話。他們猜想他應該是一如往常在對著鏡子說話。有時他提高嗓門大吼，有時他的嚎哭聲響徹老屋裡各個暗無天日的房間。次日中午，當他雙眼凹陷、滿頭大汗、手腳發抖，拿著一團揉皺的紙走出房間，每個人都看出了，在那間臥室裡毀壞的不只是那些被拋來拋去的物品。同一天，兩名工程師跪坐在何梅尼面前，因為他下令建造一座地下宮殿。只見他倉促、緊張又驚恐地在他們眼前擬出這個怪異的計畫，誰也不敢提出異議。他一開始就說了：「不許提問。」

許多志願入伍的士兵並不像報紙所載或是收音機與電視所播報，甚至不像瓦利耶雅什街、托希德街和革命街上二十米高的看板所宣傳，他們既不是熱中於傳播伊斯蘭的鬥士，也不是革命與何梅尼的信徒。他們只是心思單純的愛國青年，連一寸國土都不想落入敵人之手。當死者人數超過一萬、五萬，接著超過十萬，遊魂們偶爾仍會遊蕩在德黑蘭街頭懷想自己的革命夢想，而烈士便選出代表，加入這些政治犯遊魂的行列，想要一舉解決掉何梅尼。那個下雪的元月深夜，當他們終於來到何梅尼的臥室與他面對面，傳達了一個清晰的訊息：

「你要是不想馬上死，就蓋一座鏡宮，我們會每天給你一點建築指令。宮殿完成的那天就是你的死期。」

於是，數百名工人開始夜以繼日地從屋子地下室朝山區挖掘。但是工程師下令動工之處，何梅尼會現身，猛搖食指，高喊著叫他們停止；而工程師要他們停止挖掘以免崩塌之處，何梅尼又會給出令人困惑的指示，堅持繼續挖。他們花了一年，在山的核心深處挖出一個足以建造鏡宮的洞穴，長寬各幾百米，有些地方高達三十米，有些地方卻只有一米高。然而，出乎工程師意料的是工程不僅沒有結束，最困難的部分才剛剛開始。隨著日子一天天過去，計畫似乎逐漸成形，不久明眼人又察覺計畫愈來愈混沌不明。每個人都很迷惘，身心俱疲，尤其是何梅尼。對金錢的需求與渴望驅動著工人，但頭腦變得益發不清楚且老邁的何梅尼，唯一的動力就是活下去。由戰場上的犧牲者與前政治犯組成的鬼魂委員會，每分鐘都會向何梅尼提供精確指示，建築就依照這些指示一米一米蓋了起來。宮殿入口有一道長廊，狹窄而彎曲，有些地方低矮到工程師和工人必須蹲低才能走過，有些地方又高聳達三十米。到處都是鏡子：階梯、牆壁、天花板、欄杆扶手，還有走廊。地上的碎鏡踩在腳下執拗地吱嘎作響，一刻都令人難以忘記它的存在。有些階梯終止於懸崖峭壁，有些走廊緩緩爬升連接天花板。七個樓層根據鬼魂委員會天馬行空的奇想蓋得歪斜扭曲，以至於當工人以為自己在二樓卻出現在四樓，當他們自以為正從五樓下到一樓，卻發現身處七樓無路可走。地板、門和天花板上都有窗子。處處可見的柱子卻只蓋到一半就斷了。十二座壁爐當中只有一座連到外面，有一座連到一個無門的臥室，有幾座的排煙管相通，剩下的則通往山裡。有一間臥室裡蓋了第二間臥室，其中又蓋了第三間，而第三間的地板上有一扇門面向下方的地板，卻沒有樓梯。至於蜿蜒曲折、盤旋環繞的走廊通往何處，誰也說不準。

鏡子。到處都是鏡子，不管從哪個角度，一不小心就會看見自己。漸漸地，所有在那裡工作的人都開始感到恐懼。不分日夜都能聽見驚恐的哭喊聲，從迷宮發出的求救聲。有些工人說在陰暗的廊道裡看見沒有頭或缺腿的受傷鬼魂。某日，有個工人看見他殉難兄弟的鬼魂，喜極而泣，因為哭得太厲害，其他鬼魂紛紛聚攏過來，抱著他給予撫慰。不久之後，開始有傳言說如果想找殉難者或是陣亡的無名戰士，只要去那裡當工人就行了。聽見幽暗神祕的宮殿內傳出哭聲和笑聲，漸漸變得正常。賈馬蘭街那棟房子前面出現來自全國各地的民眾大排長龍，在雨雪中一站就是數小時，哪怕沒有酬勞也要加入工班，以便偷偷與所愛之人的鬼魂會面。後來，警衛逮到幾個假扮成男人受雇的婦女，因為她們想見殉難的丈夫一面，想在宮殿的陰暗角落再次與丈夫做愛並懷孕。起初，警衛、工程師和何梅尼都覺得開心，他們以為民眾充滿革命熱忱，崇仰偉大的領導，因而前來表達對他的敬愛之情。然而，當工人與自家殉難的兄弟、兒子、父親及丈夫會面的消息，傳到何梅尼與八名貼身侍衛耳裡，他們開始選擇性地雇人。從那時起，工人必須填寫冗長詳盡的表格，確保他們家中沒有犧牲者。原本因為見到家人而略感平和喜樂的戰場亡魂，被這個刁難的舉動激怒了。於是有一名工程師消失在幽暗長廊中，從此行蹤不明。不久之後，八名貼身侍衛之一的屍體被人發現從天花板上的一扇門倒掛下來，槍背帶纏住了脖子。之後，為了避免再有人迷路或失蹤，他們到處拉起掛著小鈴鐺的五彩螢光繩。然而，這麼做顯然只是徒勞，因為有些地方繩子相交，有些地方則是平行並列，最後又莫名其妙地回到了原點。受驚嚇的工程師與警衛的人數逐漸減少，誰也不知道他們是沒有回來工作，還是在工作中失蹤。有人看見最後一個工程師打開一扇面向山牆的窗，竟發現面前五公分處是一面鏡子。當何梅尼提著燈籠，戒慎地凝視尚未完工的陰暗走廊、房間與樓梯，問他在做什麼，那個工程師幾乎頭也沒回就回答：「我在想昨天的工程。」

這個情形持續了一段時間，而令何梅尼訝異的是政府部門都沒人來見他。後來他慢慢看清了事實：國家已不再需要他。沒有戰爭、沒有政治紛亂，所有的雜音都被壓制，所有人都離開街頭與戰場回家去了。如今是建設的時候。其他政治人物應該是能夠自行處理。隨著日子一天天過去，四周的人愈來愈少，最後只剩何梅尼孤單一人，被無所不在的鏡子、寂靜與黑暗攪得心神不寧。最後一個工程師失蹤後，沒有其他人膽敢繼續。工人也陸續消失，一去不返。最後，何梅尼不得不每天花幾個小時打造自己的鏡子迷宮。八十七歲的他頭一次被迫用顫抖不穩的雙手拿起小斧頭、用鑽石刀片切割鏡子、鋸木頭、將盤尼西林粉末撒在傷口上。頭幾天很疲累，但漸漸地，他深受鏡中自己的倒影以及寂靜宮殿廊道裡的工具聲響所吸引，半夜竟忘了回家。切割木頭的氣味令人迷醉，他已經八百年沒想起過，自己也曾夢想當個木匠。

日日夜夜，週復一週，他仍在堆砌石頭、拼貼鏡子、布設電線、搭建樓梯並釘牢梯階。迷宮裡到處都有受驚嚇的工人綁在鈴鐺彩繩上的食物，他就靠這些果腹。到最後，他與世界、政治及下屬的牽繫被切斷了。他變得只專注於手邊的工作，最後太深入於迷宮的廊道、鏡子、曲折樓梯與未完的廳室當中，便再也找不到吃的，因為工人們從不曾涉足如此陰暗遙遠的角落。

他來到一個地方，既沒有電、沒有樓梯、沒有過道走廊、沒有房間，甚至沒有牆壁。那是一個類似真空的地方，當他認真一想，才發覺腳下也感覺不到地面。裡面一片漆黑，空氣的流動有限。手不管再怎麼摸索都摸不到牆壁。他滿心驚恐，明白自己已來到盡頭。他不再掙扎。此時他大口吸氣，老邁佝僂的身體朝他覺得應該有光和樓梯的地方移動，不料還是什麼都沒有。偶爾遠方會出現微弱閃爍的光，讓他能夠瞥見周遭環境。在遠方光線暗淡不明的反射中，有時會蹦出一段模糊的兒時記憶，但只要他往前一步，記憶就立刻消失。他大聲念著祖母、祖父、姑母、叔伯的名字，以保持心思靈活。念到堂表兄弟姊妹時，他忽然想起自己曾愛上一個大他五歲的表姊，她有一雙清透白皙的手臂。他十歲時，看見她早上醒來在床墊上摸找著頭巾，仍然睡眼惺忪。不管他再怎麼想，也想不起曾看過如此美麗的臂膀。當她發現他在門後看著自己，便出聲喊他並笑了起來。但他逃跑了，心裡又害怕又難為情。如今，他絞盡腦汁也想不起她的名字，也許是阿格達絲，因為她姊姊名叫阿格蘭。那是一段遙遠模糊的記憶，他既羞愧又抗拒地回想起自己在淋浴間的強大水柱下第一次手淫。接著，走在滯悶的陰暗中，四下摸索牆壁的同時，他心想也許她的名字是法蒂瑪，因為他記得她哥哥叫阿里。

他盲目地向前移動，暗罵自己怎麼變得這麼衰老又脆弱。接著他試圖回想表姊的面容，她肯定有張美麗的臉蛋，而且雪白。她眼珠子是藍色的，也或許是淡棕色。無論如何，他記得她絲毫不像自己的妻子芭圖兒。

走在虛無中喘著氣的此刻，他忽然覺得好像來到一扇門前。可是當他伸出手，卻發現面前是一面平滑冰冷的鏡子。他又繼續往前。拖鞋不知在哪弄丟了，踩在鏡子地板上的腳都凍僵了。他來到一個像是走廊的地方，但當他喊出自己的名字「魯霍拉」，聲音卻飛射入黑暗中，完全沒有回音。他將手伸向四面八方，什麼也沒摸到，四面都沒有牆壁。驀地，他的腳踢到一層梯階，是一道向下通往一個房間的樓梯，房間沒有門，卻連通另一個房間。接下來他穿過許多門與走廊，步下許多樓梯，他摸到許多柱子和窗戶，窗雖然開著卻沒有光線透進來，因為窗口面向山。

在伸手不見五指的黑暗中，他又再一次喊自己的名字：「魯霍拉！」聲音同樣往外飄離，但這次有回音傳回。他感覺好像身在一個大廳，隨後他的腳踢到往上的階梯。他走呀走呀，穿過走廊過道，爬上階梯，不斷曲折拐彎，通過許多房間，最後忽然彷彿從深沉擾人的睡夢中醒來一般，他覺得自己又回到起點：他一生中所見過最黑暗的時刻。沒有窗，沒有光，甚至感覺不到腳下的地面。現在已不可能想起表妹的名字，更遑論她的長相。他希望至少再測試一下聲音。那聲音仍然還是他的。這回，他卯足八十七年所有的力氣，大喊：「魯霍拉——！」聲音不斷往前送，直到一個稚嫩的回音回答道：「做什麼！」

一道來源不明的淺淡光線照亮一個十歲孩童的身形。那孩童斜倚鏡子看著他，問道：「你是誰？」這時候，見到鏡中倒影的何梅尼彷彿恢復了力氣與自信，說道：「我就是我，數百萬人民選出來的人。一個捱過八年戰爭的人。一個將伊斯蘭信仰傳布到世界各個角落的人。」孩童淺淺一笑，說道：「為什麼？」何梅尼說：「伊斯蘭教必須普及。」孩童再次問：「為什麼？」「因為伊斯蘭是最後也是最完美的宗教。」孩童又再次問：「為什麼？」何梅尼激動怒吼：「沒有為什麼！你的理解力還不成熟，不然就會知道這個問題沒有答案。」這回孩童冷靜卻頑固地說：「可是，**到底是為什麼？**」

他皺起濃眉。當目光落在鏡子上，他會再度變得果斷自信，但一旦轉移視線望向那個吊兒郎當斜靠鏡子看著他的孩童，就自覺根本像個口吃的傻瓜，連自己一生最大的志向（甚至為此害成千上萬人喪命或流離失所）都解釋不清。有一度，這個獨裁者沉默不語，探究男孩那句幼稚的「為什麼」的深意。後來，似乎想通了讓他啞口無言的某件事，額頭深鎖的雙眉瞬間鬆解。人生最後的幾秒鐘，他陷入絕望，因此來不及說明自己剛剛明白了些什麼。就在他一眼的目光停留在自己的鏡中倒影，另一眼看著男孩的時候，精疲力竭的心臟終於停止跳動。那一剎那間，他明白了在發表獨白時，他是個殘暴的統治者，但與人對話時，他只不過是個滿臉鬍子、邏輯不通、頑固又自大的小男孩。在人生的最後時刻，他只低聲說了一句話：「我花了八十七年才明白，獨白和對話的知識與邏輯規則，有基本上的差異。」

三個月後，有人和他兒子阿赫馬德簽訂一份二十億土曼的合約買下宮殿，他們進入後才發現他的屍體。雖然他們用了衛星導航、羅盤、無線電和螢光繩，還是花了三個月才找到他腐爛分解的屍體，反映在鏡子的黑暗中。到頭來，引導他們的其實是一股惡臭，那是所有獨裁者最後都會分泌出的臭味。

第八章

一如每一個獨裁者，何梅尼到死都不知道自己的革命，以及革命所建立的伊斯蘭，如何將人民的生活搞得天翻地覆——不只是城市人受影響，沙漠與高山住民也不例外；他們從未踏足城市，甚至沒有通往城市的道路，他們沒有地圖可以知道首都在哪裡，而就算有吧，憑他們的識字程度也看不懂。

巴勒維國王統治時，曾有健康且識字的部隊曾前進最遠的偏鄉教育民眾，但革命期間，革命衛隊到那裡去則是為了徵兵。第一絲危險氣息出現在一九七九年，當時識字部隊已經到拉贊來很多年，其中成員幾乎都被當成在地人（其中一人甚至娶了村裡的女孩），不料他們進城領年薪後便沒有回來。沒人想到這有什麼危險，但五名教師一去不返，總不是好兆頭。

一九八六年某天早晨，當車輪的「吱嘎」聲響徹全村，睡意仍濃卻備受驚嚇的村民被噪音吸引到村中廣場，他們看見之前那五名教師的其中一人乘著一輛滿是泥巴的車，揮著手進村——當年他離開時尚在襁褓中的女兒都已長大了。起初，村民沒有認出他。隨同此人前來的是三個鬍鬚雜亂的武裝人士，開了兩輛Patrol。所有人都穿著相同的綠色制服，肩上背著大型槍枝。教師面帶微笑，在嘈雜聲中步下綠色Patrol，走向村民。他與其中一人握手，並低聲私語道：「是我，巴赫拉姆！」就在此時，他的一名士兵同袍問道：「胡笙兄弟，我們總算到了嗎？」如今改名為胡笙[22]的巴赫拉姆回答：「兄弟們，我們到了。」說完又再次面向村民說：「他們是我的戰鬥弟兄。」民眾對他的古怪裝扮與言語感到困惑，問道：「弟兄？戰士？」巴赫拉姆重重拍了一個老人的肩膀說：「伊斯蘭和戰爭中的戰士！宗教中的弟兄！」村民們嚇壞了，齊聲說道：「戰爭？」胡笙不敢置信地看著他們說：「伊朗和伊拉克之間的戰爭啊。你們難道不知道？伊斯蘭革命呢？伊瑪目何梅尼呢？」

由於當局刻意不向拉贊村民傳布德黑蘭重大事件的新聞，因此他們直到七年後，才從這個轉變為大鬍子武裝革命衛隊士兵的教師口中，得知一九七九年伊斯蘭革命的消息。他同時也告知了另外四名教師的命運：有一個由於加入人民聖戰士組織而遭到處決，另一個在上戰場的第一天就喪命，第三人背叛了伊斯蘭與國家，逃往國外，至於第四人則被宗教裁判官判處石刑[23]，至於與他相戀卻尚未正式離婚的女子也一同受刑。

純真的村民們一生中最大的挑戰，就是與周遭森林草原中，自然與超自然的力量取得平衡、和平共處，面對這些洶湧而來的可怕消息，無不茫然而困惑，既不知該如何反應也不知該對什麼有所反應。革命？伊斯蘭？戰爭？還有他們老是聽到的、不同說法的宗教律法？

雖然胡笙與衛隊同袍在村裡待一星期對他的妻女而言是好事，但村民對於他離開村子後城裡發生的事，仍感到十分震驚惶恐。胡笙簡要地解釋道，七年前人民走上街頭，高喊「國王去死」和「美國去死」。所以國王帶著家人逃離了伊朗。流亡法國的阿亞圖拉阿茲米伊瑪目魯霍拉．穆薩維．何梅尼座下也回到伊朗，神聖伊斯蘭共和國取代了巴勒維政權，有百分之九十八的民眾投票選擇了伊朗伊斯蘭共和國，前朝的政權領袖遭到處決，其他剩下反對伊斯蘭共和國的人也都被捕入獄。何梅尼下令，一般伊朗民眾無須付房租水電費，婦女必須戴頭巾，這位偉大的革命領袖還下令切斷所有與美國及其他各資產階級國家的關係。胡笙宣稱

22　胡笙是阿拉伯穆斯林，尤其是什葉派的人名，而巴赫拉姆則是波斯人名。

23　石刑，伊斯蘭教法，是一種鈍擊致死的方式，將人埋入沙土用亂石砸死。

伊拉克入侵伊朗，現在所有男人，不分老少，甚至連孩童也上前線作戰，以捍衛神聖伊斯蘭國。在這長篇大論當中，只有一次，有位老翁問道：「不過伊拉克在哪啊？美國又是誰？」

胡笙與其同伴沒有想到，戰爭歌手科威迪波[24]的哀傷歌聲會如此迅速地感動村民們單純而信任的心，當他唱出「穆罕默德祢不在的地方／就會見到毀滅／城市一旦解放／祢的同胞的鮮血／不會白流」，村裡所有的年輕人立刻陷入忘我的狀態，紛紛前仆後繼、迫不及待地列隊，準備一嘗殉難的甜蜜滋味。早知如此，胡笙他們就不會花上七天七夜，在貧弱的村民面前稱頌革命與神聖伊斯蘭國的成就。科威迪波的悲嚎是那麼地觸動人心、令人斷腸，卡帶還沒播完第二遍，神情茫然、淚眼婆娑的青少年（年紀最大的還不到十六歲）便已成群列隊，領胡笙發放寫著「戰吧，戰到勝利之日，噢，薩拉拉[25]，經由卡爾巴拉通往聖地，美國去死吧」的綠色布條和靴子，布條是用來綁在額頭上，而太大的靴子是讓他們穿著上戰場，直到犧牲之日才會從腳上脫除。

除了歌曲，還有胡笙與其同伴所講述關於伊瑪目查曼[26]看似神祕的救贖故事，都具有無比說服力；幾個心思單純的村裡男孩（他們長這麼大從未看過鋪設的道路，更不用說車子、城市或武器了）相信只要淨身齋戒四十天，就會看見伊瑪目查曼騎著白馬來迎他們，並允諾實現他們最大的願望。後來，當這幾個少年進入第二輪的四十天齋戒，一個個都已瘦了十五公斤，但見到伊瑪目查曼的夢想尚未實現，也尚未能告訴他，他們唯一的希望就是從恐怖的戰爭中活下來；其中三人的身體後來被伊拉克大砲炸成四十塊碎片。

對村民來說，世界突然被汙染，變得可疑。才過了幾個月，胡笙就帶著更蓬亂的鬍子、更冷酷的表情，和一群沒有時間利用讚揚革命或伊斯蘭來贏得年輕人與青少年信任的士兵同袍回來了。在那個下著雨的午夜，他們全身濕漉漉又泥濘，急躁又飢餓，抄森林捷徑，穿過荊棘沼澤進入村莊後，直接到每棟屋子，挨家挨戶地用槍托撞門，只要找到男性便用槍脅迫他們爬上滿是泥巴的Patrol車，然後送走。在最初幾顆子彈劃破拉贊的寧靜夜晚，恐懼撕裂村民的心之後，四下忽然安靜下來。麻雀動也不動，狗夾著尾巴瑟縮在屋後，公雞的雞冠下垂，牛羊的乳房也因恐懼而萎縮枯竭。

24 科威迪波，一名專唱史詩與熱血戰爭歌曲的歌手，他的歌激勵了許多年輕人從軍。

25 薩拉拉，阿拉伯語，意為「真主之血」。

26 伊瑪目查曼，最後一個什葉派伊瑪目，什葉派穆斯林認為此人就在他們當中，但只有到了末日才會現身。

自從胡笙與同伴第一次踏足村莊，殺得我們與其他所有人措手不及，接著幾個月後又回來以後，村裡再也沒剩下能扛得起槍的年輕人了。唯一例外的是在女人協助下，跑進森林躲藏的人，他們的所在之處只有他們的女人知道，女人偶爾會去見他們，懷著身孕回來。以薩便是其中一個年輕人，是祖母幫助他逃進森林等候戰爭結束。還有一個則是蘇赫拉布。

我們原先大老遠地逃離德黑蘭來到這裡，正是為了尋找避風港，因此最感到絕望無助。胡笙一夥人到達的那一刻，我們希望生活在安全與寧靜環境中的夢想全都破滅了。他們毫無預警地上門來抓蘇赫拉布，但我們就在幾分鐘前已把他送進森林，便否認他的存在。胡笙與同夥的表情明顯並不相信，當時我們仍相信有機會。但其實沒有。

這場犧牲了掃雷孩童的血肉、打個沒完沒了的戰爭，誰也不知道何時能到頭。婦女祈禱只要生女孩就好，否則就別在戰爭結束前懷孕，因為凡是離開的男人，沒有一個回來，甚至連屍首也沒有。直到強制徵兵一年後，村裡來了一群穿著露面罩袍的女人和武裝男人，是胡笙派來的烈士與退伍軍人基金會的人。他們帶了幾包米、幾罐蔬菜油和壁鐘來見家屬，當家屬面帶微笑，以茶和糖果招待他們，才被告知自己的孩子、兄弟或丈夫犧牲了。村民才剛剛將糖果放進嘴裡，使者們便毫不為人設想地脫口而出：「去通知大夥兒這個好消息吧，說你們的孩子已經升天加入十四位聖潔伊瑪目[27]的行列。」村民實在過於震驚，一時不知該把糖果嚥下去，或是往傳達噩耗的使者臉上吐去。他們哭了，嚎啕大哭，用力抓撓自己的臉頰，並穿上喪服。在胡笙到來以前充滿色彩的世界，瞬間變黑。但儘管烈士與後備軍人基金會的員工把袋子、包包和後車箱翻了個底朝天，還是找不到要給家屬的烈士銘牌，最後才發覺根本忘了放進去。於是他們匆匆討回物資，告訴家屬說他們搞錯了，留下壁鐘和一句道歉便即告辭，然後跳上車，在路況容許下，以最快速度疾馳而去，消失在灌木叢與樹林間。胡笙再度現身拉贊已是數年後的事，而且是帶著電鋸來。

只有掛在殘破牆上、烈士基金會送的鐘，持續以秒針的滴答聲提醒村民，儘管歲月流逝，儘管村裡所有的鐘聲齊鳴，他們的男人是永遠回不來了。

幾個月後，一九八八年某個尋常上午的九點二十四分零三秒整，就在一個傷心男子肩背著一袋烈士銘牌走進村子，烈士基金會送的時鐘全部都睡著了。

27　此處指十二名什葉派的伊瑪目加上先知穆罕默德與他的女兒法蒂瑪。在什葉派的信仰中，這十四個人聖潔無瑕，因為他們是真主的使者。

雖然胡笙經過許多年才又再度踏足拉贊（他甚至沒來探望妻女），他的陰影並未遠離村子。在胡笙一夥人強制徵兵與烈士基金會員工不幸到訪後不久，一名村童做的夢成真了。在村中廣場，有個穆拉爬下軍用吉普車，手持金屬擴音喇叭進入「泰克謁」[28]，泥濘的鞋子玷汙了「薩卡奈法」[29]的階梯。隨後，他面向村子，朝喇叭吹了幾口氣後，高喊道：「各位拉贊村民，各位烈士撫養者請注意！各位拉贊村民，各位烈士撫養者請注意！……伊斯蘭革命的偉大領袖下令了，從今以後，所有書籍、音樂卡帶和演講錄音都必須審查，以便將反對革命或伊斯蘭的一切徹底根除！因此所有村民要立刻交出家裡全部的書和卡帶，以證明自己的伊斯蘭本質！」

每聽到重複一句「烈士撫養者」，再想到出征未歸的孩子，村民們的心弦一次又一次繃斷，接著聽見他提起書本，眾人都不由自主望向我們家——住在那棟房子裡的人是在一九七九年某個有霧的早晨，循著隱形途徑被吸引到拉贊來，希望能找到避難所與平靜生活。

在唯一俯瞰村莊的小山上，我們新蓋的家總會吸引初來乍到者側目，自然也逃不過他們的目光——說不定這正是他們來的原因。一如先前那樣，他們毫無預警地進入我們的樹林與房子。但我們已經聽見廣播，剛好來得及把蘇赫拉布趕進森林，同時帶著兩袋政治書籍。幾分鐘後，他們泥濘的靴子便弄髒了古老的手織地毯。剩下的書他們幾乎看也沒看，就全部丟進布袋裡拖走。等他們又坐著吉普車回來，穆拉依然沒看爸爸一眼就說：「一小時後到廣場集合。」

媽媽不肯為了離開樹林戴上頭巾，因此除了她以外，我們家所有人都在一小時後來到拉贊廣場，與村民並肩而立，而站在吉普車後面的穆拉正對著多餘的擴音喇叭一邊吁吁喘氣一邊嘶喊道：「方向錯誤的書！反真主和反《古蘭經》的書！反革命的書！」他每喊一次就從布袋裡扯出幾本爸爸的書，去到地上繼續說：「偉大的革命領袖下令展開文化革命！我們不能容許邪惡的書毒害純真人民的心靈！」接著，他和其他革命衛隊士兵聯手，將那些書一落一落地丟向廣場中央。其中最年輕的一個士兵滿不在乎地從車上搬來一桶汽油，往書上澆淋。衛隊士兵們端著上膛的槍環立在書堆旁，面向我們這些民眾。我望向爸爸，他已經脹紅了臉，咬牙切齒的聲音刺痛我的耳朵，我再看看碧塔，她緊握著爸爸的手，一邊咬指甲。當

28 泰克謁，上演「塔齊耶」劇的宗教空間，這是一種受難劇，劇情重現卡爾巴拉之役中穆罕默德外孫哈桑與胡笙之死。

29 薩卡奈法，在馬贊達蘭省，位於清真寺或什葉派舉行紀念儀式的教堂旁的宗教空間，通常用來禮拜阿布法茲。

那個年輕衛隊兵（他連小鬍子都還沒長出來）往書堆淋汽油，村民不禁齊聲嘆氣，他們雖然不能讀也不能寫，卻聽見了書籍的無辜哀泣。每個人都憂心地轉頭看爸爸——從他來到村裡那一刻便已博得他們的信任與欽慕。

當穆拉多此一舉地拿著喇叭大喊（也許是想讓遠方森林裡的蜥蜴也感染他的怒氣與恨意），他瞪著爸爸說：「我們製造了烈士！……我們發起了革命！……我們對古蘭經發過誓，要保護烈士純潔的鮮血，不會讓敵人侵入我們的家！……也不會讓惡魔滲透進純真的心靈。我要以偉大革命領袖之名，將這些反書付之一炬來提醒大家，正如同我們在發起伊斯蘭革命之初所說的，我們只需要一本神聖《古蘭經》來引導我們，讓我們遠離邪惡！」

話畢，他拿出火柴、點燃，拋向書堆，那手臂緩緩掃過的動作始終烙印在我腦海。火焰在紙頁間蔓延，發出輕輕的「呼呼——呼呼——」聲，首先著火的是褐色紙張的舊書，我最喜歡聞它們的味道。我清清楚楚記得火焰先是吞噬了《丹可燃燒的心》，接著火舌舔上露絲的裙子，只見她在羅曼．羅蘭的書頁中拚命地躲火，將皮耶牢牢摟在懷裡。我眼看著火延燒向一對對纏抱的戀人：皮埃爾與娜塔莎、希斯克里夫與凱瑟琳．恩蕭、郝思嘉與白瑞德、伊莉莎白與達西先生、阿伯拉與哀綠綺思、崔斯坦與伊索德、撒拉曼與阿布莎、維斯與拉敏、瓦麥與阿茲拉、卓荷蕾與馬努切爾、席琳與法哈德、萊麗與瑪吉努、亞瑟與潔瑪、玫瑰與小王子，他們甚至沒有機會再次嗅聞到或親吻彼此，又或是最後一次輕輕說聲「我愛你」。

呵！……美女瑞米迪娥和她的白色床單、莫里西歐．巴比隆尼亞的蝴蝶的脆弱黃翼，還有頑童哈克的木船船槳持續不斷的欸乃聲，與火焰融合、燃燒，隨即消失，彷彿從未存在過。就好像人類從來不需要愛或真相，從來不需要歷史或智慧，從來不需要冒險或知識。就好像人類什麼都不想要……或許他們只想要安靜，想要一個能躲開這一大夥人的避風港，這些人連馬贊達蘭省偏遠林區的居民都不放過——他們說在伊斯蘭教興起初期，這裡曾是抵擋阿拉伯人刀劍長達兩百年的地方。或許我們人類需要的只是一個安全舒適的角落，能遠離暴力與壓迫與無知的他人。就像爸爸一樣，他咬牙切齒的聲音依然撕扯著我的靈魂血脈。火焰竄高，照亮了穆拉與三個站得離火最近以便暖身的衛隊兵留著大鬍子的臉。誰都沒有出聲。穆拉沒有，村民也都沒有，爸爸也沒有。火焰「呼呼——呼呼——呼呼」地吞噬了精裝與平裝書，聲勢之猛烈吸引了所有人的目光。

威爾．杜蘭特的十一卷《文明的故事》、五冊的《柏拉圖的哲學》、朱維尼的《世界征服者史》、《貝哈齊史記》與塔巴里、《易經》和《白癡》，連同《百年孤寂》、《妮娜》、

《蝴蝶夢》、《白牙》還有《鋼鐵是怎麼煉成的》一起燃燒。我聽見孤單的蕾貝卡的哭喊，聽見邦迪亞上校不齒地對烏蘇拉說：「我再怎麼殘暴也絕對不會做這種事。」我看見《牛虻》裡的亞瑟．布雷頓一次又一次地衝撞對抗牧師與教會體制，哪怕身陷大火也不放棄。《動物農莊》在燃燒：牛、驢、豬、狗和馬嘶鳴尖叫著，牠們逐漸燒焦的肉體氣味瀰漫了整個拉贊。但穆拉和他的三名同伴毫無感覺。

《老人與海》、《追夢小黑魚》、《塔克芬》、《烏杜姿和烏鴉》、《東風：西風》、《伊里亞德》和《奧德賽》、《安蒂岡妮》、《戰地鐘聲》、《哈姆雷特》、《神曲》、《荒原》、《紅與黑》、《希臘左巴》、《摩訶婆羅多》、《真境花園》、《瑪斯那維》、哈菲茲的詩作、哈拉吉的詩作、《罪與罰》、《異鄉人》、《君王論》、《盲眼貓頭鷹》、《城堡》、《基督的最後誘惑》。那所有的聲音，那些書，一個個都是我們家五名成員身心靈的一部分：我們的手臂、我們的心、我們的頭髮、我們的夢想、我們的眼睛、我們的嘴。爸爸的塔爾琴（那曾是我們的耳朵、心智與靈魂）和我燒完後，現在輪到書，我們跟著又失去了四肢與聲音。

我們再也不忍聽莎士比亞和魯米、哈菲茲和孔子、瑣羅亞斯德、佛祖和奧瑪．哈亞姆的哭泣哀號，於是動身回家。從村中廣場走進巷弄，上坡回我們家的樹林途中，我親眼看見爸爸的頭髮一簇簇變白。從那天起整整七天，家裡沒有人說過隻字片語。燒書的火與煙漫遍山谷，夏綠蒂．瑪瑟森的《羽毛》燒焦的味道隨風飄散得既遠又廣，連站在門廊上的媽媽都哭了。在此同時，蘇赫拉布從遠方一棵樹的樹梢上監看著。家裡倏然失去歡笑，變得安靜、空虛、空洞。

沉默一個星期後，爸爸抱著四本四百頁的筆記以及黑色、藍色與紅色BIC原子筆走進客廳，對家人說我們需要開始寫點東西。我們看著他，覺得他瘋了，但出於尊重，還是拿了筆記本瞪著他看。他解釋道：「寫吧，把妳們記得的全寫下來。小說裡的人物，他們的愛情、戰爭、和平；他們的冒險、仇恨、背叛；……書中內容記得的全寫下來。」我們於是照做。四十天內夜以繼日，每個人一個勁地寫。隨著日子過去，我們沉默而沮喪地坐著，以筆抵住額頭努力地想，該從哪裡又該從哪本書寫起。慢慢地，書中人物活了起來，冒險、戀愛。隨著人物與作者、詩人與哲學家、神祕主義者、作曲家與畫家的重生，人聲與旋律、呢喃聲、私語聲與笑聲也慢慢重回屋內。我們家又再一次充滿些許詩意與光明。音樂與希望的詩句回來了。碧塔想起幾句魯米的詩，興奮地朗誦起來：

我們既非正義之士也非墮落酒鬼
我們既不在此處也不在彼方
我們一如哈拉吉，不畏懼絞刑架
我們沉陷於愛的感知，我們是神

蘇赫拉布想起《動物農莊》的部分內容，寫道：「所有的動物一律平等，只是有些動物更平等一些。」接著媽媽想起郝思嘉的一句話，說道：「不管怎麼樣，明天又是新的一天。」爸爸則寫下波特萊爾的一段詩：「隨時都該醉……但為何而醉？酒、詩或美德，任君選擇。總之就醉吧。」

雖然明知爸爸想藉由四百頁的廉價筆記本記錄那些偉大作品的期望有多虛妄，但從那天起到蘇赫拉布意外被捕為止，家裡開了一扇歡樂與希望之窗。儘管如此，當我們不分日夜埋首於紙頁，寫下小說的梗概、古伊朗的歷史、神祕學與哲學的觀念，以及偉大詩人的詩句，我們仍眼睜睜看著一股絕望滲入我們生命的細胞當中。即使認真地在紙上寫下每字每句，我們仍明白事實並不像爸爸所想，文化、知識與藝術在面對暴力、刀劍與火焰時會退縮，而且多年後依然貧乏無語。也許就像後來被稱為「沉默的兩個世紀[30]」那些歲月吧。

30 沉默的兩個世紀，引用自阿卜杜勒海珊·札林庫布同名的學術著作，該書敘述西元七世紀波斯被阿拉伯人征服後，整個地區發生的事件與情勢發展。

第九章

母親們心想：「要是我們死了，孤單無助的孩子會被稱為孤兒，但當我們的孩子死去，我們這些孤單無助的母親什麼稱號也沒有。」於是她們開始自稱「孤母」，被自己孩子變成遺孤的母親。

正當烈士基金會員工不幸到訪的記憶開始變淡，拉贊這個地方原本平靜而美麗的心卻突然停止跳動，因為村民發現這裡在轉眼間成了一座大墳場。墳場以回憶、希望與夢想為經，以過去、現在與未來為緯。黑色暴風雪與戰爭結束後的數個月間，毫無退伍士兵的消息，也沒有人從省會或德黑蘭前來幫助拉贊居民，甚至沒有人記得他們的存在。如果不是艾法的鬼魂到我的樹屋來，用祆教先人的遺贈拯救大家，拉贊至今仍是一片廢墟。戰爭結束了，從前線回來的人都在爭搶工作與他們應得的戰利品，無暇想到鄉下村莊，尤其是一座連全國地圖上都找不到的偏僻村落，只有遊蕩的離鳥和失戀的人最後會到此落腳。在諸多關於新職務、就職開幕儀式、生意買賣與都市產業的破壞與興建等可喜可賀的消息當中，拉贊只接收到喪命者、失蹤者與戰俘的消息。

在這段時間裡的某一天，有個眼神哀傷的男子背著一個大背包進村。他的兩隻大拳頭用力插入背包中，掏出生鏽的銘牌交給第二任驅魔師，然後就像來時一樣，不打招呼就要離開。但驅魔師記得幾年前見過他，冷不防地問他為什麼要這麼大費周章送銘牌來。眼神哀傷的人沒想到這一帶還會有人記得自己，說道：「說來話長，你不會有耐心聽的。」隨後便繼續上路。然而，驅魔師尾隨而來，腳步緩慢沉穩，並遞給陌生人一根手捲菸說道：「現在你的眼神就和被你殺害的人一樣悲傷。」陌生人停下腳步。聽到此話，他並不驚訝。他平靜地抽著香菸，然後將菸蒂踩熄。驅魔師仍在身邊，他便上前一步，接著轉身說：「有時候繼承的東西不是父親傳給兒子，而是傻子傳給另一個傻子。」

村民不知該如何處置生鏽的銘牌。他們才剛剛慶祝完新屋落成與女兒的婚禮，也許大夥兒說得對：每場婚禮之後總會跟著喪事。年輕的兒子被帶走，回報他們的卻是一塊鐵片。於是他們出發前往一片遼闊土地，帶著可以懷想兒子的最後一樣物事。每位母親各挖一個洞，將一件衣服、一隻鞋子、一塊布或一個木偶放入洞內，以土掩蓋，然後將銘牌連同小金鈴（這是傳統上綁在孩子腳踝以免他們走失的東西）一起纏繞幼苗後種在墳頭。數年過後，在如絲線般、粉紅與白色相間的合歡花與其醉人的香氣當中，銘牌與鈴鐺將能幫助母親們記得拉贊的年輕人；「叮鈴鈴、叮鈴鈴……」我們還在你們四周奔跑徘徊。沒有一個母親知道她們根本等不到那個時候，她們也不知道再過不了多久，自己就會去到兒子身邊。

當羅莎沒圍頭巾、穿著剛好蓋住膝蓋的家居花洋裝穿越村中廣場，最先看見她的是村長五歲的最小曾孫。她走著，眼裡彷彿看不見任何人。村民感到驚駭，有人覺得蘇赫拉布的死把她逼瘋了，也有人以為她在夢遊，因為她的腳步緩慢穩定，雙眼直視前方。

老人家看到羅莎走向村外，沒戴頭巾又穿著花洋裝，心想最好別多管閒事，便在咖啡館裡繼續喝他們的茶。村中道路的盡頭什麼也沒有。沒有村落，沒有房屋，只有森林。無窮無盡的森林融合了一片片深邃、潮濕的較小林區，據說去了以後就回不來。羅莎才在廣場出現沒多久，村裡唯一的年輕男子（因為在戰時受到胡笙一夥人談論伊斯蘭的影響，自認為是巴斯基民兵）便想要追上去提醒她，在伊斯蘭國度，她無權以這樣的裝扮在陌生男子面前走動。巴斯基年輕人才走了幾步，就看見一名孤母尾隨羅莎而去。這名女子不知道自己要去哪，也不知道為什麼要去，只知道非走不可，而且這是她很久以來就想做的事。有一股力量阻止她左顧右盼或是回頭望向自己的家，才不久之前，她還在那裡和如今已犧牲的兒子過著貧窮的生活。她二人正要走出廣場，其餘的孤母開始一個接著一個，熱切隨行。村民們很困惑。她們的丈夫紛紛追過去，希望救她們脫離瘋狂，但這群失去兒子的母親嘴邊不帶一絲笑容，繼續朝幽深的馬贊達蘭森林走去。聽說，這裡面有前所未見的發光藍蝴蝶，會為迷路者照路，而且仍有古老而純真的森林精靈盤據在此。

村中男人很快便出發去追她們，但在長滿苔蘚的潮濕森林裡走了三天三夜，全然不見女人的蹤影。男人分批尋找，但連個腳印也沒發現。孤母們彷彿全都變成古老希爾卡尼亞森林中的樹苔，或是一路翩翩飛在男人前面的發光藍蝶——蝴蝶在搜尋者頭上與肩上灑下藍金色粉塵，好像試圖轉移他們的注意力。她們也像是變成涼爽晨風，在晨霧中輕拂過男人的臉龐手臂，喚醒他們，繼續在林間搜尋，四周樹木是那麼高大，枝葉是那麼濃密，陽光根本照不到森林地面。土地逐漸變得濕軟，男人每走一步就陷得愈深。水蛭吸附住他們的手臂與腿，無腿蜥蜴從他們的腳間滑行而過，那搔癢的感覺宛如冰水流過。

毫無停歇地走了三天後，到了第四天黎明時分，霧氣在村民疲憊飢渴的目光前微微消散，他們驚恐地看見了希爾卡尼亞森林最後一頭倖存的馬贊達蘭虎。這頭年輕巨獸以憂傷的眼神看著他們，彷彿能明白他們的痛苦。那個巴斯基年輕人拿起胡笙那夥人給他的唯一一把槍（那是讓他抵禦人民聖戰士攻擊，捍衛伊斯蘭與革命用的），瞄準目標。驅魔師連忙在他扣扳機前加以阻止，並且帶著敬意，沉著地走向老虎。令疲累的男人們吃驚的是，那一人一虎似乎打起商量，然後雙雙消失在群樹間。一小時後，驅魔師回來了，說老虎是來對他們失去妻子表達哀悼之意，並警告他們不能再繼續深入牠幽暗寂靜的領域。正如同牠多年前便放棄尋找伴侶，他們就算再找下去也只是徒勞。

村民們低著頭，轉身準備回村，那個巴斯基民兵害怕地跑在最前面，因為幾年前殺死老虎伴侶的人正是他。第一個夜晚過去，天亮後，到處都不見他的蹤跡，連屍體也找不到。眾人只看到他的槍被高高丟到樹枝上，槍管被虎牙咬得粉碎，槍托也被咬破。村民沒有加快腳步，也再沒有人提起過這個巴斯基年輕人。

然而，事實並不如眾人所想，讓巴斯基民兵粉身碎骨的不是老虎。只有巴斯基民兵自己知道，他是因為愚蠢地殺死馬贊達蘭森林中最後一頭母虎（導致這頭僅存的母虎沒有機會生育，繼續為牠已繁衍數千年的族類傳宗接代），破壞了自然法則，才會遭到森林精靈的懲罰。前一晚，當血從受傷的脖子滴入霧中，巴斯基年輕人回想起數年前，自己是如何射中懷孕母獸的脖子，又是如何在母獸仍急促喘氣、胸膛起伏不定時，剝下牠的美麗毛皮，以鹽醃漬，然後攤開在夏日烈陽下曬乾。

所有古書上都說精靈會以牙還牙。因此，那天晚上他被十二個森林精靈剝了皮，用鹽醃漬後，隔天攤開在夏日豔陽下曬乾，並不令人驚訝。巴斯基年輕人看見那些遊蕩的精靈將他的骨肉撕成碎片，帶到拉贊，丟給村裡的狗吃，就像他當初也是這麼處理懷孕母虎的骨與肉，事後還向村裡其他男孩自我吹噓。死後的巴斯基年輕人眼看著狗群撲向自己的肉，撕咬拉扯、狼吞虎嚥。一小時後，只有一條狗，一條住在他家附近的狗，將方才吃下的東西排泄在年輕人家後面的運河旁。沒多久狗的排泄物變成肥料，從中長出一叢清新芳香的野生巧克力薄荷。某天，那個巴斯基民兵的母親一如往常來到屋後的運河，摘了幾株巧克力薄荷，然後和大蒜一起碾碎，加少許鹽，混入一碗優格中。老婦人對於事情的轉折絲毫不察，吃著美味的香草優格時想起兒子，肝腸寸斷。她仰頭望天，深深嘆了口氣說：「我好想念兒子啊。

但願真主保佑他。他最愛吃香草優格了。」從那天過後，巴斯基年輕人領悟到神已原諒母親為他祈禱的那一小部分，至於他的其他部分仍受到老虎與森林精靈詛咒——不，他永遠得不到原諒！

幾天後，在孤母們腳下踩著青草、花朵、青苔與森林枯葉，頭上四周飛舞著孢子、蝴蝶與蜻蜓之際，男人們回到了村莊。那些母親什麼也沒想，只是日日夜夜地走著。當發光藍蝶與食鳥蛛分別在她們的髮間產卵織網，蜻蜓咬著她們的耳垂，她們懵然不覺；她們飲泉水時，也全然沒看見一旁的松鼠、狐狸和花朵。她們甚至沒看見老虎有如守護神一般，夜夜在四周圍遊蕩。她們任由古老的森林神靈在夜裡四下漫遊發出各種噪音，任由森林精靈大聲吹噓。她們任由滂沱大雨淋濕全身，任由飛旋的落葉將她們席捲吞噬。她們什麼也沒留意，因為一雙眼睛只看見死去的兒子走在前面，腳踝上繫著小鈴鐺。兒子坐下，她們也坐下。兒子喝水，她們也喝。她們遠離城市，經過許多村落與夏日牧草地，而每走過一座村子和一片草地，她們的人數便隨之遞減。或許在陌生人群中，這些女人不僅迷失自己，也丟棄了痛苦的回憶。或許孱弱疲憊的她們，成了胡狼與食肉鼴鼠的獵物。或許她們停下後變成樹幹佇立，覆滿苔蘚、樹葉與螢火蟲，懷抱著對兒子的思念死去。誰知道呢？說不定她們只是和兒子一起爬上最高的樹梢，加入群星與悲傷樹靈的陰影。她們走啊走，走啊走，直到有一天，羅莎發現只剩她一人。

這群母親當中，只有她從一開始就是獨自一人，她從未看見蘇赫拉布走在前面，夜裡也不曾安歇。她之所以離開是因為想迷失自我。她不想坐在新落成的家裡，看著新漆的牆壁與新家具、新地毯，一面想像蘇赫拉布如何被殺害，或是我遭焚身時有多痛苦。她不願去想未來，不願去想會有其他哪些災難落在碧塔和胡山身上。她想逃離自己，逃離命運。她不想待在自己原來所在的任何地方。她隱約希望能達到以前唯一一次在青梅樹梢上體驗到的狀態，希望能從上方、從遠處看自己。

因此她馬不停蹄地持續了數日、數週，直到一個晴朗宜人的尋常中午，來到一處遠離塵世、森林與人群的青翠山林後，才終於停下腳步。她不知道自己身在何處，也許已經到了亞塞拜然或庫德斯坦。經過數月，她終於感覺到太陽曬在皮膚上的熱度，以及微風拂亂她滿布蛛網、夜裡還有小螢火蟲發光的頭髮。她坐到一棵波斯鐵木下，由於秋天到了，樹葉已變成紅、黃、橙色。她直接在樹下睡著，也不曉得睡了幾天，才被一隻輕搖她肩膀的手給喚醒。

她勉強睜開眼睛，看見一團不成形的模糊影像，似乎是一名旅人，一個背著一只大背包、有一張曬得黝黑的臉和一雙藍眼的旅人。他說他在亞洲的高山、森林與草原上漫遊了多年。他沒有問羅莎任何事情，甚至沒問為什麼一個看起來這麼年輕的人頭髮卻已全白。他只談自己。他說他有兩年時間完全隱沒在伊朗的森林中，並在這段時間學會波斯語。他一面搭帳篷、將串起的馬鈴薯和玉米架到火上，一面說個不停。他說他在印度的大草原與山上，從瑜珈行者那裡學到生命的意義；在吉爾吉斯的青綠草原上，從游牧民族那裡學會騎馬，並了解與自然合而為一的真諦；在塔吉克白雪覆頂的帕米爾高原上，跟那裡的住民學會如何利用極少的資源；跟巴斯基坦和伊拉克的苦行修士學會如何反躬自省，並在伊拉克發現沙漠的古老寂靜有多麼遼闊。

在靜默數週數月之後，他滔滔不絕的話語漸漸在她心裡找到安身之處，再次變得有意義。她對沉默的極度渴望導致她唇舌腫脹乾燥，而男人的話語慢慢將她帶回生者的世界。她眼原本看似乾涸的雙眼，重新展現潤澤。幾個月沒有活動的眼睛，又再次會左右轉動。她看見了男人，也逐漸回想起自己。她站起來，駭然心想自己還是不是羅莎，還有胡山、碧塔和芭霍兒上哪去了。她看著自己的雙腳，腳上仍然沒穿鞋，腳趾、腳跟都磨破龜裂。

她坐下來，手抱著右腳，重新想起痛的感覺，旅人此時拿著兩只金屬碗和一塊麵包坐到她旁邊。也許經過數星期的沉默孤寂，如今光是遇見一個能練習說波斯話的人，他就滿足了。羅莎把碗舔得一乾二淨後，小心地朝他遞出去，她還想再來一碗。她吃的時候，他已經鋪好睡袋，打起呼來。隨著一絲記憶微微閃現，羅莎注視著火光，接著望向天空。星空低垂，入睡時，她也不確定溫暖自己的是星光還是將熄的火。

日復一日，週復一週，偶爾，羅莎會停下來自問：跟著這個男人穿越山嶺、沙漠的人真的是她嗎？這個人一開始就找機會替她買了睡袋、長褲、靴子和一件暖外套；入夜後，這個人會微笑看著羅莎髮間一閃一閃的微光，才道晚安；早上會比她早起，花很長時間做瑜珈後才準備早餐；這個人也和她一樣，不想去數日子，也不想知道他們身在哪個省份或國家的哪個地區；這個男人一心只想迷失在大自然深處，遠離人群，就和她一樣。

最初幾日，男人不斷地測驗自己的波斯語能力，話特別多。有一天，他忽然不再開口，他不說話時是那麼地平靜寧和，羅莎毫不介意。白天夜裡，他們愉快地一同進食、並肩而行，默默地觀看日升日落，直到某天，竟發覺他們意外地進入了土耳其。在這個世上，有人只因為腳趾踩過國界就遭到殺害，而他們卻在翻山越嶺時不小心進入另一個國家，想到這點，他們不由得笑到飆淚。接著旅人稍微走到旁邊，解開褲襠小便，免得尿濕褲子。於是，在漫長的沉默過後，笑聲占據了許多他們相處的時光。從那天起，他們只要在荒唐的處境中交換一個眼神，就會放聲大笑。在土耳其山中，他們覺得無比自由，有一天發現一處溫泉，男人根本不在意她，馬上就脫去衣服浸入泉水。在那之前，羅莎看過裸體的男人只有胡山，而且還只透過從臥室窗口射進來的微弱光線。重溫許多遙遠的回憶，讓她感到哀傷。她看著自己的雙手攪動火上的午餐，暗忖：直到今天，這雙手都只習慣為家人準備食物。她看著她的靴子、睡袋、毛衣與外套，這才發覺自己從來沒有過這種東西。她的目光再一次落在遠處男人的身體上，頓時感到羞愧的同時，一股溫熱、熟悉的感覺撼動她全身。她全身顫抖，羞紅了臉，急忙起身逃離營地。當天晚上，旅人在河邊兩塊平坦巨岩間找到她，當時的她已經因為過度的哭泣、吶喊、搥胸而暈厥。

夜裡，羅莎醒來發現自己躺在男人帳篷裡與他並肩而睡，四周環繞著流水聲。她的身體精疲力竭，摸臉頰時也感覺到指甲抓出的傷口疼痛，可是在低低的帳篷裡，她髮間螢火蟲發出的詩意螢光令她覺得平靜。她對自己造成的肉體痛楚似乎多少減輕了內心的痛苦。她自覺像個瞬間洩氣的氣球。她可以感覺到旁邊睡袋裡，熟睡男人的體溫，暗暗思忖著自己和他一起走了多少個月，竟連他叫什麼名字都不知道，只知道他是義大利人，他父親熱愛登山，卻凍死在阿爾卑斯山上，多年後才被牧人發現他凍僵的屍體。

她閉上眼睛，聞到一個熟悉的味道，是信任那溫暖又宜人的香味。她翻身去看男人的臉龐，當看到他熟睡臉上因皮肉鬆弛出現的皺紋，以及隨著每次呼吸而微微顫動的花白長鬚，她才發覺自己從未正視過一個男人的臉。他唇邊掛著一抹淺笑，羅莎頓時懷疑他可能醒著，只是假裝睡著。想到這裡，她羞愧得全身發燙，連忙縮進自己的睡袋，男人平穩的呼吸聲讓她的身體因為欲望飽脹而癱軟。她不確定自己能否忠於胡山，這份忠誠從未受過考驗。她為自己感到不齒。她往睡袋裡縮得更深，心裡想著丈夫睡去。

她驚醒時，夜仍深沉，也許是附近某隻杜鵑鳥或貓頭鷹的啼鳴吵醒了她。她把頭探出睡袋，看著男人，他仍睡得像個孩子，連翻身都沒有。她想要觸摸他的花白鬍子，便鼓起勇氣伸出手去。他的鬍子柔軟，幾乎和她的頭髮一樣長。她摸摸自己的頭髮。在日曬風吹雨淋中徒步走了數個月，頭上又是蜘蛛網又是蟲卵又是螢火蟲，讓她的頭髮變得粗糙打結。她於是起身，從他為她買的東西裡找到一些洗髮精、肥皂和一套新衣，然後走進河裡，空氣暖和，河水清涼。當水的涼意充斥全身，不管她再怎麼絞盡腦汁，也想不起自己上一次洗澡是什麼時候。她任由清澈冷冽的水清洗頭髮，輕刺她依然年輕的赤裸胸脯，攫住她的臀部。當她將寄居於髮間、當了她這麼多個月的旅伴的所有蟲卵與生物，交由河水沖走時，忽然生出一股前所未有的衝動，想向牠們道歉。出水時，天色仍暗，溫暖的睡袋讓她身體放鬆。她蹲下身，讓潔淨的芳香裹住自己。但她怎麼也睡不著，不知道自己是怎麼回事。她又再次翻身看著男人，這是她第一次覺得男人的優美唇形、眼皮與高額頭很好看。她想看著他直到入睡，但彷彿感應到她的凝視，男人緩緩張開了雙眼。

事後，當她一再回想那些時刻多達上百次，想到她睜開的眼睛離他那麼近竟然沒有嚇著他，不禁感到難為情。他們互相凝視良久，最後是羅莎伸出手，用手指拂掠撫摸他的臉頰。她的身心被一種完全陌生的感覺控制，變得機敏而大膽。她不想向自己的恐懼、尷尬或憂慮投降。這是她有生以來第一次覺得自己沒有過去。她伸出雙臂擁抱男人，男人那具依然年輕結實的身體迎接了她。他們纏繞在一起，信任那甜美溫暖的芳香，連同愈來愈急促的輕聲呼吸，將低矮的帳篷頂變成美麗無垠的高山夜空。他們互相親吻愛撫，羅莎容許他用經驗豐富的男性雙手探索她的每寸肌膚，去嗅聞、親吻、凝視。他們緊摟著對方不停地翻轉，翻出了帳篷，滾到皎潔星月底下的清涼草地上。他們超越了羅莎以前從未想像過的範疇。

他們繼續親吻、探索彼此身體的曲線起伏，將羞赧拋到腦後，超越恐懼與焦慮，將自己從內心牢籠釋放出來，最後終於屈服於欲望與肉體的狂野衝擊，呼吸愈來愈急促，引領他們前往身體的南半球。他們滑倒在草地上，壓扁了野生薄荷和勿忘草，然後沒入清澈河水，渾然忘我。他們任由河水洗滌並帶走自己的回憶與過往。男人狂野地進入她體內，她則貪婪地抓住他變得強硬的腰。後來，當他們各自在內心深處回憶那個瘋狂叛逆的夜晚，兩人都不記得他們在彼此體內達到幾次高潮……三次？十次？總之次數太多，以至於在天亮清醒時，兩具汗濕軀體像氣喘吁吁的滑溜蛇體交纏在一起，仍無法想像將身體分開來。他們一次又一次沉浸於彼此、深入彼此體內、解脫開來，任由太陽循序運行，清晨、中午、夜晚。到最後，他們發現自己醺然陶醉於愛的頓悟中。

第十章

已經沒有誰會來享受這棟有五個房間、起居室、客廳和開放式廚房的新宅了；沒有人會坐在大壁爐的火邊喝茶、翻雜誌或看書，一邊聽其他家人各自忙著追逐夢想的愉悅聲響。沒有了！這棟房子已不再是任何人的家……儘管客廳裡有新的綠絲絨家具更加襯托出夕陽的美；儘管大書房裡又再度擺滿了書，儘管樹林庭園裡一排排的日本海棠、黃色茉莉和紫色鳶尾花開得那麼美麗，令人百看不厭。

房子如此嶄新，仍可聞到新油漆味，白蟻要進入房屋木材深處，也還有一大段路要走。屋裡頭一次裝設熱水器，隨時可以有熱水洗碗，也可以隨心所欲，想在蓮蓬頭下或是陶瓷浴缸裡待多久就待多久，不會聽到媽媽不停叨念燃油快用光了或是擔心水會變冷。只可惜，還剩下誰呢？爸爸和爺爺新裱框的書法、逃過黑雪與老鼠劫難的古老地毯以及新的絲綢窗簾，實在太賞心悅目，讓再次回到哀悼狀態的爸爸和碧塔覺得噁心欲嘔。難受於這一切美景沒有主人，沒有觀賞者。而媽媽的離開，對他二人而言可說是壓垮駱駝的最後一根稻草。

那一天，媽媽特別鋪了床，拉開窗簾，讓陽光照在地毯上產生柔和的彩色反光；接著她到廚房去，把水壺放到爐子上燒水。爸爸則一如每天早上，在花園裡採鮮花準備插入新的瓷瓶與水晶瓶。等候水開之際，媽媽進了客廳，那裡剛剛擺好綠色家具、裝上窗簾，牆面也在爸爸的堅持下掛了祖先肖像。她沒有拉開窗簾，就坐在面向花園的扶手椅，透過玻璃門看著爸爸用園藝剪刀剪玫瑰，一邊吹口哨，旋律是巴南的〈大篷車〉。柔和的光線透過綠色窗簾灑入室內，在它的輕撫下，一切景物變得那麼平和、美麗又清新。樹林、屋子與拉贊逃過了死亡災難，看起來是可以繼續生活下去，不去想芭霍兒和蘇赫拉布，而是接受他們死亡的事實，似乎不是不可能。當媽媽坐在那裡透過門看著爸爸，她心想自己或許終於能就此下定決心，打破籠罩全家的悲傷魔咒，放聲大笑。畢竟，無論如何，生活總會繼續。太陽依然閃耀，爸爸和碧塔都在，而且在經歷過一切之後，月夜是那麼地美麗又充滿詩意，媽媽好想窩在丈夫胡山的陽剛懷抱裡，聆聽他用沙啞的聲音唱著：「可愛的艾拉荷呀／和我一起感受我內心的情懷吧。」

她想起蘇赫拉布的詩句，嘴角悄悄泛起淡淡笑意：

昨晚有人死了
可是，小麥麵包依舊美味
而且水照流，馬照飲。

正當爸爸從前花園移向後花園去摘幾朵黃玫瑰，媽媽從扶手上有木雕的綠絲絨椅站起來，走過客廳的淡綠色手織地毯，進到起居室，再從那兒走到外面門廊。她淡定地步下七級階梯，來到鋪有馬賽克地磚的中庭，接著踏上通往樹林、兩旁種了日本海棠、黃色茉莉、鷹爪豆和馬鞭草的一百七十五級階梯。到了階梯底端，當她的腳趾感受到三葉草、虎耳草與青草上濕潤的晨露，她覺得內心裡原本存在的名字和幾分鐘前才讓她感到快樂的念頭，都慢慢消失。她試著要想點什麼，什麼都好。可是當她一跨出樹林的鐵柵門，走上通往村子的泥土路，心思突然停止，變得沉默、空洞。她穿越村中廣場，受到村民的困惑眼神注視，發覺自己甚至再也不能去思考內心的空洞。她唯一能做的就是離開。

因此，當爸爸拿著紅、黃、白色玫瑰花束進屋，聽見沸騰的水溢濺到瓦斯爐上，他心中頓時充滿驚懼。他關閉爐火，把花放在新的廚房流理台上，去臥室找媽媽，然後查看其他房間。他叫醒碧塔，問她知不知道媽媽上哪去了。接著他走到外面門廊，呼喊她的名字（他一直覺得這是世上最富詩意的名字），一遍又一遍：「羅莎！……羅莎！……羅莎！」

那束花始終沒有插入任何花瓶，就在流理台上枯萎了。就連碧塔，直到離家之日，都不容許自己去碰那些乾枯的花莖與花瓣——只要輕輕一碰，它們就會化為塵，混入空氣中。爸爸偶爾仍會喊媽媽的名字。他在門廊的椅子上整整坐了三天，當他終於起身，頭髮已經全白，白得像雪，如同在青梅樹上頓悟之後的媽媽。

爸爸不再做園藝和裱框。他唯一能做的就是坐在門廊的搖椅上，那是他曾經和蘇赫拉布、媽媽和碧塔同坐的地方，但如今只能聆聽大自然的沉寂，以及遠方偶爾傳來打破寂靜的咕咕鳥鳴或哞哞牛聲。幾個月過去了，雖然我每天來看他們，爸爸和碧塔卻都讓我認不出來。碧塔甚至不會再花時間去想她已經遺忘的夢想，也不會拿起如今已經太小太小的粉紅芭蕾舞鞋撣去灰塵。她必須一個人扮演所有人的角色。她煮飯，打掃屋子，談論書本，將瑪茲耶或巴南的卡帶放進錄音機，做園藝並大聲朗誦詩：

有時候
通往真相之路
並不存在
而唯有真相
能讓我們解脫
也許
這是我們的命運
我們想要的
若非得不到
就是從指縫中溜走[31]

31 德國詩人瑪歌·畢克爾的詩作〈Geh Deinen Weg〉，由阿赫邁德·沙姆盧譯成波斯文。

她邊洗碗邊唱歌，還會談論那些她知道永遠實現不了的計畫。她自覺別無選擇，只能不停說話，因為寂靜太過沉重，輕易就能動搖那棟堅固新屋的地基，使得屋子倒下來壓垮他們。

最後，在某個尋常日子的早晨，碧塔洗碗時從廚房望出去，看著樹林裡長高的草、沒有修剪的樹木和未受照顧的土壤，心想如今家裡都沒人了，如果能讓樹林恢復生氣應該不錯。於是她進村子去雇園藝工人，每個人都指向以薩家。他恐怕是村裡唯一逃過戰爭，並能獨力整理五公頃樹林的年輕人。當碧塔穿過村中廣場，走上通往以薩家的小路，並不知道自己即將進入的屋子，即使已多年沒有人來敲門，屋裡發生過的事仍在所有村民間口耳相傳，無論是革命或戰爭，無論是年輕人被強徵入伍或犧牲性命，無論是黑雪或是孤母的容貌改變，都無法將這段傳聞從村民記憶中抹去。

有些人的命運與死亡緊密相連，正如有些人的命運與財富、貧窮或疾病緊密相連。以薩沒有母親，她在生他時難產過世。以薩也沒有父親，他跟著第一任驅魔師走進拉贊的火中燒死了。以薩也沒有姊妹，他姊姊就是來到我的樹屋，告訴我寶藏所在，試圖化解村民一些痛苦回憶的艾法，但是她因為朝一個趕著百頭羊經過拉贊的牧童瞥上一眼，陷入受詛咒的黑色愛戀，最後為他殉情了。

以薩的母親是拉贊與所有偏遠林地住民當中，唯一的助產士，她生以薩時，因為違背多年前與森林精靈的約定而喪命。拉贊年輕的一代可能會說這是迷信，但親眼目睹整個過程的老一輩人卻深信不疑，就像相信太陽每天會從東邊升起。以薩的母親帕娃奈從小就有治病和接生的能力，那是精靈賦予她的，原因是有一天，帕娃奈的母親何美拉・哈敦看見一個年輕精靈在喝他們家庭院的井水。年輕精靈的外表和人類一樣，只是腳上有蹄，全身長滿毛髮，而且髒兮兮的身子散發一股死亡惡臭，數公尺外都聞得到。何美拉・哈敦立刻用手上的釘子將精靈的裙襬釘在地上，年輕精靈恰似她的同類，非常害怕鐵製品，碰都不敢碰一下釘子。於是就在同一天，何美拉・哈敦為她沐浴，清除她頭髮上的頭蝨與蝨卵，為她換上乾淨衣服，並在她腳上釘上蹄鐵。從那天起，這個精靈（在他們家被喚做「精妮」）成了煮飯的下人，因為如今的何美拉・哈敦要獨自撫養六子一女，除了照顧家裡還得下田工作。

何美拉・哈敦知道精妮的母親在找她，所以不允許她到院子來。少女精靈的母親找女兒找了許多年，找遍一座座樹林、一個個庭院、一間間澡堂，直到某個再尋常不過的夏日的尋常午後，她經過何美拉・哈敦的地下室時，瞥見女兒在清爐灶的灰。精妮的母親當場坐下，哭了起來。事後，她去找森林精靈們商量，該怎麼做才是從人類手上救出女兒最好的辦法。其中一個精靈心生一計，何美拉·哈敦的頭就這樣開始痛了起來。最初，何美拉·哈敦以為頭痛是因為中暑加上在田裡勞動過度。但眼看頭痛日益嚴重，分秒都不曾緩解，他們便請來第一任驅魔師。「妳的頭是怎麼個痛法？」他問道。「感覺好像有人拿銅畚箕在打我的頭。」何美拉·哈敦回答。驅魔師念了幾句咒，拿鏡子往何美拉·哈敦一照，看見一個精靈用銅畚箕在打她的頭。驅魔師一面揮動焚香，一面告訴何美拉·哈敦他見到的情景。離開前，他凝視鏡中精靈，施展一些常用的驅魔術。可是到了最後，他說：「他們施加在妳身上的魔咒，只能靠妳自己解除。」因此當天半夜，何美拉·哈敦帶著精妮到外面院子，開始掃地。少女精靈的母親一聽到「刷—刷—刷」的掃帚聲，別無他法只得現身，大聲說道：「好哇，我們的伎倆妳全都知道！我本來就想來找妳談條件，讓我女兒回家。沒想到現在好像是妳把我召來，是妳想談條件。」何美拉·哈敦立刻開門見山說道：「如果想要回妳女兒，妳就得讓我們家族七代的女兒擁有治病能力。」精靈聽了，對婦人說道：「張開嘴。」婦人便張開嘴，精靈隨即往她嘴裡啐了一口，說道：「從現在起，妳的女兒和妳女兒的女兒，總共七代人都將能用她們的口水治病。」接著她又說：「現在換妳實現承諾了。」但何美拉·哈敦沒有照做，反而說道：「我還有一個條件，那就是我的七代女兒都必須是拉贊和附近所有森林地區，技術最好的助產士，好讓她們比自己的丈夫更有錢有勢。」

精靈沒辦法，只好說：「把手給我。」婦人伸出雙手，精靈又再次往她手上啐一口，說道：「好啦，從現在起，妳的七代女兒都將會是這一帶最厲害的助產士，而且有享不盡的榮華富貴。」何美拉．哈敦聽她這麼說之後，便用扳鉗除去少女精靈的蹄鐵。母親精靈一拉起女兒的手，又說：「不過因為妳沒有遵守承諾，記住我的話了：從這一刻起，我將會與妳為敵，也會與妳家族的七代女兒為敵。如果妳讓女兒知道她們擁有什麼能力，咒力就會破除。她們必須要自己去發現她們的能力。」隨後她脫下臭烘烘的麻布半長褲，往井裡小便。何美拉．哈敦無計可施，只能站在那裡看著精靈的尿液流入水裡。說時遲那時快，就在一眨眼間，精靈母女倆已消失不見。

從那天起，經歷七個世代直到今日，都沒有人去碰過井水。每年的水量都會大增，以至於溢出井外漫入庭院、花園，甚至於樹林，讓所有植物受到詛咒與毒害。精靈對這個家族的第一個仇恨之舉，就這樣造成了問題。然而，何美拉．哈敦的獨生女帕娃奈很快就發現自己只要用手一碰，不只能舒緩村民們的牙痛，讓他們在毫無痛感的情況下拔除蛀牙，而且每次都能治癒老翁老嫗們扭曲變形、受濕氣侵犯的關節的疼痛。在發現自己能讓臨盆的孕婦無痛分娩時，她尚未成為街談巷議的話題；儘管她年紀還小到夜裡會尿床，而且要把布娃娃摟在胸前才睡得著，但她的名聲很快就從村裡傳到鄰近各村與更遠的森林地區。

她接生第一百個嬰兒時，年紀還不滿十一歲。求財願望成真的何美拉．哈敦，打算將還願的祭品分送給村民。但就在當天晚上，有個精靈來到帕娃奈的房間。帕娃奈從母親和奶奶口中聽過森林精靈的故事，立刻就認出來，於是說道：「妳想要我做什麼？」精靈回答：「尊重傳統！妳每接生一百個人類嬰兒，就得幫我們接生一次。」帕娃奈還來不及回應，便眼睜睜看見自己穿牆而出，穿過屋頂，飛越森林，被精靈拉著手臂帶路。當她們終於降落在一片枝繁葉茂的森林地面，精靈彈了一下手指，原本漆黑得嚇人的四周瞬間被數十支蠟燭與火炬照亮。帕娃奈看見數十個大大小小的精靈，有著醜陋黑臉、蓬亂毛髮和類似蹄的雙腳，個個都在忙碌著。有一個在紡看不見的線；一個靠著樹幹在默記一本隱形筆記上的古老咒文；一個在用嬰兒精靈的尿寫出流浪的凶兆；還有一個在用一只大鍋煮食，那味道臭得讓帕娃奈胃液翻騰。在這些精靈中間的地上，躺著一個因為陣痛而尖叫的精靈。帕娃奈一直都告訴自己不要幫助精靈，此時卻忽然心生憐憫。她走上前去，才將手放到懷孕精靈的肚子上，嬰兒就在完全無痛的情況下誕生。不遠處，精妮的母親認出帕娃奈與她的神奇觸摸，同時想起她對何美拉·哈敦發的誓，但並未說什麼。帕娃奈完成任務回到家後，精靈在她房間角落的地毯下面放了幾片洋蔥皮，說道：「這是妳的酬勞。如果妳能保守祕密不告訴任何人，到了早上，地毯下就會有一枚金幣。可是如果妳洩漏口風，妳不只會受到嚴厲懲罰，還會一無所獲，只剩洋蔥皮。」精靈說完這些話便消失無蹤。

事情就這樣持續了多年，在墜入情網之前，帕娃奈便擁有十公頃稻田、二十公頃樹林，數以百計的母雞、公雞、鴨、鵝，和一大桶無人知曉來源（包括她母親在內）的金幣。帕娃奈年僅十六歲，便愛上村長的兒子庫爾班。他們的婚禮持續了七天七夜。女兒艾法出生後不到一年的某一天，庫爾班在半夜被噩夢驚醒。他夢見妻子在生兒子的時候難產而死。黑暗中，他伸手摸向帕娃奈卻撲了空，不由得更加害怕。他愈是努力找，愈是找不到，妻子彷彿憑空消失一般。又累又氣的庫爾班打了幾分鐘盹，天將亮時醒來發現帕娃奈就睡在原來的位置。他妒火中燒。那天早上，他抓了幾枚金幣去找驅魔師，將事情原委告訴他。驅魔師看了鏡子後說明一切，然後又說：「好好地數帕娃奈接生的次數，接生完一百次後，應該會有精靈出現。那天晚上，你老婆上床以後你就在地上撒鋸屑。鋸屑會沾在她裙子上，經我施法，會像銀河一樣發亮，你就能找到她了。但一定要記住，不管發生什麼事都不能露面。」

數週數月過去了，有一天晚上精靈再次出現。她牽著帕娃奈的手升上天空，庫爾班跟隨在後，一直跑到森林深處。他躲在一棵樹後面，驚異地觀看生產儀式，卻忽然被人一把推進精靈群中。所有人都尖叫起來，用一種他聽不懂的語言咒罵，然後在一眨眼間全都消失。帕娃奈一看到他便害怕得暈厥過去。就這樣，精妮的母親成功地向何美拉．哈敦報了仇，因為她知道只要往庫爾班的背上一推，那個家族的每個成員將會遭逢什麼樣的命運。

帕娃奈甦醒後，發現精靈都已無影無蹤。他二人摸黑回家時，帕娃奈忍不住暗罵庫爾班愚蠢多事，同時也預期隨時都可能有莫名的死亡降臨。從那一夜起，每天晚上睡覺前，帕娃奈都會囑咐庫爾班，萬一她被精靈奪走性命活不到天亮，他得好好照顧艾法。

第一個徵兆出現了，也是最重要的一個：帕娃奈的左臂開始發癢，一直持續到她去世那天為止。由於左臂發癢的情形連睡覺時都不曾平息，她知道自己很快就會失去財富。第二個徵兆是她治療的能力到了極限：她的觸摸不再具有神力。如今她的雙手便與他人無異，而其唾液連牛的鼓脹症和騾子下痢都治不好。到了第三個徵兆出現時，她擔心害怕到瘦了十公斤，而且又重新開始從十歲起便放棄的禱告。某天夜裡，雞群感染了不明熱症，天還沒亮，拉贊的居民就被雞的屍體臭醒了。那個起霧的早晨，帕娃奈踩著發臭的鴨屍，往上頭淋汽油然後點火，她知道這一切意味著什麼。在濃霧裡，火焰將木頭燒焦與烤肉的味道向四面八方傳開，她遠離火焰的「劈啪」聲坐下來暗忖：「這才只是開始而已。」不久，她的柑橘園和稻田受到寄生蟲侵襲，作物全毀，但鄰近的土地絲毫無損。事情發生後，庫爾班自我安慰道：「就讓他們全拿走吧。」可是即便帕娃奈聽從了母親何美拉．哈敦的建議再次懷孕，希望藉由生下女兒來擺脫怨恨與詛咒，並確保能再傳一代具有治療能力的助產士，她卻不像丈夫那麼平靜。因此，九個月後的某日清晨，當以薩向這個世界睜開雙眼，他母親帕娃奈則從此闔上了眼睛，名下連一寸土地也沒有。之後庫爾班花費多年的時間，一直在找她那桶金幣；多年後，他只在被下毒的井裡找到滿滿一桶的洋蔥皮。帕娃奈死了，生下的又是兒子，何美拉．哈敦便希望艾法至少能繼承衣缽，再次贏得精靈的信賴，把失去的財富與家產重新賺回來。然而數年後，這些希望卻隨著艾法的自焚破滅。陷入黑色愛情而害病的艾法，還沒發現自己擁有治療與接生的能力，就把自己燒死了。

對這些事件一無所知的碧塔，敲門時聽見木門內傳來一個陌生的聲響，像是什麼東西在地上滑動、摩擦。那是何美拉．哈敦的花園裡，受詛咒的花草植物瘋狂爬行的「沙沙」聲，這幾個月來已經把以薩逼瘋，讓他著了魔。近幾個月，心神遲滯地哀悼父母與姊姊的以薩，總是呆坐注視不斷生長的植物，被囚禁在那無名的癲狂狀態，直到碧塔前來敲門的那一天。以薩和何美拉．哈敦（她如今已經老到連自己的名字都不記得）仍然住在井水被精靈撒尿施法的屋子。下過黑雪後，爸爸和其他村民想替他們重蓋新屋，何美拉．哈敦卻堅持不肯動，甚至不讓他們進到院子。如今，荊棘、雜草與黏滑的苔蘚不斷生長，吸附住井水供養的一切，強行侵入並支撐這棟搖搖欲墜的簡陋泥磚屋，被整個吞噬的屋子為了呼吸而拚命掙扎。何美拉．哈敦親眼目睹女兒死去，自己去世時，除了一條裹屍布之外一無所有，這都是她命中注定。

當水井受到詛咒，這家人要做的就是砍斷不停「沙沙」爬行、包覆住牆壁、窗戶、庭院與屋頂的植物。然而，隨著帕娃奈、艾法與庫爾班相繼去世，以薩愈來愈缺乏動力，最近甚至連鐮刀也不碰。現在，他只是坐在那裡看著植物、花朵和樹木生長、爬行、蔓延過地面，發出令人難以忍受的「劈啪」聲，它們就在他眼前發芽、開花、結果，而這麼多年來，無論是他或其他任何人都沒有吃過那些果實。

拉贊居民很快便察覺以薩染上一種不明的癡狂之症，這種病症還太新，尚未命名，它會讓人癡迷於植物永不止息地生長爬行時，所發出令人痛苦的摩擦聲，而植物如此頑強，只為了證明它們在這個小庭院的範圍內，可以輕而易舉地違背自然法則。

不久前有一次，以薩坐在門廊上（直到前不久，艾法都還會坐在這裡用木梳梳理長髮），閉上眼睛，聽見忍冬藤蔓從花園滑行進院子，爬上門廊階梯，然後纏住他的腳踝，並繼續往上伸向他的背、手臂與脖子。要不是何美拉・哈敦拿著她自己用一些植物、汽油、鹽巴和萊姆做的除草劑及時趕到，以薩就會在數小時內變成一棵枯樹，那些藤蔓也會像常春藤一樣，根部穿入他的身體，最後從他的耳朵、嘴巴和鼻子長出金銀花來。

那聲響如影隨形，不管窗子開著或關上，也不管他是否用蠟封住了門窗縫隙。無休無止的滑動、爬行、吞噬聲，實在讓他精疲力竭，但誰都無能為力，無論是何美拉・哈敦或是驅魔師。直到這一天，渾然不知那棟村屋裡發生過這許多瘋狂事蹟的碧塔，敲了幾下門，正打算放棄時，以薩終於開門。只見一個高大的年輕男子站在她面前，一雙悲傷、靦腆的蜂蜜色眼睛藏在淺棕色長髮底下。碧塔開門見山說明來意，以薩沒有多想也沒有開口，只是點點頭，便重新將門關上。從那一刻起，以薩成為碧塔的員工。他成了五公頃樹林的園丁，而且他還擁有理解蜻蜓的能力。

次日黎明時分，當露水緩緩蒸發，宛如睡夢中的幽靈從土地升入空中，而蜻蜓在太陽的熾熱光線下做日光浴，碧塔看見以薩手持鐮刀，揮砍樹林裡長長的青草與雜草。像這樣過了一星期，碧塔覺得以薩並未如她所希望，為樹林帶來生氣，反而增添了沉重、靜默與悲愁。於是她叫他再多找五個工人來除柑橘樹下的雜草、翻鬆土壤、施肥。一天後，碧塔和胡山在新園丁的嘈雜聲中醒來，其中有三名婦女。碧塔聽到這些喧鬧聲，開心地來到外面門廊，暗想：女人總能帶來熱情與活力。但是胡山的行為並未改變，他依然什麼都不做，既沒有幫忙家事，甚至沒有看書或製作畫框，依然只是坐在門廊上，看著拉贊與樹林裡喧喧擾擾的新生氣。

碧塔欣然為六名工人準備食物和茶水，而且每天和他們相處好幾個小時。她同他們說話，學會如何和他們一樣熟練地使用鐮刀，如何使用小斧頭，如何除草。她會加入女孩們的談話，插手她們的命運。她試著盡可能地擺脫我和爸爸，我充其量只是個鬼魂，爸爸則變得與行屍走肉沒兩樣。她想要擺脫對媽媽和蘇赫拉布的思念，甚至想在日常生活中強行注入一些興奮刺激。她想要有活著的感覺，想要與生物互動。因此有一天，她把手放到正在修剪樹枝的以薩的手臂上，這讓他大驚失色。碧塔原是想安慰以薩，因為我最近把他母親的事告訴她了。然而，她碰觸他手臂的壓力，也或許是她對著他的蜂蜜色眼眸凝視了許久，似乎讓他不勝負荷，結果以薩顫抖起來，面紅耳赤，丟下樹剪立刻離開。

這個簡單的舉動重重擊垮了我可憐的姊姊。幾天下來，既不見以薩的蹤影，其他工人也沒有他的消息，她開始發燒、胡言亂語，這才驚覺自己「害病」了。也就是說，她墜入情網了。她不需要告訴我，她知道我無所不知，這一點也許讓她更加生氣。這種感覺是她第一次不完美又空洞的經驗，與她所讀過的經典愛情故事毫無相似之處，她只想獨自偷偷地承受痛苦並責罵自己。她在熱乎乎的床上輾轉反側，自責竟然笨到為了一個小自己至少五歲的村中男孩失魂落魄。她從放在床頭櫃上的碗裡舀了一匙湯，暗自承諾只要喝完這碗湯，她就會起床，不再繼續幼稚下去。但熱湯都還沒嚥下喉嚨，湯匙已經又被一滴熱淚填滿。她責怪自己不該去摸以薩的手臂，並覺得這種陌生的感覺本該永遠藏在心裡，卻反而像一滴墨滴進水裡，一分一秒愈擴愈大，眼看就要像內心的泥淖般將她淹沒。她輕蔑地暗忖：「愛情的起頭才不像這樣。不了解一個人根本不可能有愛情，何況誰說我戀愛了？」然後，有一度她又好恨自己，因為她得到一個結論：她感受到的是欲望。當誠實面對自己，她心想：「對，我必須承認不管這是什麼，總之不是愛情，根本只是骯髒、短暫、愚蠢的肉欲，也正是所有詩人和作家所說，必須與真愛區別開來的感覺。」她滿心嫌惡，猶豫遲疑地摸著從陰道排出的黏液。她痛恨自己也譴責自己，生活中經歷了那麼多痛苦又讀了那麼多書，卻竟然沒能成熟一點。她的肉體把她變成一個她不想成為的人，感覺好像是別人的身體，她不知如何是好。她覺得難為情，因為發覺年屆三十的自己，身體才剛剛即將成熟。之後，她開始在床上手淫。這是她有生以來第一次允許自己回應身體的自然欲望。她將房門反鎖，播放理查·克萊德門鋼琴曲專輯的卡帶，腦中幻想著以薩秀氣的手與黝黑的臉龐，一面撫摸自己。她以前所未有、毫不害臊的興奮，將身上衣服一件件褪去，讓涼涼的床單輕掠自己的身體。她扭動身子，親吻並輕咬自己赤裸的肩膀、手臂，當三十年來第一次達到高潮之際，感覺實在太強烈，她不禁用牙齒撕扯枕頭以便忍住叫喊。她全身冒汗痙攣，一手放在雙腿之間，另一手抓著堅挺的乳房，假如高潮再持續稍久一點，她覺得自己恐怕會心臟病發身亡。事後，她感覺全身輕飄飄，就好像肩膀卸下了重擔，就好像在浴室裡待了幾個鐘頭，有一人為她搓去身上所有的髒汙，另一人為她按摩，還有第三人輕柔地撫摩讓她平靜鬆軟下來。她的第一次性高潮帶來的不只有愉悅的情緒，還有前所未有的肉體感覺。當晚，她又自慰了四次，一面幻想著以薩。翌日早晨醒來時，她感到既內疚又歡喜，忍不住跑進浴室吐了起來。她不知道為什麼要為了這種一個人的歡愉行為討厭自己或感到羞愧。她不知道自己這麼做正不正常，又或者全世界是否只有她會從觸摸自己的身體得到快感。在浴室嘔吐時，她發覺到不管是她讀過的書或看過的電影，類似的情節從未在男女主角身上出現過。她心想即使媽媽還在，也絕不可能去問她，更遑論爸爸了。因此洗完澡後，她再度躲回房裡，開始重讀所有的愛情浪漫故事，希望從中找到分辨真愛與假愛的跡象，否則至少看看在那些波折迭起的愛情故事裡，有沒有任何人曾經自慰過！

隨著日子一天天過去，她愈來愈感到安慰，因為她從一開始就能分辨愛與欲，並未為了轉眼即逝的激情而喪失肉體或情感的貞操。接著她翻遍整個屋子和閣樓，找到關於婚姻、愛情、性與約會等心理學的書籍後沉迷於其中，並一次又一次地做《在愛情中了解自己》的測驗，直到終於全部答對為止。

到了第十七天，當碧塔躺在床上對著陽光微笑（那微笑只可能意味著：**謝天謝地，我從這段漫長的折磨中活下來了**），正當她感覺自己能非常堅定地抗拒肉欲與假愛，所有決心卻在她聽見以薩口中喊出第一聲「碧塔小姐」時全部崩解。她兩條腿顫顫巍巍地走到窗邊，確認了的確是他，正以無比自信又奔放的口氣說：「請到拜火廟來，我有話跟妳說。」她從邏輯、心理分析與了解自己的測驗中得到的所有意志力，也全都煙消雲散。

不同於我的預期，這回不是碧塔去摸以薩的手臂，而是以薩用曬黑的雙手撫摸碧塔的柔細棕髮，並將她的頭轉向他，然後吻她，那是村莊男孩只會對城市女孩展現的自信態度。初吻的那一刻，所有僵化的認知、加諸於自身的道德感，以及關於愛情與自我意識的心理學書本，盡皆付之一炬，燃燒了草地，化為塵煙消失不見。他們在交纏的樹枝、高長蕨類與接骨木莖枝間，只顧著果決而專橫地占領彼此身體的各個部位，沒有浪費時間多說話。因此在接下來的一年八個月又兩週的時間裡，他們日日夜夜做愛，身心媾和，誰也沒有特地說一聲「我愛你」或是問一句：「你愛我嗎？」擁有鄉村青年健壯體格的以薩，俯趴在碧塔備受蹂躪的纖弱身軀上，緊緊貼靠著她，彷彿分秒都不想與她分開，事實上也是如此。交歡時他鮮少出聲，只要開口就是說：「我想插進妳身體裡再也不出來。」每當他們做愛，扭曲交纏的身體會釋放出強烈熱度，導致周遭的草起火燃燒。工人們每天看見地上有新的圓形燒焦痕跡，雖然感到驚訝，卻歸因於異常炎熱的夏秋氣候。在此同時，碧塔仍然不確定降臨在自己身上的這場災難，究竟是不是真愛。她很好奇，人類能愛上任何使他們快樂的人嗎？而以薩雖然是個哀傷、孤僻的人，卻能讓她充滿喜悅。在爸爸的塔爾琴燒毀、芭霍兒葬身火窟、焚書、蘇赫拉布被處決與媽媽離家出走之後，她還有什麼理由感到喜悅？她心想，與以薩做愛的時刻提醒了她，儘管發生這麼多爛事，人生仍可能愉快美好。在偷偷做完愛後，仍可能躺在清新草地上，面露微笑，用野草捲根菸，對著蝴蝶和蜻蜓吐煙，同時觀看在頭頂上嬉戲的肥碩白雲。她赤裸身子在草地裡翻滾許久，讓寧靜的時刻不斷延伸，讓瓢蟲在髮間玩耍，在腳趾尖搔癢。她讓喜悅之情慢慢恢復身體的青春，安撫她的活力。她還想到以薩，想到他竟能解讀蜻蜓，多麼神奇。對於碧塔的滔滔不絕與提問，以薩雖然多半沉默以對，或是只微笑點頭，他卻沒能掩飾自己解讀蜻蜓的能力。

多年來，植物捲鬚無休無止地爬行，像蛇一樣纏繞在一起，吻上樹木的手腳，並在樹梢的小樹瘤上開花，將以薩家的庭院變成了蟲獸的天堂。而這些年凝視著那個被施了魔法的院子，也讓他有機會細細觀察蜻蜓的一舉一動，使他成為空前絕後的蜻蜓解讀者。

他們在一起時，以薩總會因為蜻蜓分心。他在跟碧塔說話或是聽她說話的時候，眼睛會跟著蜻蜓的飛行左右飄忽不定。他會根據蜻蜓的種類、顏色、飛往何處、如何飛行以及降落何處，來預測當天或當週會發生的事件。正因如此，碧塔將手搭在他手臂上那天，他才會打哆嗦、丟下樹剪飛奔離開；因為就在同一時間，他注意到有一隻紅色蜻蜓歇在碧塔肩頭。他領悟到自己將面臨一份無可避免的火熱愛情，一時心慌就逃跑了；而在他看見窗台上出現一隻黃色蜻蜓的那天，知道向她示愛的時候到了，便不再抗拒。他們第一次做愛時，身邊四周的花朵、灌木與樹上停滿一大群七彩蜻蜓，讓他有了勇氣，全心全意進入一段他將無法輕易抛開的戀情。他們每回做愛時出現的火圈裡，這些蜻蜓也會燃燒，與青草及蒲公英一起化為灰燼。

以薩知道，假如蜻蜓掛在樹枝或門框或窗子下面，表示很快就要下雨。他知道，假如蜻蜓歇在細枝頂端，雨就不會來；假如晨間在他身邊飛繞的是深色蜻蜓，當天就會風雨大作，還會打雷閃電；假如是彩色蜻蜓，鄰里間會有嬰兒誕生。

以薩叫碧塔要小心，別讓白色蜻蜓飛進房裡，因為那表示與她親近的某人即將死去。但當他看見她臉上隨即蒙上憂傷神色，為了抹去這句不祥之言造成的效應，他又說道：「如果有一天，有隻綠色蜻蜓停在妳床上，趕快來告訴我，因為那象徵妳的婚期到了。」接著，兩人想到自己的祕密願望能成真都面露微笑，以吻覆遍彼此的裸肩。但是從來沒有綠蜻蜓停在碧塔床上，或甚至在她房間任何一個角落飛舞。反而是有一天，一隻藍色小蜻蜓飛落在碧塔頭上，以薩一看見立刻臉色發白，但不管她怎麼問，他都不肯說出那代表什麼，反而只是更熱情地吻得她透不過氣，彷彿在向她告別。

碧塔戀情的結束就跟開始一樣來得猝不及防，有如一個未完的夢，四分五裂後變得虛無縹緲。藍蜻蜓落在她髮間後的隔天，黛爾芭，那個有著淺褐色眼眸、堅挺白皙乳房，以及金髮上棲著一隻綠色蜻蜓的村中女孩，冷不防地出現在以薩面前，為碧塔的藍蜻蜓賦予了意義。黛爾芭對以薩視而不見，與他擦身而過繼續往前走。但以薩立刻明白，不管怎麼樣，她金髮上的綠蜻蜓已經預告他的人生即將翻開新的篇章。他與碧塔在祆教拜火廟旁無數次的祕密歡愛、他們暗地裡食用的餐點、他們偷偷摸摸地穿脫衣衫、他們在火圈裡的親吻、碧塔的美麗詩句（有時候以薩甚至聽不懂），這一切都在藍蜻蜓落在碧塔頭上時全部結束，以薩知道他必須遵守自然法則。因此，他轉過身凝望黛爾芭的迷人外表。看見綠蜻蜓在她頭的周圍翩翩飛舞，他怔怔地站在原地，忘了那一刻碧塔正在拜火廟旁的老地方，等著輕撫他的褐色直髮並在他耳邊呢喃：「你看到我把自己變成什麼樣了嗎？……看到我是怎麼為你害病了嗎？」雖然以薩從不明白她的意思，卻也從未問過：「害病是什麼意思？」

那天，碧塔坐在拜火廟旁邊看著地上燒焦的圓圈，直到天黑。每個圓圈都留有一次或甚至多次做愛的回憶。在院子裡，某些地方的燒焦圓圈長出了零星的草，有些地方則徹底成了焦土，沒有希望再長出新草葉。她臉上帶著滿足的笑容，但時間一分一秒過去，以薩依然沒有出現，卻有幾隻無色蜻蜓飛來落在她兩旁，彷彿是替他來傳信息，那些圓圈頓時有了威脅感。漸漸地，她開始聽到腦子裡有「嗡嗡」聲，接著，彷彿是為某個凶兆做準備似的，她的心思停住了，看見時間暫停，所有動作靜止下來。在此暫停期間，有兩隻瓢蟲和三隻蜻蜓飛落在她四周的犬薔薇灌木叢上，隨即飛走，有一隻幼狐從蕨類與接骨木叢中往外看，一看見她馬上逃開，還有蟋蟀也沒有停止唧鳴。不過，這些她都沒看見。她睜著眼，卻目不能視。以薩仍然沒來，她非得做點什麼不可。她眨眨眼，但還是看不見。蟋蟀繼續「唧唧」叫著，而她依然目不能視。她心想：「真不可思議，眼睛突然就瞎了。」可是她沒有動，她心裡害怕，卻沒有表現出來。她用手指摸到一片草葉，摘起來，舉到嘴邊。當手碰到嘴唇，她能感覺到嘴唇和手都在發抖。她努力地想看到一點東西，至少是土地上的焦痕。不料她對著黑色圓圈凝視太久，那片黑不斷擴充，愈變愈大，最後盤據她的心。她讓時間重新啟動，靜定的心逐漸意識到時間慢慢地、有彈性地再次開始運行。她感覺眼前似乎有東西在動，便再眨眨眼，辨識出了狐狸的頭，是剛才跑掉那隻又回來偷窺。慢慢地，她看見草葉在動，險惡的圓圈也現形。

當太陽終於下山，貓頭鷹開始咕咕啼叫，等到夜鶯與麻雀都入睡，她起身穿過草地、經過門廊上的爸爸，進入自己的房間。她打開燈，凝神細看房中每個角落，確認視覺已經恢復，便從書本當中取出《易經》，暗問一事後，拿三枚銅板往地上擲了六次，並在紙上寫下卜卦結果。六句爻辭。

困卦：

困于石，據于蒺藜，入于其宮，不見其妻，凶……

她淚水盈眶，深吸了一口氣，望向窗外剛剛升起的金星。接著繼續往下讀：

困於葛藟，于臲卼；曰動悔……

就在此時，她第一次自行解讀蜻蜓。至少現在她知道藍蜻蜓停在頭上是何意了。

數日後，女工們告知了消息，但以薩始終沒有來見她，甚至沒有道別。

她沒有發燒，沒有陷入憂思，也沒有去拿她的芭蕾舞鞋。過幾天後，她不再注視焦黑圓圈，而是拿了個小袋子替自己和爸爸打包一點行李，穿上布鞋時，她來到門廊對爸爸說：「起來，去換衣服，我們到德黑蘭去。這裡已經什麼都不剩了。」

爸爸好像從很遙遠的地方看著她，微笑說道：「我要留下來。」

「去德黑蘭，我們可以住爺爺家。」碧塔堅持地說：「那裡有地方讓我們住。」

爸爸回答：「我這裡還有事情要做。」

碧塔嘲弄地說：「例如像什麼？」

「我還不知道。」爸爸只簡單回了一句。

接著他親親碧塔的臉頰說：「去上大學吧，選一個妳喜歡的學科讀，將來成為一個好人會想認識的人。也許有一天妳會回來，在那之前，我都會在這裡等妳。」

碧塔哭著離開，走下山坡，心裡暗暗期望在蜻蜓、步道、牛隻、未拴的馬匹，以及偶爾在森林裡遊蕩的吉普賽人的幫助下，她能找到通往大道的路。

第十一章

風吟唱著我們的鄉愁
繁星滿布的天空無視我們的夢想
而每片雪花都像一滴未流的淚水
靜默中充滿未說出口的話
未竟的行動
暗戀的告白
與不言可喻的奇蹟
我們的真相就藏在這片靜默中

有你的也有我的[32]

倘若碧塔能將以薩的沉默更當一回事，事情或許永遠不會走到這一步。雖然在愛上以薩這整整一年八個月又兩星期的期間，碧塔未能看透他的深沉性格，如今為他不忠而心碎受傷的她離開了拉贊，想在生者當中闖出一條新路來。以薩的沉默一直是他們之間被魚水之歡所填滿的一條鴻溝。

不是以薩企圖隱瞞什麼，他只是覺得自己的人生充滿宿命、苦悶與絕望，以至於沉默成了習慣。他已經習慣對一切保持緘默，包括：精靈的施咒與外婆的視而不見；院中瘋狂生長的植物、艾法的黑色愛情、拉贊的聖火，以及他父親的變身。不過，如果碧塔是真心想要也曾真正努力去融入以薩的生活，或許便能從村民或甚至我這裡聽到許多傳說。如果她想讓他們的關係超越那些火圈，更貼近現實生活，或許可以去探尋以薩長期沉默的意涵，而不是拚命去解讀蜻蜓。

村民對於以薩的家人仍有諸多流言，尤其是他姊姊。據說陷入黑色愛情詛咒的人，嘴巴與身體會發出一種香味，凡是靠近聞到以後，即便不是戀愛中的人，即便是老人、幼童，也都會受感染。他們會墜入情網，迷戀、執著。艾法被黑色愛情纏上身那天，有一個年輕牧童第一次也是最後一次經過拉贊，他碰巧在離開前，向坐在門廊上紡紗的艾法討一口水喝。艾法用她自己做的藍色陶瓷杯盛了一杯水給他，就在少年低頭飲水時，她瞥見他的臉在水中起伏、閃亮的倒影，立刻愛上了他。她開始害病、發熱、迷了心竅。事情就這麼簡單。

受黑色愛情荼害的人將不再開口說話，就算開口，也只會談論愛。他們鮮少工作，但只要一工作就會無比狂熱，直到精疲力乏為止。艾法迷上在月夜裡散步。太陽一下山，她就會梳理好長髮，赤腳出門。她腳步堅定沉穩，卻漫無目的，從這處樹林到那處樹林，這片牧草地到那片牧草地，這座庭院到那座庭院，這個欄舍到那個欄舍。一開始，父親和她唯一的兄弟以薩會出去找她，然後在某個鄰居的畜欄、森林深處的某片牧草地，或是遙遠的一畝稻田，看見她坐在月光下，一面用木梳梳頭髮，一面輕聲唱情歌。庫爾班和以薩最後一次出發在黑暗中尋找她時，發現她在隔了幾個村子的一處牧草地，正趴跪在地吃草，嘴裡發出咩咩叫聲。只見她用牙齒將雪底下的草咬斷咀嚼。那個寒冬月夜裡，草原上覆滿白雪，在銀白

32　此詩作者是瑪歌・畢克爾，由阿赫邁德・沙姆盧譯成波斯文。

月光反射下，雪地上的幻影增多了。每根大小的樹枝都顯得更加迫近，引誘路人走向靈動的影子，並觸摸、折取。但庫爾班警告以薩不要受影子愚弄，他告訴兒子：「只要跟著我就對了，摀住耳朵，不要東張西望。月夜雪地上的每個影子都可能是精靈，是『那斯那斯』，是仙子，是『達瓦帕』。[33]」那晚，當他們來到廣闊的牧草地聽見歌聲，庫爾班停下腳步說道：「耳朵摀起來。那是仙子、精靈和達瓦帕的聲音，想要引誘我們。」以薩摀住了耳朵，卻仍不免好奇：「他們為什麼想引誘我們？」父親附在他耳邊很快地說：「因為仙子和精靈想和我們繁殖後代，而達瓦帕想要我們替他們做苦工。」以薩不明白仙子和精靈為何想這麼做，但已經沒有時間多問。他們摀著耳朵繼續走，那聲音愈來愈近，最後父親聽見咩咩聲。他們小心謹慎地趨上前去。庫爾班作勢要以薩留在原地，他則朝那頭生物靠近，直到漸漸認出女兒來；艾法低著頭，用力咬扯雪底下的凍草。看見女兒這副模樣，庫爾班頓時感覺天大的悲傷重重壓在自己身上。他坐到艾法身旁說道：「女兒呀，妳不是羊。」艾法停止吃草，一臉天真地說：「不會吧！」說完對父親露出和善的微笑。父親說：「妳出生的時候我在，妳母親替妳取名叫『艾法』，妳母親也是人類。」艾法又看著他說：「這麼說你還是不明白囉？」父親問道：「明白什麼？」「沒有任何事物可以解釋一切。」艾法斬釘截鐵地回答。

艾法總是面帶笑容。黑色愛情會讓人變得善良而哀傷。當晚，庫爾班和以薩好不容易才說服艾法跟他們回家。庫爾班和所有村民一樣，知道黑色愛情的結果是死亡，無藥可醫。然而，他不能就這麼坐視不管，於是做了一些不同嘗試。他將她帶到山上寺院，交給寺院的管理人，不料一星期後竟看見她半夜裡，衣衫襤褸地坐在「泰克謁」階梯上和影子說話。有人看到她轉向影子說：「咩……咩……我是你的羊……我是你的僕人……你就回來一次，經過這個村子吧……看看我為你咩咩叫得多好聽……咩……咩……」然後她哭著起身，爬上「泰克謁」的木階梯，一面哭求，一面用手順著「薩卡奈法」的木雕撫摩。她用長髮擦去眼淚，仰頭對天說道：「你把你親愛的小羔羊丟在這裡……你不回來帶她走嗎？你的純真小羔羊孤孤單單日漸消瘦……來帶我走吧，殺死我，吃我的肉……願它滋養你。咩……咩……你難道忘了你在沙漠和平原上，是怎麼把我抱在腋下，為我吹笛子的？」話畢，這個煩亂欲狂的女子又開始啜泣起來，說道：「看到了嗎？我沒有主人……不管我怎麼叫，都沒有人來

33　在《古蘭經》與宗教故事中，「那斯那斯」是一種類似人類的生物，但只有一條腿、一隻手臂，據說比人類更早被創造出來，被認為是觸犯宗教與道德之罪的生物。「達瓦帕」的上半身是人，下半身是蛇，夜裡會坐在路邊試圖攔車搭乘，一旦坐到某人身後，就會用蛇形腿纏住那人，迫使對方為他們做事。

帶我去他們的羊欄……因為大家都知道我是你迷路的小白羔羊……咩咩咩……」

幾天後，庫爾班出門去，艾法則一如平日坐在門廊邊上，邊用木梳梳頭邊看著白雪霏霏，這時以薩終於鼓起勇氣來坐在她身旁。他開始嗅空氣的味道，但除了冰冷的雪味，什麼也沒聞到。他把身子挪近一些，再聞一次，這回他聞到一種不是雪的氣味。他又坐得更近了，兩人的身體碰在一起。在此隆冬季節，艾法的身體竟熱得有如火爐。他把鼻子湊到艾法的頭髮上聞了聞，忽然一陣狂烈香氣襲來，那是他從未聞過的香氣。他開始頭暈目眩，感覺若是再持續下去，自己將永遠擺脫不了。於是他驚慌地移開她身邊，直接坐在院子裡紛落的雪中。然而，艾法身體的狂烈香氣仍然纏著他不放。他心力交瘁，很想再次撲向艾法，撲向她的身體和頭髮。但當他匆匆重新奔向她，卻在中途轉身，害怕得跑出庭院，直到晚上才回來。以薩的反應艾法全看在眼裡，她面帶微笑，終於抬起頭看著他冒著大雪走開。她低聲對自己說：「可憐啊，你也不明白。」然後繼續梳頭。

隔天早晨，以薩滿腦子仍只想著一件事：大家說得沒錯，那味道會讓人瘋狂。他原想整天待在屋裡，那就不必經過艾法身旁，聞到那令人難以抗拒的氣味。然而，莫名其妙地，幾秒鐘後他發現自己又坐到她旁邊去了。他問道：「妳真的戀愛了嗎？」艾法詫異地看著他說：「戀愛是什麼意思？」以薩說：「妳知道的呀，就是像大家說的迷戀上某個人。」

「葉子怎麼會迷戀樹？有可能嗎？羔羊有可能迷戀牧童嗎？要是沒有『羔羊』和『葉子』，『牧童』和『樹』會有任何意義嗎？」以薩困惑地問：「妳是什麼意思？」「有一天，我看到一個人在我旁邊站了幾分鐘，向我討一杯水，喝完以後就離開了。我發覺我忽然間變成兩個人。就是那樣。從那天起，我變成了兩個人，你懂嗎？」艾法如此說道。以薩不懂。艾法搖搖頭，接著忽然生氣地說：「你們全都瘋了。沒有一個人明白變成兩個人的意思。你們全都只顧著自己一個，甚至不明白自己為什麼活著！」說完後，她又平心靜氣地繼續梳她的頭髮。髮絲在微風中飄動。她笑著說：「我唯一的問題就是兩個我是分開的。我得解決這個問題，如此而已。」「另一個妳現在在哪裡？」他問道。艾法說：「站在面向牧草地的一棵孤樹下，看著草原上四散的羊群。」她頓了一下又接著說：「他剛剛彎下身，去喝他腳邊的清涼泉水。」她閉上眼睛，用全身的每個細胞去感受水的清涼（她是真的口渴），然後再次深深吸一口氣說道：「好涼啊！你要不要喝一點？」以薩無視她的提問，說道：「妳再來要去哪裡？」

「和查瓦部落的人去冬季牧場。我們要去卡利馬尼平原。」她給了一個謎樣的答案。

翌日，驅魔師與幾位長者來到他們家。長者們很慶幸有驅魔師在，保護他們不受艾法香氣的侵害，他們才能安然無事。老驅魔師不必翻書，就看得出女孩著魔了。「是妖術。」長者們問說該怎麼辦。驅魔師說：「拿一碗水來給我。」接著轉向村長說：「叫一個人去拿一點你剛出生的孫子的尿來。」他們召來一個男孩，傳達了訊息。男孩跑著離開，一小時後端回一個小瓷碗，裡面裝著小男童的尿。驅魔師把尿倒進水裡，說道：「拿一塊乾淨的布來。」

布拿來之後，他將雙手放到布下面，並要村裡唯一曾到麥加朝聖過的「哈吉[34]」將鏡子舉在他的雙手上方。驅魔師叫艾法來坐在他面前，拉起她的手放進蓋在布底下裝尿的碗內。驀地，布開始動起來，底下的碗「空咚空咚」響，「噗噗」冒泡，尿液有如熾熱火炭左噴右濺，燃燒著村民腳下的毛氈地毯。布下面，生物逐漸成形，開始動來動去。驅魔師汗流浹背，努力地將那些扭動的生物壓制在布下面。突然間，一切忽地停止，安靜無聲。安靜無聲。安靜無聲。

村民僵立在原地，屏住氣息。唯獨一人發出純真和善的笑聲，就是艾法。驅魔師原本雙眼閉闔，此時睜開來看著艾法，只見她若無其事地面帶微笑。驅魔師將布丟到角落裡，村民們驚駭地睜大眼睛，因為看見如今尿碗裡裝的是土和掛鎖、邪物與妖術。艾法看見鎖笑了起來。驅魔師問她：「妳知道他們是怎麼鎖住妳的命運嗎，小姑娘？這些是妳的命運之鎖，是精靈從地下送來給我的。」隨後他從袋中取出一些乳香、沉香木與一個香爐。點燃香爐後，他拿著在房裡繞行，一面念咒，偶爾往空中揮舞念珠大聲喝斥。最後，整個房間瀰漫著香煙，邪靈退散。然後他坐下來拿出一瓶番紅花精、一張浸泡過龍涎香的紙和一支雉雞毛筆。他拿筆沾了沾番紅花精，在紙上寫下咒語。他說艾法七天七夜不能離開家，否則又會再次被精靈附身。大家都很高興。她父親親吻了寫咒法師的手，並用小包袱裝了一點錢、麵包和雞肉送給他。

就在驅魔師收拾東西時，艾法走向他，親切地拉起他的手，對驚慌失措的驅魔師微微一笑，直視他的雙眼，深深地吐一口氣。霎時間，她的氣息中揚起一股濃烈香味，彷彿成千上萬朵的報春花與堇菜從她嘴裡長出來，使得在此之前僅有焚香味的房間充滿花香。那味道冷冽而濃郁。驅魔師大駭，連忙把手拽回來。其中一位村民大喊：「就是這個味道！……黑色愛情的味道。快跑啊！」每個人都拚命想逃離，驅魔師更是跑第一個，但其中一名老婦人忽

34 哈吉（Haji），曾經在麥加完成朝覲的朝聖者。

然停下來。她拄著拐杖，閉上眼睛，深深吸氣。艾法笑了。老婦也笑了，並作勢要她靠近一點。艾法怯怯地趨上前去。此時她二人站在門廊上，其他人則聚集在冰凍的庭院裡。一位村民對老婦說：「拜託！……離她遠一點！……妳也會發瘋的。」但老婦不理會他人，而是對艾法說：「再吐氣一次，為我再做一次。」艾法溫柔地握住老婦的手，深吸一口氣，當她吐出氣時，就好像從嘴裡湧出了春天。老婦闔上眼睛，不一會兒，她童年與年輕時的記憶從遠處而來，占據她的心與靈：在稻田裡奔跑、摘野生青梅、桑葚的味道在她嘴裡迸發，還有第一次做愛。老婦睜開眼笑了，接著抛開拐杖，開始旋轉跳起恰克舞；一如十四歲時的她，當時就是現在這位村長愛上了她，還送她一束野百合，讓她插在頭髮上。

第一個發現紫茉莉開始萌芽開花的是以薩。青梅樹雖然覆蓋著雪，卻開始長出新葉並開花，幾分鐘前還覆蓋著一層厚厚冬雪的庭院，轉眼間遍地被萬壽菊、報春花和紫茉莉淹沒。以薩驚詫得打起嗝來，要不是何美拉・哈敦送來橙花精油，讓他能屏氣撐過七次「願他平安」的誦念，天曉得會有什麼厄運降臨他頭上。看見眼前景象飽受震驚，又大聲打嗝打到雞都逃跑之後，他笑了起來。接著是他父親，在哭的同時也因為沮喪絕望而笑，然後村民也一個接著一個笑起來，直到最後，所有的人雖然仍驚恐未定，卻都笑了。笑了。笑了。

民眾紛紛從屋子與庭院走出來，瞪大眼睛看著太陽玫瑰花叢、茉莉花與忍冬藤蔓在嚴冬裡爬上牆頭樹梢，只須艾法淺淺一笑，便綻放花朵。空氣中瀰漫著春花的香氣，笑聲從艾法家蔓延到隔壁鄰居家，又從隔壁鄰居再傳到下一個鄰居，隨後傳遍全村。人人都摘一朵花插在頭上；人人都手持一朵花，開始唱歌跳舞；人人都跪倒在街頭，口口聲聲地讚美神；人人都去敲鄰居的門，並將一朵花遞到應門者的手中。

艾法站在門廊上仔仔細細旁觀一切。驅魔師是跳舞大笑得最開心的一個。何美拉．哈敦、她父親、她弟弟、鄰家女孩、村裡心緒不穩定的小夥子、愛嘮叨的老婦人、愛批評的體弱老人，全部都在跳舞大笑。艾法看夠了以後步下門廊階梯，走向屋後小路。她沿著小路走向森林，走啊走，走啊走，直到來到村子的大樹。這棵樹至少需要十個成年男人才能合抱，天色漸暗，她就在那一帶最高的樹旁的山丘上坐下來，傾聽村中民眾的微弱聲響飄升上來，他們還在笑著跳舞。她倚靠樹幹，望著下方村落暗忖：「現在，大家都知道變成兩個人是什麼意思了。」她輕輕哼唱地方上的情歌，同時平靜地清除積雪，撿拾斷落的大小樹枝。堆起高高的柴枝後點燃，然後靜坐片刻，等火燒起來，等火勢變大、變旺。接著，她以無比的平和沉穩，一步一步走進火裡，甚至沒有回頭看自己的村莊或屋宅一眼。她任由火鑽入骨髓，臉上帶著微笑，彷彿在寒冷冬日去站在柴爐旁似的。那個地方不會留下任何生命。她銜著另一個自己微笑；另一個她正在遼闊青綠的卡利馬尼平原上吹笛子，看顧純真的羔羊與綿羊，並在心裡暗想幸福竟能來得這麼突然、這麼出人意表：就在你發覺你就是你的純真白羔羊，你的純真白羔羊就是你的那一刻。你就是樹，樹就是你；還有葉子，當你為羊群吹笛子漫步平原時，腳下踩過的落葉。

忽然間，村子上方的夜空滿是餘燼。明亮閃耀的餘燼，猶如哈雷彗星的彗尾，從森林的方向、從大樹的方向緩緩飛來，落在村民身上。當村民在紛紛落下的餘燼中歡笑歌唱，看見驅魔師撿柴堆放在村中廣場。然後他點燃火柴，放到中空的乾柴底下。火焰冒出、躥高。所有村民圍坐在火邊，自發出狂笑以來第一次恢復安靜，好像下巴笑瘆了，好像被那無盡的歡愉累壞了。驅魔師開始念咒，古老的巴勒維咒語。他在天女散花般的天火中張開雙臂，繞著火焰唱歌跳舞，任由餘燼落在臉和身體上，變成輕盈易碎的灰。慢慢地，村民們開始和他一起跳舞，嘴裡也唱念著咒語。誰會想得到，在皈依伊斯蘭教千百年後，他們每個人內心裡都仍存在著一點巴勒維？之後，也不知道是誰去拿來葡萄酒，又是從哪拿來的。是七年的老酒。每個人，不分老少，都在唱咒跳舞時喝了一杯酒，就像數千年前的祆教徒一樣，他們從未改信伊斯蘭，他們會在廣場上喝酒、跳舞，歡喜地感謝自然與神。老驅魔師先依照千年傳統，往地上灑了一點酒，將剩下的喝掉後，誦念了一首哈菲茲的詩：

你前永恆的美，出現在神的光輝之中
愛於是誕生，引燃了全世界

然後他頭也不回，既不看村民也不看祖屋，逕自走進火裡，並在火焰中心凝視著頭頂上的一點，直到被火焰吞噬。

村民們沒有驚慌或哭泣，他們並不害怕。所有人都處於一種獨特的幸福狀態，彷彿在剎那間確定了。確定了另一人的存在，確定了自己內心裡有他人的存在，確定了自己原以為的人生根本不是人生。緊接著，以薩的父親忽然擔任起驅魔師的角色，繼續唱誦古代咒語。人們一邊跳舞，一邊跟著他反覆唱誦。就在此時，可以聽見牛鈴的聲音逐漸靠近。每年都會來這裡搭幾天帳篷，賣器物給村民、替他們算命的印度吉普賽人，帶著一堆衣服、釘子、鐮刀和銅盤，從森林小徑冒了出來，時機實在不湊巧。

當那群膚色黝黑的男男女女從牛、駱駝、馬和騾子上下來，看見拉贊居民圍著火站立，說著他們已經一年沒說的語言，還喝著酒，不禁看得目瞪口呆，因為村民們不同往年，竟然完全沒有注意到他們嘈嘈雜雜地到來。同一時間，以薩的父親朗誦道：

智慧渴望從那愛的火焰得到光亮
愛的熱火一噴出，世界陷入騷動[35]

村民齊聲重復他念的詩，詩句念完後，他們全部一起步入火中，頭也不回。沒有一個人回頭。沒有一個人想到自己的孩子、配偶或雙親……沒有一個人瞥向自己的家……他們步入火中，就好像做其他事情都不合常理、沒有意義。起初的震驚緩和過來後，吉普賽人發出長嚎。他們高聲呼喊、尖叫，高高晃動手環，打自己的頭。他們朝火奔去，各自將某個人從火裡拉出來。隨後他們忙不迭地去村中廣場打井水，澆熄火焰。轉眼間，他們驅散了村民，把他們拉進陰暗巷道。一小時後……廣場上再無一人。感覺好像一度籠罩拉贊的夢、詛咒或是魔法，已經過去了，結束了。冷到骨子裡而蹲在角落發抖的以薩，默默瞪視著眼前發生的一切，心想：這就好像驅魔師從沒存在過，爸爸從沒存在過，艾法從沒存在過……沒有火……也沒有愛。

從次日起一連四十天，村裡沒有人會去看其他人，沒有人會對其他人打招呼或道別。從次日起一連四十天，前所未見的大雪把每個人都關在家裡，牛羊被困在欄舍裡餓死了。春天好像從未存在過。夏天也是。秋天也是。一切都是。

35　哈菲茲的詩句。

第十二章

憤恨、羞愧、迷失的碧塔踩著堅定沉穩的步伐，走向一個不確定的未來，心裡想著革命如何改變了他們一家的命運、她的命運。她想起混亂情勢進入高峰的某一天，她從芭蕾舞教室高處的窗口，看見群眾的腳規律地重重踩過外面的人行道，口中高喊：「國王去死！國王去死！國—王—去—死—！國王去死！國王去死！國—王—去—死—！」隔壁教室的一名老師跑來找碧塔的老師，在她耳邊悄聲說了幾句話，然後從皮包裡扯出頭巾，包住頭，便離開去加入抗爭行列。然而，碧塔的老師留在原地未動，斷然地反覆說道：「活動腳離右腳四十五度，手放在第五位置！深深吐氣，把氣從心引導出來，好好地去感覺。」短短幾分鐘後，剛才行進通過的那批人當中來了幾個人，把她的老師拖出去，在街上開始對她又打又踢。他們對學生破口大罵髒話，並將她們拽出教室，她們的芭蕾舞課從此結束。她不禁好奇老師現在在做什麼，回到德黑蘭後，或許應該試著去找她。說不定她已經離開伊朗，也說不定她就待在屋子內室裡煮飯、縫衣、掃地，把舞蹈才華全糟蹋了。

碧塔四下張望，試圖從樹木與灌木叢間找出一條路來。她只看到一片綠，綠葉、綠枝、綠草，沮喪之餘，她抬頭望向天空想利用太陽的軌道猜路，正好看見我緩緩朝她而來。我給她指了路，並試圖為她打氣。但下一刻，從我口中吐出的話語非但不是提供安慰，反而責備她臨走前都沒想到說聲再見。她生氣地回說反正我無所不在，招呼和道別都沒有意義，這讓我領悟到即使是心愛的鬼魂，也只不過是遭遺忘的死人，心裡不禁感到苦澀。我決意不顯露出來，便改口問她現在要怎麼做。見她只聳了聳肩，我才明白她對我、對人生的憤懣太深太深。

我接下來說的話連自己都嚇一跳。「人生通常都是在我們缺席的時候才被決定的，這很煩人。不過妳難道不明白自己有多幸運？至少妳還能用腳走路、皮膚能有感覺，還能品嘗香草燉菜和肉湯。妳還笨到不知道光是做愛一次所享受的片刻幸福，就足以豐富整個人生了！」

我最後幾個字都還沒說完，她就停下來，用充滿恨意的眼神怒瞪著我，讓我對自己的那番話既羞又驚，隨即隱身起來。我不敢相信自己竟說出這種話。人生給予我們的打擊太大，我們反而沒有機會說出傷害彼此的話。然而，如今話既已出口，我無法忍受聽她不屑地回答：過去幾個月我都在偷偷看她做愛，她都知道也很氣憤。令我尷尬的是，由於我已死去，便能默默觀察她以及其他人的私密時刻。

我讓她獨自上路，自己靜靜地哭泣——我不想讓她看見我的眼淚。我讓她遠遠地罵我，但她沒有聽到我的咒罵。我弓身縮在樹下，遠方回響著我的啜泣聲，我這才發覺家裡連連出事，讓我連哭的時間都沒有。碧塔眼中的恨意讓我驚覺到，我只不過是個死人幻影；我能與生者交談，他們也能看得見我，但這是自欺欺人，我死後的存在純粹只是幻象。假如有朝一日能再見到蘇赫拉布，我應該告訴他我錯了，我不該以為死亡只標示某些事情的終點。不對！死亡是一切的終點。是我的身體、我的身分、我的真確性的終點。是人生中對我具有某種意義的一切的終點：家庭、愛、信任、友誼。對！……死亡就是這所有事情的終點。

我一直哭到星星出來，胡狼開始長嗥。因為哭得太厲害，頭覺得好重。這時，我感覺到有一隻手搭在我肩上。死也有好處，讓人什麼都不怕，就連在隆冬季節的森林裡，被陌生人的手搭在肩上也不怕。我不耐地抬起頭。原來是個中年男子的鬼魂。他逕自在我身旁坐下，將我的頭輕輕靠放在他肩頭。不知道為什麼，但此舉讓我哭得更凶了。男子把手放在我頭上，像父親一樣，我很高興他什麼也沒問。等我哭緩過來之後，他用頭示意說：「我要去拜訪河鬼，途中聽到妳的哭聲。妳願意的話，跟我一起去吧。」

我想也沒想就跟著他去，路上他向我解釋，河鬼是死在附近這條河裡的人，他們偶爾會聚在一起回憶往事。

「幹麼做這種沒用的事！」我不耐煩地大叫。「總得想辦法消磨時間啊，不然會寂寞得受不了。」男子如此回答。我擦去最後的淚水說：「你的口氣跟活人一模一樣。」「妳沒發現我們還是跟活人一樣生活著嗎？」他明白指出。「你說得對，也許我們應該做點改變。不管怎麼說，我們就是不夠像活人。」我心灰意冷地回答。

「死亡沒有讓人類更快樂。」男子說。

我們繼續默默地走，最後來到一條河邊，有一群人圍著火坐。他們當中有一個十歲男孩身子是濕的還直打哆嗦，好像剛從河裡上岸。有個鬼魂把自己的外套給了男孩，並對其他鬼魂喃喃說道：「他一個小時前才剛淹死，所以還不知道。」

我看著男孩悲傷、不敢置信的雙眼。既是新鬼年紀又還小的他在死神懷裡瑟瑟發抖，瞳孔內有火光搖曳著。我們全都在死神懷裡，只有他還不知道。他自以為還被生命擁抱著，還身在另一邊，在那道隱形牆的另一邊。小男孩說他是牧童，名叫馬吉德。他和媽媽過河時，兩人失散了。眾人依舊沉默。誰都不想當著馬吉德新鬼魂的面，回憶在世時的事。他們不想加速讓他意識到自己死了，必須讓事情自然發生。我知道（我想每個人都知道）死後最初的幾個小時是最糟的，在這段時間裡你還不知道自己死了，即使知道也不願相信。你還能感受到自己的體溫，能感覺到舌頭舔過乾燥嘴唇的濕潤，而且你知道有人就在附近，在等著你……

馬吉德問道：「你們都在這裡做什麼呢？旅行嗎？」我們互相交換了個眼神，遲疑著不知該如何回答。就在同一時間，有幾個人手提燈籠靠近，而且是活人。是馬吉德的父母和哥哥，提著燈籠到河岸邊找他。馬吉德高興地喊他們，甩掉披在肩上的外套，朝他們跑去。我們沒有動。他跑向他們，但他們呼喊著他的名字，往另一個方向看，隨後匆匆走開，好像是找到他的屍體了。因為與家人團聚，馬吉德興奮又高興得不得了，立刻追上去張開雙臂抱住母親，可是她仍哭個不停，繼續走開，並未發現馬吉德從後面摟著她。他們在附近停下來，哭著。馬吉德再次追上去，再試一次。這回他抱住父親，但父親也毫無反應，直接從他身邊走過去，撲向馬吉德的屍體啜泣起來。馬吉德終於瞥見自己沒有生命、濕濕的、冰冷的臉，軟趴趴地靠在父親肩上。他滿心懷疑地看著自己的臉，接著後退一步，看著自己的雙手並舉起手摸臉。最後，他轉身凝視我們。方才和我說話的那名中年男子站起來，和一個老人一起慢慢走向男孩。但馬吉德似乎意識到生死不可分割，兩者本質相同，因而驚慌失措。他尖叫著跑離他們，消失在森林裡。

有好幾分鐘，他驚懼的吶喊聲在我耳邊迴盪，宛如喪鐘。我感覺胸口緊繃著，就在所有人面前，用雙手環抱住孤單的自己哭了起來。稍後，那兩個男人從幽暗的森林內帶回馬吉德的焦慮鬼魂，讓他坐到我身邊，並再度拿他們的外套替他披上，緩和一下死亡的凜冽。他盯著火看，看到最後默默睡著。我暗想，可憐的馬吉德，可憐的我，可憐的我們所有死去的人……因為死亡無以解脫。當你厭倦生命，大可以自殺擺脫它的折磨，但那之後又有什麼？很不公平的是，死亡後，要想從死亡解脫，是無法選擇自殺的。死亡的真實定義就是永無止境的厭煩。

我看著馬吉德肌肉鬆弛的臉露出憂傷惶惑，很想把他當成傷心的弟弟一樣摟進懷裡，安慰他說：「別難過，等你明天醒來，就會發現這一切都只是夢。你又會跟哥哥們一起擠羊奶，會跟爸爸一起趕羊到高處牧草地去。……別難過，小弟弟。不久以後，你就會長大，會在某次移牧的時候看見一個黑眼睛的美麗姑娘，你不只會愛上她，而且是全心全意地愛上她。然後，一旦和她分開，你會生起病來，會覺得喉嚨梗住、胸口發緊，連父親的笛聲都無法讓你歡心。你會想聽悲傷的歌，於是你會學吹笛子，會吹著憂傷歌曲直到下一次移牧。到時你會再見到那個美麗姑娘。這次你甚至會得知她的名字，看著她對你視而不見，窈窕身影逕自離去，你會知道從此刻起，沒有她的人生將毫無意義。於是你拋下尷尬，眼神焦慮地將一切告訴父親。之後，一切的進展比你想像得更快、更簡單。你向她求婚，她成了你的妻子，你用自己的雙手蓋了一棟木屋，一年後，你們生下一個小孩，三年後再生一個，四年後又生了一個。然後有一天，就在你不知不覺中，有那麼一天，你的兒子會帶著焦慮眼神來找你，說他在移牧期間愛上一個黑眼睛的姑娘。你替兒子去求親，到了第五個孫子出生時，在一個和一生中每一天一樣再尋常不過的日子裡，你去世了。一切就此結束，就像現在一樣。」

河鬼們開始講述自己的回憶，也想聽聽我的故事。我簡單做了解釋後，說我得趕快回到姊姊身邊，她正孤單一人在森林裡。這時，馬吉德顯然聽見了我說的每句話，張開眼睛說：「我看到妳姊姊在找長藤。」我們嚇壞了，連忙跑去找她，找到人時，她已被粗粗的藤蔓纏住脖子，呼吸斷斷續續，手指和腳趾也因為神經「發火」而抽搐。死亡對生者而言是夢魘，對死者也一樣。我不希望碧塔這麼快就到這邊來與我會合，並決定不讓她成功。她還有許多事情要處理，只不過此時此刻，她心神過於錯亂所以不知道。她一恢復意識，立刻賞我兩巴掌，讓我笑起來。我之前哭得太厲害，此時實在忍不住笑意。接著我們相擁而泣，直到她睡著，哀傷的森林鬼魂耐心而同情地圍坐在四周。

她醒來後，我們全都圍坐在火邊，並將我們的一堆外套披到她身上替她保暖。馬吉德第一個開口問她：「妳真的覺得人生那麼糟嗎？」碧塔盯著火看，從她緊抿著嘴唇的模樣看來，顯然仍陷在自己的思緒中。有個老人請一名中年男子說說他的人生經歷。「我從來沒說過我的故事，因為不知道該怎麼說。」中年男子說道。「這是什麼意思？」老人回答道，「每個人總會有方法說自己的故事，你就說吧。」中年男子聽了便說：「好吧，我試試。不過我話先說在前頭，我不會像你們那樣說故事。」

他的目光集中注視著火焰，然後他用單一個句子，一口氣不停地從頭說到尾：

我們三兄弟和老婆小孩和年邁父母住在同一個屋簷下平日以捕魚砍柴為生直到有一天小弟回到家說他發現一張藏寶圖要我們兩個哥哥幫他去找寶藏但是我們的老母親和老父親傷心地說如果我們去尋寶就要跟我們斷絕關係因為寶藏一定都會被下咒凡是去找寶藏的從來沒有人活著回來可是我們聽不進去我們甚至不聽父親說從前有一天有個男孩告別家人要去尋寶但是一村走過一村一城走過一城花了好多時間最後他絕望了竟闖進一個有錢人家裡被抓起來關進牢裡他從牢裡送口信給父親說爸爸快來救我因為我被關了但他父親回答說我當初就叫你別去找寶藏因為只會惹禍上身現在我已經一隻腳踏進棺材什麼忙也幫不上只能告訴你服完刑以後回家來因為我在樹林裡替你藏了一些寶物那是我一生辛勞的結果但你不能視為理所當然胡亂浪費兒子聽了簡直喜不自勝後來出獄以後他回到村子開始在樹林裡挖地尋寶可是不管怎麼挖都一無所獲最後他挖遍整座樹林也不見寶藏的蹤影但是母親跟在他後面往翻起的土壤裡撒種子很快地園地變得青綠茂密長出植物一段時間過後收成販賣他們也變得很富有兒子這才想起父親訓誡他要珍惜財富和土地的寶藏和身體的健康可是我們父親說的故事就像對牛彈琴我們向兩老告別後不斷不斷地走直到來到地圖上標示的這條河我們過河後又繼續走到一座小山上一棵很高的樹下北面樹幹上刻了一條魚如果站到那個方位就能看見另一棵矗立在小山上的

大樹我們知道那裡有另一個記號所以又繼續走到那棵樹樹幹上刻了一隻烏龜我們朝著烏龜頭的方向往前走直到來到一顆大圓石站上去以後可以看到遠方一座瀑布於是我們沒有休息繼續走到瀑布穿水而過進入另一邊的一個洞穴就在洞穴的陰暗深處金銀珠寶閃亮有如白晝我們高興歡呼把布袋口袋包包全都裝滿珠寶但我們還沒離開洞穴就飛進兩隻鴿子棲在我旁邊的一塊岩石上開始交談其中一隻說那兩個可憐的兄弟不知道另一個兄弟想殺死他們另一隻鴿子說你說得對姊妹那兩個兄弟很可憐不過老實說他們是自作自受另一隻又說你說得對姊妹我們走吧別管這些人類了因為我坐得很近聽到以後大吃一驚便告訴兩個弟弟說有兩隻鴿子飛來歇在岩石上說我們其中一個會殺死另外兩人然後我天真地補了一句說我並不打算殺死你們任何一個因為你們是我的骨肉手足何況這裡的寶藏足夠滿足全國的人當然就能滿足我們三人不料小弟說鴿子又不會說話八成是你自己捏造的故事讓我們有心理準備其實你打算殺死我們可是當我想辯解大弟也攻擊我說也許你真的想在這裡殺死我們不過我帶了一把有毒的小刀以防備你們兩個他話還沒說完就拿出刀子威脅我們但我們大喊你瘋了嗎我只是把我聽到的告訴你們但假設你們說得對是我在撒謊根本沒有鴿子我只是想測試一下那你們兩個都沒通過沒想到我話才出口小弟就開始大笑打趣著說他也只是開玩笑只是想捉弄我們大弟見狀便把刀子收進刀鞘說

他忽然想起多年前聽過的一個故事說有三兄弟上山尋寶後來在一個洞穴深處找到了可是大哥卻將兩個弟弟推進附近的一口井裡自己拿走寶藏殊不知那不是一口普通的井裡面住著精靈和仙子他們聽了事情經過後決定幫助兩個可憐的弟弟向大哥報仇於是其中一個精靈化身成漂亮女子等在大哥會經過的路上大哥一看見她就愛上她不只是一顆心而是百顆心愛上然後帶她回家娶她為妻但女子說要娶她就得答應一個條件就是在晚上十二點到凌晨五點之間他絕不能到她的房間發生任何事情也不能找她如果做不到就會喪命大哥答應了條件於是每天晚上女子會到另一個房間去從晚上十二點直到凌晨五點都緊閉房門直到有一天晚上他忍不住好奇進入房間發現她正和一群男女精靈在喝酒唱歌跳舞他醋勁大發勃然大怒正打算拿劍殺死女子和精靈時女子回復了原本的面貌把劍抵在他的喉嚨要殺他但男子嚇壞了哀求道別殺我我願意當妳的看門狗但別殺我女子一聽立刻把他變成狗從那天起他就變成狗替兩個弟弟看家可是當大弟講完這個故事我生氣地說你老實說為什麼要提起這個故事難道你真的有什麼陰謀我們開始爭吵起來這時忽然有兩條危險的大黑蛇從金銀珠寶底下溜出來攻擊我們小弟一看見連忙跳上一塊大石而大弟則用他的毒刀殺死其中一條蛇我也拿起一塊大石頭砸死另一條準備爬過去咬小弟的蛇救了他我們三人都很開心因為這讓我們更加親近我們把先前說的話都拋到九霄雲外興奮

地匆匆趕路回家來到這條河的時候我們潑水洗了把臉小弟也把水壺裝滿之後我們再度出發走啊走走啊眼看就快到家了小弟說我們休息一下吧然後從布包裡掏出水壺拿給我們喝就在我們喝下水的那一刻大弟開始口吐白沫當場死亡我則是昏了過去我從半閉的雙眼看見小弟收拾起我們裝珠寶的袋子踢了我們一腳以後便回家去了但神靈保佑我活了下來隔天我父親找到剩下半條命的我帶我回家照顧我把我救回來雖然我很虛弱下不了床卻能聽到他們說些什麼小弟告訴父母說有三條黑蛇在屋子附近攻擊我們我和大弟被咬死但他逃脫了第三條蛇平安回到家但後來我聽見父親說事情好像不太對勁因為小弟害怕地帶著妻兒從此離家父親也隨後來找我們的屍體最後發現我躺在大弟的屍體旁幾乎只剩一口氣他把我們帶了回家後來我聽到他對母親說小弟真是說謊不打草稿這麼多年來這一帶從來沒看過一條毒蛇而他竟然說有三條毒蛇攻擊他們父親一離開房間母親就去找我妻子說事情不太對她的直覺告訴她是小弟殺死了大弟又給我下毒可是當大弟媳從我妻子口中聽到這件事她開始捶打自己哭喊著說她從一開始就不喜歡小弟因為他又鬼祟又狡猾從那天晚上起她臨睡前都會嘆氣祈求上天讓他得到應有的報應但我可憐的雙親手上只剩一具屍體所以他們在屋後挖了一座墳埋葬我弟弟並種了勿忘草沒想到隔天早上起床時所有的花都從根部燒得焦黑於是我的老母親和大弟媳開始幹起活來這回她們從

森林裡帶回報春花種在墳上可是隔天發現根又燒焦了花也變黑因此第三天她們去到草原和森林帶回野堇菜種下隔天發現這些花長高了還冒出新芽於是母親和弟媳立刻知道大弟想要報仇因為我們相信野堇菜象徵復仇我們也了解到大弟的鬼魂非常憤怒在報仇成功以前無法安息當父母終於完成葬禮結束哀悼後就把注意力全部轉移到我身上他們每天祈禱並咒罵小弟還和他斷絕關係但是我一天天地變瘦變老最後頭髮全部變白妻子完全不再期望我會好起來但我父母沒有放棄希望時時刻刻祈求嘎祖兄弟與他們的神廟治好我後來有一天我已經瘦得皮包骨他們把我放到一張小床上用他們老邁孱弱的身體把我送到遙遠山中的嘎祖兄弟神廟心想也許我能在高山上被治癒當時我病得太厲害身體又虛弱唯一的願望就是能恢復健康報答父母彌補他們的痛苦所以我流著淚祈禱懇求神和嘎祖兄弟治好我讓我成為父母能夠倚靠的柺杖但同一時間我父親也為我禱告說我們不希望你是為了我們而痊癒我們希望你能好起來陪在妻兒身邊不過母親斥責我們說我不希望你是為了我們或是你的妻子而是為了你自己好起來但沒想到就在我說我想健康地活下來成為父母親可以倚靠的拐杖時呼瑪（就是當牠從你頭上飛過聽見你許願就會讓你願望成真的幸福鳥）從我頭上飛過因此就在那一刻我父母還在爭吵時我睡著了他們便讓我獨自留在神廟的一間聖室沉入可以讓我看見自己命運的神聖睡眠中結果我立刻沉沉睡

去夢見自己躺在嘎祖兄弟神廟那兩座墳墓之間的一條路上正在做夢夢見自己坐在嘎祖兄弟神廟的墳墓之間的路上茫然哭泣著不知道該求哪個兄弟治病忽然有一個纏著綠色頭巾的發光人形出現在我頭上拉著我的手讓我離地升空並問我為什麼在哭我說我生病了想要好起來但他說你沒做錯什麼還在我嘴裡放了幾顆糖在此同時另一個纏白頭巾的發光人從另一個方向前來一手放在我頭上往我嘴裡倒一些涼水然後放五顆糖果在我右手說從明天開始每天吃一顆康復以後好好孝順父母然後兩個發光人就反方向離開等我醒來發現自己躺在嘎祖兄弟兩座墳之間的路上正當我東張西望滿心困惑忽然又醒來發現自己身在嘎祖兄弟神廟的一個房間裡我用幾個月來都不曾有的力氣站起來發現有一面鏡子一照之下看見自己的頭髮又全黑了我正歡喜地想用手梳頭髮竟看見五顆糖果從右手掉到地上我看到以後不敢置信地叫喊哭泣接著就昏了過去等我再次甦醒時看見父母坐在我身邊哭他們看見我的黑髮就明白我見到了聖尊病也治癒了當我跟他們說起那五顆糖果他們哭得更厲害然後我們全部淨身並面向麥加站立哭著感恩禱告我忽然覺得好餓把他們能拿來的食物都吃光了還想再吃於是我父母開心地去向其他來廟裡禮拜的人討食物並告訴他們發生了什麼事一群又一群民眾替我送吃的來在我的手臂腿和頭髮上繫了布條還為了治療自己的病與代禱撕下我一片衣服我根本沒有注意到因為我已經好幾個月沒

吃東西如今嘎祖兄弟廟的神力治癒了我食物的口味與氣味是那麼美好讓我無法去想其他事情尤其有些人準備了燉肉當供品而我就好像從來沒吃過燉肉似的深深吸入桂皮番紅花豌豆和羊肉的香味來回憶生命的氣味我永遠忘不了我是多麼愉快地將肉汁淋到一片薑黃鍋巴上然後閉上眼睛送入口中咀嚼時的清脆聲音在房裡回響我是真心地享受那個滋味當我睜開眼看見許許多多人跪在地上驚異地看著我不禁笑了起來他們一個個面面相覷但我還是繼續笑笑聲越過小山與森林傳到我小弟住的村莊和屋子他聽見了害怕得誦念清真言因為他發覺我死裡逃生活了下來但我的笑聲再次穿越小山與森林揚升到嘎祖神廟進入房間傳進我的耳裡當我聽見自己的笑聲忽然開始流淚並大聲啜泣所有人想起自己的傷心事也哭了起來我們的眼淚多到淹沒地板變成小河流出房間接著流到露台再流到一棵光禿的桑樹底下據說這棵樹是幾百年前嘎祖兄弟親手種的突然間在那盛夏季節這棵禿樹開始開花一小時後花落了又大又白的桑葚取而代之我們從未嘗過那麼甜美的桑葚因此從那時起人們就稱它為憂愁開花樹而且每一年都會在樹枝上綁布條祈求自己的願望能得到回應總之我的病就這麼治好了我陪著父母下山回家但誰想得到我在嘎祖兄弟廟被治癒的消息已經從牧童傳到漁夫從漁夫傳到樵夫又從樵夫傳到遠近村落所以一路上有大批民眾在等我經過一看到我立刻瘋狂尖叫吶喊並且撲上來撕扯我的衣服作為供

奉之用希望能治好家裡小孩和親人的病後來我的衣服全變成他們手上的碎片他們流著淚說願你平安然後便離開繼續散布消息直到消息傳到我小弟耳裡當他親耳聽到我痊癒的消息而且百分之百確定我還活著就對妻子說他必須來向我道歉不然我可能會殺了他可是他妻子說那沒用就算他求饒我還是會殺了他所以他們別無選擇只好逃跑從那時候起一直到我被殺為止他們就像遊民一樣從這座城市流浪到那座城市從這個村莊流浪到那個村莊因為他們時時刻刻都擔心我會追去殺死他們然而真主延續了我的生命我甚至想都沒有想過他們一心只渴望孝順始終沒有對我放棄希望的父母親連對我非常體貼的妻子和孩子也都有點疏忽了最後在無數尋常日子的其中一天當我早已不再想著弟弟或死亡的時候父親去世了幾天後母親也跟著過世在我還在為親愛的父母服喪時我來到這條河邊釣魚排解一點憂傷卻沒想到我弟弟始終沒忘記我他一直躲在我們家附近一看到我就從後面拿斧頭砍過來之後把我的屍體丟在這條河的這個地點然後把斧頭埋在這個角落所以我終於死了我的生命告一段落但我大弟的鬼魂卻開始行動因為他終於逮到報仇的機會每天晚上去挖出斧頭放到我小弟的枕頭下面小弟每天早上看見斧頭都會嚇掉半條命然後花上半天的時間回到這裡來重埋斧頭再回到村子裡希望斧頭不會再移動不料隔天早上發現斧頭又出現在枕頭底下我大弟的鬼魂每晚就只做這件事在折磨小弟的同時獲得莫

大的樂趣。

男人終於結束這個長長的句子，深吸了一口氣，凝視著火。當場無人開口，所有人都默默注視著火。過了好一會兒，我才說：「好精采的故事！」

另一個男人說：「我一秒都沒有分心。」中年男子不好意思地紅著臉問：「請問一下，大家都是這麼說故事的嗎？」老人回答：「對，大家都是這麼做的。」

我環顧坐在火邊的鬼魂的眼睛，然後望向碧塔，頓時領悟到死者是生命的憂愁面，而生者是死亡的歡樂面。但是碧塔並不快樂，這是生命悲傷的一面，她竟然不知道自己應該快樂地活著，因為除此之外她什麼也辦不到。我想告訴她這點，卻又擔心讓她委頓的精神更加消沉。幸好她自己終於開口說：「和你們比起來，我好像幸運一些，因為我沒有被殺死。可是我一點也不覺得快樂。」她看著已死的我們——出了拉贊後，活人世界裡最早與她相遇的一群死人。眾人當中的一名老者回答道：「這是因為妳還沒體會到妳自己有多美麗、年輕又健康。」碧塔微微一笑，默默感動之餘，臉頰被火光映得泛紅，而我們所有已死的人都看見了她露出的微笑有多好看。但一想起晦暗的記憶，她褪去笑容說道：「可是愛我的男人卻狠心拋棄我，娶了一個年輕女孩。」中年男子說：「這樣更好！這表示妳夠討人喜愛，只是他不夠聰明體會不到。」

碧塔露出困惑的微笑，像是不知道該高興或悲傷。最後她說道：「你們說我該怎麼辦？我母親，我現在對她非常生氣，她離開了……」接著她指向我繼續說：「我妹妹和哥哥被殺害了，我又拋下老父親要去德黑蘭，但我根本不知道到了那裡要做什麼。」「去吧，堅強一點。」老人說：「只要妳絕望的時候，就想想我們，我們永恆不滅但沒有歡樂，而妳的生命有限卻能享有歡樂。」

聽到這些話，碧塔明顯振作了些，我不禁暗忖：「我們是多麼孤單啊，生活這麼多年，周遭沒有一個人能看見家庭悲劇之外的我們，能讚美我們，能給我們繼續活下去的力量。」因此在停頓許久後，碧塔忽然轉向與她隔火對坐的我，以一種我從未見過的勇氣說：「原諒我沒有盡到做姊姊的本分。對我來說，妳這個妹妹做的甚至已經超過妳的能力。為了我們，妳竟然還繼續在我們身邊生活、保護我們。下黑雪的那幾年，要不是妳，誰會替我們送木柴和食物？要不是妳去監獄看蘇赫拉布，還有誰能去安慰他？而最重要的，要不是妳在死後回到我們身邊，我們怎能受得了失去妳的悲傷？」她頓了頓，發窘地接著說：「但從現在起，妳就尊重一下和我之間的生死界線好嗎？」

《聖經》一開始就說：「最初就有話語[36]。」那話語厚重堅實到能扛住造物與所有存在的重量。就像現在，碧塔話語的重量讓我意識到自己有限的廣度。「你們這群鬼魂今晚說的話證明我不夠堅強。」她繼續說道：「要在活人當中過日子必須非常堅強才行。」隨後她又轉向我：「所以在我回拉贊之前，我希望妳不要每天來探查我的狀況。讓我自己去了解一個活人獨自生活在真實世界的意義，讓我找到自己的路。如果我能在德黑蘭的人群中存活下來，妳會在拉贊再見到我，假如我死了，我也會回來找妳，對妳說妳超越生死的存在有多麼可貴。」

就這樣，我親親碧塔的臉頰與她道別，內心很是焦慮，唯恐這將是我們最後一次見面，殊不知她將是我們三兄妹當中唯一的倖存者，雖然是活在裏海深處。

36　經文出自《約翰福音》第一章一節。為了讓「話語」二字前後連貫，這裡採用的是新世界譯本的句子，若要採用和合本的「太初有道」，可能需要在「道」後面加上（話語）二字。

第十三章

之後，我上路走向爸爸和孤寂，碧塔則上路前往城市與其喧囂擾攘。她離開時帶著女孩純真苦惱的臉龐，回來時則帶著成熟女子的堅定表情，多了幾根白髮，眼角出現一些皺紋，雙唇已習慣沉默，雙腳也踩過了漫漫長路。而且，她講述過去幾年發生的事言簡意賅，讓我們不敢多問。她好像變得異常習慣於保持沉默，這我不怪她。她一申請到大學註冊成為藝術史系的學生，就加入第一個學生反對團體，結果在抗議活動中被捕，遭學校退學，接著被關，聽她描述這一切，我們才發覺人生中還有嚴酷的事實等著我們家的成員。她從頭說到尾只花不到一小時，最後，當她去廚房替自己和我們倒茶的時候，以兩個消息總結一切：霍斯勞叔叔（我一直期望能在拉贊見到他，但他因為神祕主義的信仰被捕入獄）終於出獄了，但他馬上就離開伊朗前往印度定居，甚至沒能先說聲再見。他決定在印度數以千計的奇異廟宇中找一間度過他的下半生，並在七十七個統合的宗教當中尋求神的本質。第二個消息，德黑蘭市長仍然企圖將魔爪伸向城裡的古老資產，重新展開威脅利誘，但爺爺和曾祖父鐵了心要死在自己出生的家裡。

碧塔像下標題一樣，片片段段地提供關於被捕下獄、霍斯勞叔叔自我放逐與城裡的威脅等訊息，試圖表現出所有的壞消息都再尋常不過，但我的目光始終牢牢盯著碧塔痛苦的眼眸，那雙因歷經風霜而早衰的眼中仍保有年輕人的懷疑與純真。倘若她願意，或許也能像那個中年鬼魂一樣詳述一切經過，毫不中斷或停頓，但她決定不這麼做。簡潔是對痛苦的回應，而且她想要堅強。也許正因如此她才會變得如此沉默寡言。她不想再拉長我們所承受的痛苦，她想盡可能地處於當下。是的，碧塔變了，她經歷過自殺又進而與生者有過互動，於是，幾個星期下來，在輕鬆度日、漫遊於庭院的焦土圓圈四周、重溫她不想說與人聽的回憶之後，她開始翻閱爸爸的舊雜誌。在我們家，書籍總是最初也是最後的避風港。出乎我意外的是，她看的並非政治或社會學的書，而是直接求助於流行雜誌裡的連載羅曼史。我登時領悟到，一個人外表看似波瀾不驚並不意味著內心也是如此。接下來，更令我完全料想不到，她竟讀起了童書，並漸漸培養出對童話的莫大喜好。她讀遍了安徒生童話、格林童話，以及梅赫迪．薩巴希、沙迪克．海達亞與薩馬德．貝蘭吉的作品，然後轉而閱讀《天方夜譚》、

《君王之書》、《達拉布傳》、《戰士撒馬可》、《阿薩朗王子》與《胡笙·庫德·沙貝斯塔里》。讀完這些大部頭的書花了幾個月的時間。接著她開始收集天仙、美人魚、下凡仙女、天使、精靈與神話惡魔的照片與圖畫。最後有一天，她找到一本五百頁的筆記本，便開始撰寫百科全書——《伊朗虛構生物百科全書》，這主意從何而來，連她自己也毫無頭緒。隨著時間過去，百科全書愈來愈厚，裡面收納了阿爾、安卡[37]、阿胥祖什特、巴和塔克、占姆羅什[38]與達瓦帕，此外還有呼瑪、仙子國王、第一神牛、馬達茲瑪[39]、羅赫、舍達爾與西摩格[40]

37　阿爾，民間信仰中的怪物，專門傷害剛分娩後落單的產婦。安卡是住在卡夫山上的神話鳥，當這種鳥想找配偶，就會下一顆蛋，並使盡力氣對著蛋鼓翅，鼓翅所產生的熱氣與即將找到配偶的興奮情緒，讓鳥起火燃燒，化為灰燼，蛋便藉由灰燼孵化，生出下一代。一次永遠只會有一隻安卡。

38　阿胥祖什特，伊朗神話中一隻貓頭鷹的名字，是反對惡神阿赫里曼的眾神創造出來的；牠朗誦《聖經》經文時，會讓魔鬼害怕。根據伊朗民間信仰，巴和塔克是夜魔，會企圖扼死睡夢中的人。占姆羅什是伊朗神話中的巨鳥，會毀滅伊朗的敵人。

39　在伊朗神話中，第一神牛是神聖且早於永恆的生物，牠被祆教神祇密特拉所殺，流的血用來肥沃土地。馬達茲瑪是伊朗神話動物，會坐在路旁，藉由驚嚇路人來測試他們的膽量；通過測試的人，馬達茲瑪會與他成為朋友，否則便會遭殺害。

40　羅赫，住在安卡山上的神話鳥，能與風和光溝通。舍達爾是獅頭、鳥身、馬耳的伊朗神話生物，負責守衛眾神的寶物。西摩格是築巢於生命之樹上的巨鳥，巢中有世上所有植物的種子；西摩格知曉生存的祕密。

等等。在專門描寫古伊朗魔鬼、包羅萬象的章節裡，她納入了阿克塔希（象徵背棄的魔鬼，似乎還毀滅了人世與生命）、乾旱魔鬼阿普西與沉睡魔鬼布沙斯普。她讀愈多古書，諸如《達拉布傳》、《天方夜譚》、哈亞姆的《諾魯茲書》、《胡笙．庫德．沙貝斯塔里》、《君王之書》、《亞歷山大傳》、《馬列克．賈姆希德》、《科學百科》、《阿賈耶布傳》與《驚奇與奇觀》等，便愈深入伊朗人民真實／想像信仰的浩瀚大海，也更加疏離真實的日常世界。為了背離或忘記過去，她又讀又寫，整個人沉浸於神話的意義中，直到某天晚上洗澡時，她的目光落在自己的裸體上。她花了很長時間注視鏡中的自己，頓時領悟到自己著手做的事毫無用處；她長期自我克制的身體已經習慣了愛與生命，並在意識到這個事實之後開始枯萎。不管她再怎麼絞盡腦汁，也想不起眼睛底下何時出現那幾條大大的皺紋、鬢邊何時冒出一百三十八根白髮，上臂的肌膚又是何時變得鬆垮。不管她再怎麼想破頭，也想不起她的一顆臼齒是何時蛀掉的，生理期又是何時開始延遲。出浴室後，她直接走到門廊上，知道能在那裡找到爸爸。她深情地牽起他的手貼在自己臉頰上，說道：「我想就快輪到我了。」原本坐在那裡望著草地上依然焦黑的圓圈的爸爸，無精打采地看著碧塔，過了一會兒，出乎碧塔意料之外，他的唇邊竟泛起一抹淺淡微笑。

於是，碧塔不再讀寫，而是開始期盼等待著。她不知道自己在等什麼，卻確信時間很快就會到來，到時她會被帶領進入她人生嶄新、令人為之瘋狂的一章，一條不歸路。她想到查理．布考斯基說的：「找到你所愛，讓它殺了你。」首先，她停止了讀寫。或許可以說她停止了反抗，最後她停止了沉默。在德黑蘭那些年讓她變得夠堅強了。也許夠了就是夠了吧。因此她不再監控自己、自己的思想、樹林、爸爸，最後更屈服於最近令她沉迷的事物：幻想。

她躺在床上幻想這個新的人生階段。她羞愧地想到，說不定在這麼多年後，以薩會突然出現，和她一起遠走高飛長相廝守。不過她立刻痛斥自己愚蠢，都這麼久了還想著他。接著她生出更新的幻想來自娛。她忖著：「也許可以啟程去找媽媽。」她想像自己走過一座座城市，向民眾展示她的照片，最後有一天會有個小孩指向一棟房子，而她會看見媽媽有了新丈夫和小孩，根本不認得碧塔了。有時候在想像時，碧塔會懷念從前的自己而哭起來，也會暗罵媽媽竟毫無預警地，就這樣丟下他們離開。

有一回，我們一起在林邊坐了好久，用她向以薩學來的方法捲草菸，抽著抽著，她對我說：「一個人會做白日夢是因為人生失敗、有缺陷。我不懂為什麼先知和哲學家看不出其中的重大意義。我認為想像是現實的核心，否則至少也是人生即時的意義與詮釋。」我凝視著她，思索她的話，正要下結論說她在改變，說她又再一次蛻變時，她搶先說道：「夢難道不是人生現實的一部分嗎？或是欲望呢？有誰不相信從頭上飛過就能讓人幸福的呼瑪鳥，曾經真的存在過呢？又或是與薩姆、札爾和羅斯坦祖孫三代的生命緊緊相連的西摩格，有那麼多書、那麼多畫裡有牠，這些書畫之間有什麼共通點？」她略一停頓，深深嘆了口氣，最後說道：「我想說的是，當人生有這麼多缺陷又如此平凡，為什麼不能用想像力來彌補現實，讓它更有活力呢？」

漸漸地，她的夢愈來愈長，幻想也隨之增加。在屋裡的疏離環境中，她想方設法要防止幻夢消散之際發現了一個新世界。她醒後若非長時間輾轉反側，就是坐著思索她的夢，加以連結，並試圖透過伊本．西林、榮格與佛洛伊德的書，或是米爾恰．埃里亞德、麥赫達德．巴霍爾的小說，又或是李維史陀的著作去了解夢境，希望能清楚得知未來的路該怎麼走。

某天夜裡，她夢見自己變成一條魚，隔天醒來以後說：「這個夢好真實，我都不知道是我這個人夢見自己是條魚，還是有條魚夢見牠是個人。」雖然她期望在夢裡看見現實的徵兆，但在第一條魚誕生以前，她誤解了關於大海和魚的夢。

以薩曾經告訴她：「將來當蜻蜓交配的那天，我會再和妳見面。」可是當她問蜻蜓的交配季節是什麼時候，他從不回答。不過以薩確實遵守承諾了，某個春夜裡，在孕育著睡夢的蜻蜓群間，他們再見了最後一面，只是不同於碧塔的期待，這次碰面的地點並非樹林裡被火焰環繞的隱密角落。有趣的是，碧塔早上醒來時，非常確信自己真的和以薩翻雲覆雨了一整夜。然而，他出現在夢裡的細節愈明確，她反而愈想不起以薩是否曾入她的夢，又或者她是否曾入他的夢。但無論如何，結果都是一樣。不久，她自覺出現各種懷孕跡象。就在夢境消失、驚愕不定與期待進入新的生活階段這連串紛擾中，第一個孩子出生了，何以會如此卻是個謎。值此人生新階段的起點，在萬籟俱寂的夜裡，在她房中，竟誕生了她最意想不到的東西，而且剛好能裝進小玻璃碗中。那是一條小金魚。她嚇壞了，將碗缽放到架子上，決定不向爸爸透露任何口風。第二個孩子出生於早晨。她驚慌尖叫：「我的床怎麼濕濕的，還有這麼多沙和貝殼?!」一魚還活著，這一陣騷動讓爸爸聞聲而來，他很快地將魚拖離沾血的床單，放進架上的碗缽，和另一條魚一起。不久就得增添魚缸了，因為她每天早上都會再生一條金魚。屋裡擺滿了大小不一的水缸和碗缽，架子上、角落裡、蘇赫拉布空空的床上和我的床上，甚至連爸爸的工作室裡都有。這使得家裡的孤立感與疏離感更為沉重，好像一隻巨大、懶洋洋的鬣蜥。爸爸別無選擇，每天都得從沉沉的陰影與忘我的領域中爬出來幾次，餵那些可憐的小動物。他暗自心想：「我可以把這些當成我的孫子，我孤苦的、長了鱗片的孫子。」

某天早上，有個含著一顆巨大珍珠的超大貝殼卡在碧塔的子宮頸，要不是她即時自救，恐怕會流血過多而死。她又再一次地，險些溺斃於體內的大海。因此幾個月後，當她被身子底下「嘩嘩」的水聲吵醒，並不太過驚訝，可是她一下床卻跌倒在地，不禁感到憂心。她拖著身體爬過地板來到牆邊，勉強摸到了電燈開關。燈亮以後，她看見札卡里亞．拉齊，我們那位偉大的祖先，站在深及腳踝的水裡，倚靠著牆，興高采烈地說：「我找到解決之道了。這樣一來妳就不會受到『他們』傷害，還有箱子也是。」接著碧塔還來不及出聲，他就面帶微笑，開心地穿過潮濕牆壁不見了。碧塔的腿已經變成魚尾。

那魚尾神奇又美麗，但一開始讓她驚嚇不已。她成天坐在角落裡盯著它看，漸漸發現這樣美麗事物的能耐，又不禁尋思自己要怎麼去廚房煮飯，怎麼去樹林裡指揮工人。我不得不更常離開樹屋查看她的狀況，並安慰她要想實現她的夢，改變是必要的。起初，爸爸覺得碧塔最好是按兵不動，讓情勢自然發展。有一天，他在大浴缸裡注滿水，讓碧塔能在裡頭待著。然而幾天後，他發現這麼做太殘忍。一連數小時坐在浴缸裡盯著白磁磚看，任誰都不會覺得好玩，於是他在浴室牆上掛了幾幅畫，又在角落擺放幾盆花。但他很快就發現，這樣也無濟於事。因此，他決定用水泥封住浴室門，將屋頂移除，把整間浴室都注滿水，那麼只要她想游水，隨時都能從天花板開口進入。接著他把容器裡所有的魚也都放進水裡，如此一來，她至少可以照顧孩子，有點事做。

這其實不容易。每當碧塔需要進浴室「水池」泡水，爸爸就會用個大桶子把她拉上牆，再從已經不存在的屋頂放進去，為此他裝設了滑輪組，並且盡可能地遠離愛窺探的村民和樹林裡的工人。碧塔很高興自己在不經意之間迫使爸爸起身走動，卻只擔心這些努力不會持續太久，到時爸爸又會回到沉默不動的狀態。然而她萬萬想不到，爸爸將蘇赫拉布不在的這段時間所撿來的貝殼全給了她，讓她除了魚之外，還有其他東西可以玩賞；他還從沼澤採摘蓮花種到水裡。他每天會從屋頂替她送吃的。最後有一天，爸爸叫我去幫他搭建幾層階梯，和一個突出到水面上（也就是原來屋頂所在之處）的陽台。於是對我們三人來說，用餐時間漸漸變得愉快。爸爸會準備食物，然後把餐點擺放在碧塔身旁的新陽台上，邊吃東西邊欣賞風景，並談論這一天的事，就好像久遠以前我們一家五口在德馬峰山腳下、達爾班或是通往恰盧斯的路邊野餐那樣。如今少了媽媽和蘇赫拉布，我們偶爾還是會容許自己大笑，同時看著魚長大、看著焦黑的圓圈逐漸長出草來。可是碧塔不斷在改變。她希望一天二十四小時都泡在水裡，已無法躺到床上，而是睡在浴缸的深水處。然後她的皮膚也開始改變，手臂、肩膀和臉漸漸覆滿美麗、細小的金銀鱗片，而且她會趁我們不注意，貼到浴池牆邊吃微細藻類。每天下午，當我們聊天聊上幾個小時，她會說起以前為了追求自己的命運，她可以輕易拋下爸爸，但現在她寧可忍受狹窄的空間，也不願再次丟下他一人動也不動、沉默不語。

就這樣，白天裡她會徜徉在日光下的水中，入夜後就浸淫在星光下入睡，做著大海的夢。她會和魚和貝殼玩耍，會連續數小時沉迷於美麗的蓮花當中渾然忘我，而其他時間則都處於慵懶昏睡的狀態。她讓自己去感受時刻間長長的停頓，並從破曉開始直到黃昏結束，靜靜地跟隨雲彩的每個細微移動。有一次她跟我說，她感覺到藍天落在皮膚上，並親眼看到從雲邊折射的陽光將烏鴉變成彩虹，那真是美妙又富詩意的無上幸福。還有一次，沉迷於藍天裡一朵白雲的她說，拉贊天空最棒的就是雲的貞操還沒有被飛機玷汙。

閱讀的狂熱讓我們仍然會因為新發現一本書而興奮，讀得廢寢忘食。為了娛樂碧塔，我們翻遍家裡的旮旯犄角，尋找被遺忘的作品。她熱切地讀這些書，同時盡可能保持書的乾燥。隔一段時間後，她要我讀給她聽，顯然在她眼中，字母與文字的形態慢慢失去了意義，但她很高興自己仍然能聽、能了解也還能說話，一如以往。

那些日子裡，我們找到並一起閱讀了《嘔吐》和《變形記》，看完還花了幾天討論。碧塔鬆了口氣大笑起來，很慶幸自己沒有像葛雷戈．桑姆薩一樣，變成噁心的巨大甲蟲。這兩本書再次拉近我們的距離。如今碧塔逐漸轉變成水生動物，以一種人類不可能享有的自由度日、體驗人生，或許她就比較能了解我作為鬼魂的感受了吧。或許她也能比較了解到儘管有物質不滅定律，鬼魂還是存在，而且是持續以同樣的強度存在。

《嘔吐》向我們展示這個世界（一個我們想直接理解的世界）擁有多麼複雜的政治、宗教與哲學媒介；《變形記》則讓兩個失落的女孩發覺，今日的人類並不像古典文學所呈現的那樣。

我們全神貫注地讀《生命中不能承受之輕》，不知不覺中夜幕已經降臨，而《婚姻場景》則讓我們難過哭泣，因為我們竟天真地相信做愛是純潔行為。最後爸爸也加入我們，一起探索了《情人》、《如歌的中板》、川端康成的《睡美人》、《散拍歲月》、《韃靼荒漠》、《麥田捕手》和《長日將盡》，然後共同探討多日。有一天，因為一本書都不剩了，我們就開始看艾爾維．巴贊的《毒蛇在握》，那是在一座書櫃後面找到的，被遺忘在那兒了。我們怎麼也想不到等著我們的竟是如此一部傑作。不過，事情並不總是這般美好。在某個狂風暴雨的日子，爸爸試圖爬上浴室牆壁頂端，因風雨太強，爬樓梯時滑了一跤跌倒在地，把食物全灑了。碧塔直起身子探出牆外想幫忙，不料她也滑跤，摔倒在爸爸身邊，撕裂了身上脆弱的鱗片。

大雨傾盆而下打在他們流血的身體上，鮮血混著辛苦準備的燉茄子，一同穿透泥巴滲入地下。碧塔哭著抱住爸爸，求他原諒她的自私，因為她完全沒有準備要克制自己的夢想。但就在那天，爸爸下定了決心。儘管我們所剩的幸福不多，他也再不忍心看著碧塔的人生白白浪費。幾天後，他勸她最好開始準備離開，去大海生活。碧塔堅稱她能遠遠地得到大海歌聲的滋養，不一定非得去生活在海中。但我們都知道她這麼說只是為了安慰我們。

碧塔新的人生階段比她所想來得更快、更出乎意料，雖然她對一切改變持開放心態，卻從無一刻卸下過內心的愧疚。

她時時煩惱著爸爸沒有了她該怎麼辦。她心想，當初如果不要屈服於自己的夢與幻想，不要離開拉贊前往德黑蘭，或是根本不要回來，也許會比較好。那麼她至少能保持人形，爸爸也能始終抱著她總有一天會回來的希望。但如今她是再也不會回來了。她暗忖：是不是請祖先讓她變回原形比較好？於是一連三天，她在心裡召喚祖先，可是他沒有出現。因此當那一晚終於到來，我們為她穿上披風、戴上頭巾，用毯子蓋住她的尾巴，並在她旁邊放一桶水好讓她必要時可以換口氣，然後來到黑暗海灘上一處舒適地點，與她道別。

我們三人都沉默而焦慮。爸爸親親她黏滑的臉頰，安慰道：「妳有沒有發現自由讓妳變得多美？我喜歡妳的這種美。」接著他從口袋掏出一條玫瑰形項鍊（那原本是媽媽的），替碧塔戴到脖子上，說道：「本來是想讓妳在婚禮上戴的。」碧塔坐在濕沙地上玩弄著水，有些遲疑。月光與星光下的大海一片銀白。過了片刻，她輕聲地說：「要是有一天你們找到蘇赫拉布的墳，替我親一下。」這時我們三人都哭起來，緊緊摟成一團，互相親吻得幾乎都要喘不過氣。我脫去她的披風和頭巾，丟到一旁。碧塔進入海中直到浸沒半身。等水淹到脖子高度時，她脫下背心，大笑著丟給我。她都不知道，從岸上看去，她呈現出多美的一幅畫：四周水面映著群星拱月，波浪長髮覆蓋胸前，美麗的魚尾擺動漾出微波。能投入裏海，並以如此自由自在的方式，令她興奮得在水下翻了個觔斗，然後重新出水，放聲大笑。她悅耳的笑聲讓我們也跟著笑了。她揮手告別，但隨即又受不了，回到岸邊，與我們緊緊相擁。她在我耳邊小聲地說：「如果哪天以薩來找我，就跟他說我回德黑蘭去了。」我們淚眼相望，我心中暗想，儘管讀了那麼多現代浪漫故事，她還是愛著以薩，一種古典的愛情。

碧塔再度下水，游得更遠。波浪聲填滿我們之間的寂靜。爸爸想轉身離開，卻做不到。

他跑進水裡，把她牢牢摟在懷裡，貼在她覆著鱗片的肩膀上啜泣。碧塔是他最後一個活著的孩子……是讓他與生命仍有連結的人。他吸著她的髮香，親吻她的頭髮，這回不再看她，掉頭就走。同一時間，她也在裏海黑浪的包圍下，游開一段距離，一頭鑽入水中好讓鹹鹹的淚水與海水融合，心裡絲毫沒有想到祖先要她保護的那個箱子結果怎麼樣了。

在那之後，爸爸每星期都會去岸邊見她，我偶爾也會跟去。有一天碧塔向我問起以薩，我謊稱說他來找過她一次。一滴淚水滑落她的臉頰，我不知道那是歡喜或苦悶的眼淚。後來的見面，也會有其他人魚同來，他們手提著燈籠，女性有美麗的胸部和誘人長髮，男性則有健壯的外貌與和善的表情。爸爸看到碧塔交了朋友並融入新環境，很是高興。裏海的人魚有時會上岸，和我們坐在一起聊天。在仔細又好奇的觀察下，我們發現碧塔逐漸改變。她不只不再問起以薩，連提到媽媽和蘇赫拉布的次數都變少了。每次見到她，她似乎都比前一次更歡樂無憂，甚至更愛玩鬧。我們認為這是新環境的自由帶來的喜悅，是她終於能隨心所欲、自由戲水的喜悅。但有一天，爸爸與其中一個人魚談過之後，我們才明白人魚與人類世界之間的差異不只是表面所見。

那個美人魚問爸爸（他已經有好一段時間沒刮鬍子，現在的鬍子和頭髮一樣白）：「你為什麼老是很悲傷？」爸爸沒應聲，她便接著說：「在我們的世界，沒有誰來到世間是為了永生，我們的心思像魚，沒法去想過去。如果你用這種方式過日子，就永遠不會悲傷。」她一說完，立刻快活地跳入水中，和碧塔與其他人魚一起消失在海裡。於是，隨著爸爸愈來愈依賴見到碧塔，並為她所感受的自由與歡樂覺得欣慰，我們會面的次數也愈來愈少。不是因為碧塔忙著其他事情，而是她開始像魚一樣健忘。

終於有一天，碧塔來到岸邊卻沒有上岸，而是躲在一塊大石頭後面疑心地看著我們。她鑽入水裡之後又冒出水面，再次躲到石頭後面偷看我們。最後我跳入水中，游到她身邊說：「妳是怎麼回事？」

她焦慮地問：「妳是誰？」我說明身分後告訴她，她戴的項鍊是媽媽的。她思索了一下，才終於綻出笑容說：「我知道我有什麼原因要來這裡，可是不管怎麼想，都想不起你們是誰。」

下一次我和爸爸去到海邊，碧塔沒有現身，我們一直坐等到天亮才默默返家。既已明白碧塔像人魚一樣，純粹地活在當下（這是神祕主義者夢寐以求的），爸爸便再也不曾踏上那片無人的裏海沙灘。

隔天，爸爸徹底心碎地穿過屋內，隨後爬上陽台，俯視浴室裡的小魚。再隔一天，天亮後，他來到屋外，在細雨中開始挖地。我從樹屋上看他，起先以為他染上新的狂熱，想活埋自己，但當我發現他挖的洞愈來愈大，才鬆了口氣。他每天都挖，偶爾會吃點東西、抽抽菸斗，但完全沒跟我說話。什麼話都不需要說。我只不過是個失根的遊魂，如今也不再是我們原本的五口之家唯一缺席的成員，我的存在與其說是安慰倒不如說是擾人。現在他想要想想其他死去的人。

第五天結束時，他已經挖出一個池子，大到足以讓所有的孫子悠游其中。他又花了三天將整個池底鋪石灌漿，最後用他拼接的塑膠桌布全部蓋起來。他把水管放進池內注水，兩天後，他用捕蝶網把魚一隻一隻移入水池，我站到他身旁數，共有四十七隻。他往水裡倒了幾大桶切碎的蔬果，大喊一聲再見，然後從此不再記掛牠們。之後，他也付了工人的工資，從此將他們遣散。最後他來跟我說：「該是離開的時候了。妳也離開吧。去找蘇赫拉布。盡量能走多遠就走多遠。去吧，往更高的地方去。」他話才說完就提起行李，鎖上屋門，坐上他那輛銀色別克**Skylight**，消失在彎彎曲曲、通往城裡的路上。但臨去之前，他頭探出車窗外說了最後一句話：「如果妳不走，那就記住，我不希望妳來找我。碧塔說得對，我們必須開創自己的路，學會和活人一起生活。」

第十四章

啊……時候終於到了……我一生中頭一次完全落單。我坐在樹屋裡，想著歷史和命運。我看書，想著自己在世時，曾夢想要撰寫的小說。我沉思著以前有過、現在卻幾乎不記得的夢想。除此之外，我會自己找樂子。我會和爸爸的孫子們游水嬉戲，會爬到樹上吃青梅。我在樹林裡到處種核桃、桃子和青梅的樹苗，讓群樹成蔭，隔絕外界的目光。我會和鳥、蜥蜴、蜻蜓共度時光，但不會試圖去解讀牠們。占卜只是人類為了參透一個無法理解的世界，一番徒勞的嘗試。

爸爸走後，其他鬼魂逐漸開始前來造訪。他們會來跟我聊拉贊的歷史，好讓我能較輕鬆地捱過目前的情況，殊不知我很喜歡自己現在的處境，根本已經等待多時。爸爸叫我去找蘇赫拉布，我完全沒打算聽他的話。現在我在等候，而且多得是時間。我想留下來直到媽媽回家，以便到時能回答她的問題。我知道她會回家，也會問起碧塔和爸爸。我知道她會回家，也會進蘇赫拉布的房間翻看他的報告和書本，然後拿起塞佩里的《旅人》再讀一遍，第一千遍。事情也就這樣了。多年後，當她跳過樹林入口的鐵柵門，速度與靈活度全然不像多年前的她時，我對自己說：「這個女人真了不起！」歲月的痕跡在她身上明顯可見，頭髮已然花白，臉上布滿粗細不一的皺紋，但她破壞門鎖進屋，那種自信滿滿的態度讓我不禁暗想：「這就是我們家還活在世上最年輕的成員，羅莎，我的母親。」

日子在單調規律中逝去。我和其他鬼魂一起，從我的樹屋上面看著拉贊民眾，我心想我們死去的人總是一樣地快樂，而活著的人卻各有各的不快樂。讓死者感到格外不可思議而被吸引的，不是他們的不快樂，而是不快樂的種類竟然五花八門，可以寫出數以千計的書來，可以讓世世代代討論百萬、千萬次。我從上面看著時光流逝，看著人們的日子在不停的動作中一再反覆。這世上最無用的事就是數數。若非如此，我也許會去數太陽、月亮的升落，晴朗、陰霾和起霧的天數，月份與季節，然後記錄在日記裡，藉此消磨時間。或者我也許會去數這段期間村裡出生了多少孩子，或是過去幾年來，有多少小狐狸、小胡狼、小兔子和小刺蝟出生；在我樹屋四周，有多少這些動物交配、生崽、死去。又或者我也許會去數我寂寞的日子，但我知道這只不過像捕風一樣，如《傳道書》所說。假如人們不去數物件、日子、時刻，只要雙掌合十，一次就好，徹底去體悟肌膚接觸的神祕感，就會更了解這個世界。又或者只要有那麼一次，完整地利用視覺、聽覺與嗅覺等感官，去觀察並了解花開或羔羊出生，也許人類會得到這樣的結論：在他們一生中的日日夜夜，只有那個全心投入的當下值得計算。在那寂寞又長期失眠的許多年中，我發覺自己很著迷於花綻放的時刻。

天亮前的一大早，我會坐在花苞旁，觀看第一滴露水誕生。露水裡面會倒映出旭日，露水蒸發，我會聽見在狹小空間裡，在人群與自然的騷動之間的空檔，花苞發出一聲輕嘆。我會用指尖碰觸剛開的花瓣，會極盡觸感去感受這些花瓣，會聞著花瓣，讓香氣瀰漫浸透全身。

漸漸地，我學會閉上眼睛，將六種感官知覺聚集於聽覺，將花的嘆息聽得更清楚。後來我學會分辨玫瑰花苞與無花果花苞的嘆息聲。玫瑰花苞綻放時發出的嘆息，猶如害羞的女孩在情人因濃情熾愛而汗涔涔的唇上輕輕一吻，而無花果開花則宛如女孩向遠處的戀人送出飛吻，宛如一雙細緻薄唇溫柔地對空吹出一個吻。

這段時間裡我還得知了，最美的事物最不為人類知曉。就像日本海棠，花園裡十分罕見，但它的花具有日式的美與優雅以及迷你曲線。日本海棠開花是最嬌羞的吻，一如方屆妙齡、身穿桃色和服的少女親吻自己細緻白皙、他人無從得見的手臂，同時夢想著她從未有過的戀人、她從未體驗過的碰觸與她從未嘗過的吻。日本海棠的吻正是處子給予自身無瑕貞操的吻。

於是我就這樣忍受多年的寂寞，抗拒著去找碧塔、爸爸或媽媽的誘惑，轉而凝視樹林與拉贊那一片沉甸甸、令人昏昏欲睡的寂靜。擁有古老祕密的拉贊，是個起源不明的村莊，至少最早以前的居民不明。

雖然拉贊老一輩人的記憶似乎與小麥草苗打了結連在一起[41]，也因此每年過年都會在河邊擺七鮮桌[42]祭拜，但村民所謂「拉贊聖火」的回憶總在每個人心頭縈繞不去，因此記憶依然鮮明。當時，大家都一致認同何美拉．哈敦的家是村裡最老的房子，雖然沒有人知道究竟誰比較老，但以薩和艾法的外婆何美拉．哈敦自認為是村裡最老的人，村長則說他才是，而且另外至少有五個人也都聲稱自己最老。他們全都認為自己大約一百二十五歲。在國王統治時期，識字部隊入村以前，當地人對於紙鈔、曆法、時鐘、身分證或結婚證書，全都一無所知，他們甚至不知道在遙遠的城裡，人們不是靠馬和騾，而是靠一種金屬製造、有輪子的機器移動，而且食物不是靠自己種植，而是去店裡買。

那個時期，拉贊可以說仍與世隔絕，識字部隊的人開著吉普車在森林、山丘與泥土路間迷路繞圈整整三天，最後不得不抓幾隻半野放的馬，帶領他們循著森林獸徑來到拉贊。第一批教師於一九六四年踏足此地，當時村民不知道什麼是刀叉，也不知電和電視又是怎麼回事。村民從父母口中得知第一任驅魔師的祖先是村裡唯一識字的人，老是拿著一本他稱為「拉贊歷史」的書到處走動。因此，一有孩子出生，不管那家人祖傳的是哪本書，不管是《君王之書》、哈菲茲的書、《波斯古經》、《瑪斯那維》、《天方夜譚》或《阿薩朗王子》，孩子都會被帶到他那裡，將生辰記載到書的封面內頁。

從當時至今已經過一段漫長歲月，多虧了識字部隊，村裡一些孩童終於有足夠的識字程度能看懂祖傳書本中記錄的祖先生辰，也因而發現第一任驅魔師的偉大先人本身似乎不只識

41　小麥草苗打結是伊朗新年諾魯茲節與立春的古老傳統習俗。每戶人家會將自家種的草苗青葉連結在一起然後許願，一般認為如果結能解開，願望就會成真。

42　七鮮桌是諾魯茲節準備的供桌，上面會擺放七樣具有象徵性的物品，名稱均以波斯字母「sin」開頭。

字有限，而且一年三百六十五天當中，他會寫的日期只有一個。如今已識字的村中孩童聚在一起，比較各家文盲家人所保存的祖傳書籍，發現自己的先人與祖父輩的生日全都在同一天：一二一二年十二月十二日[43]。歷代祖先受騙的事實被揭發後，村人怒不可遏，將一切怪罪到第一任驅魔師頭上，好像他祖先的作為都是他的錯似的。

起先是村裡的孩童，接著是他們的家人，最後則是識字部隊的老師，紛紛開始猜測那個神祕日期的含意。老師們翻閱自己手邊僅有的幾本歷史書，但一無所獲。後來村中長者集會討論各種可能性，最後都只是沮喪又絕望。先人竟被騙了一百多年，更糟的是第一任驅魔師的祖先還得到他不配得的尊重，因為眾人將他視為村子的記憶與歷史。後來村中的祖父母輩想起第一任驅魔師的祖先有一本手稿。關於一二一二年十二月十二日，經過無數研究與猜測都沒能得到結論之後，他們便去突襲第一任驅魔師祖先那棟荒廢傾圮的房子，裡裡外外地搜找，連充斥屋內的荊棘、草叢與灌木都不放過，卻什麼也沒找到。沒錯，這讓村民陷入絕望，但從那天起，拉贊的歷史對所有人都變得重要。每個人都想知道自己的祖先是誰，是否與那一帶的祆教鬼魂有關係。他們為何到這裡來？他們做了什麼？同時也想解開一個謎團：

為什麼不識字的村民竟仍擁有這麼多書？難道祖先能讀能寫嗎？

村民們翻遍自家的櫥櫃與潮濕閣樓，拉出兩百年歷史的雕刻木箱，可是除了被蛀的布料與蜥蜴、老鼠的骷髏之外，什麼也沒發現。他們將家裡僅有的書完好無缺地交給如今識字的孩童，希望找出祖先識字的蛛絲馬跡，但依然毫無所獲。於是，在為發掘先人歷史而發了瘋似的努力一個月後，櫥櫃門重新關上，閣樓也在徹底打掃、擺放新的捕鼠夾之後再度上鎖，木箱則收藏到地下室，再一次交付給歷史，並隨著太陽升起遭到遺忘。漸漸地，他們會自我安慰說：「算了，歷史又有什麼用？」反正他們仍然有「現在」，這是任何人所能擁有最重要的東西。有位村民說：「過去是屬於死人的。」另一人說：「從現在起我們要寫自己的歷史。」又另一人說：「他們要是體面的人，肯定會留下一些寶貴東西給子孫。」因此村民們終於認為自己再無任何錯誤或模稜兩可之處。他們活力充沛，彷彿天地初創的那一天，他們正第一次創造或經歷一切，就好像突然間擺脫了祖父的忠告、祖母的道德故事與千年輝煌歷史等等重擔。那輝煌，即便只是一絲一毫，也再無處可尋。

43　相當於格里曆的一八三四年三月三日。

於是，當村民暗下決心擺脫祖先遺留下來的種種弊端，那天清晨的旭日全然不同以往地奮力爬升過低霧，光芒萬丈又清新透徹，蒸氣有如被囚於土地中的靈，從植物爬升上天融入雲間。空氣倏然變得清新，一如開天闢地之日，大地虛空無形，神靈在陰暗混沌的蒸氣中移動時下令道：「要有光！」於是便有了光，神感到滿意，將光與暗分隔了開來。

無知而幸福的狐狸與胡狼在濃霧中奔離雞舍與稻田，躲進自己的窩裡，整個白天都做著夜裡偷雞偷鵝的夢。杜鵑鳥一如每天早晨，持續不斷地尋找伴侶，大聲詢問萬物：「咕？咕？咕？咕？」[44]整個村子感覺宛如重生，一切清爽嶄新，彷彿回到一百年前；戀人害羞到無法交換簡單的訊息，甚至無法久久凝視彼此。世界再次變得無比可靠，只須驚鴻一瞥，就能讓他們立刻身臨瘋狂與愛的懸崖。一個男人保持一夜可貴的清醒，只須他瞥上沉醉的一眼，就足以讓得見此景的女孩知道，自己後半輩子都準備要等待這個眼神。嫁妝再度變得和千百年前一樣單純，女孩不會要求聘金或聘禮，男方也不會詢問關於妝奩與貞操。在發現他們沒有歷史之後，村民回到了純真時代，野生青梅花閃耀而芳香，一如伊甸園的某個清晨。河水變得清澈，滿是游魚。村民似乎突然被夢境席捲，而那些夢的解析令他們心生畏懼。

有一村民夢見一個女人持著燃燒的火炬來找她，自稱是她的祖先，並指向一處山丘（那是多年來我們家樹林的一部分），說她住在那裡，要來那位村民家的庭院洗她的白長袍以便參加葬禮。不管村民怎麼問：「誰的葬禮？為什麼是『白色』？」女人都只憂傷地回答：「妳要是夠聰明，也許有一天會明白。」次日村民起床後，和每天早上一樣到井邊洗臉，看見白袍掛在晾衣繩上隨風翻飛。還有一個男人夢見一場維時八十八年的災難，把整個拉贊都毀了，連遠處的草原與森林也未能倖免，土地變黑、變得貧瘠，樹木也被燒毀。又有一個五歲孩童夢見廣場上在燃燒家傳書本，還有一個纏著黑頭巾的男人繞著火邊笑邊跳舞。

起初的夢充滿警告與威脅意味，後來逐漸變得令人愉快，變成了好夢。這些夢似乎在告知做夢的人過去與未來，同時也滿載著現在的需求與欲望。原本害怕做夢的人如今想要做夢了，好讓第一任驅魔師為他們解夢。然而才沒多久，夢本身變得真實無比，就像日常生活，使得解夢變得沒有意義。歷史被刪除加上愉快夢境的突襲，村民們漸漸忘記飲食與工作，成了以氧氣維生的脆弱植物。他們的身體愈脆弱，心靈便成長得愈多，以至於內心的影像互相

44　波斯文的「kū」，是「kojā」的縮寫，意思是「哪裡」。

衝撞融合。一段時間過後，他們會在夢裡相遇，在夢裡一同進食、墜入情網、做愛。

情況就這樣持續數週，直到某天，第一任驅魔師清晰地夢見自己召集所有人，命令他們醒過來回到日常生活。不料，清醒時從未將他的指示置之不理（即使最近他祖先的誠信受到質疑時也不例外）的眾人，此時竟完全將他的話當成馬耳東風。他們無法脫離夢的生活，那無憂無慮、沒有痛苦與責任的生活。在夢裡，誰都不會造成他人的痛苦，他們也不會像開始作夢前的生活一樣挨餓。他們一邊做夢一邊滿足自己的欲望。假如有兩個人愛上同一人，他們都能在各自的夢裡與那人過著幸福日子，沒有另一人的存在。窮人能在夢裡住大宅子，不僅屋裡有水晶吊燈和鏡牆，每天下午還能在流著牛奶與蜂蜜的河裡浸浴；懷不上孩子的人也能在夢裡與丈夫孩子一起幸福度日。

突然之間他自己與其他人都淹沒於夢中，讓第一任驅魔師感到厭倦，他別無他法，只好先喚醒自己。他利用古老的奇幻魔咒，並在超自然力量的協助下從夢中醒來後，發現村子處於靜止的僵化狀態。時間停止了。他走到每戶人家門口敲門，想喚醒居民，告訴他們假如繼續這樣下去，他們很快就會變成乾枯、空洞、一碰即碎的植物。可是沒有人動，一個人也沒有。

努力抗拒睡意的第一任驅魔師來到荒廢的祖先家宅，希望能找到解決之道。前幾個月，他曾和村民一起前去尋找「拉贊歷史」，但直覺告訴他這次會找到點什麼，也許是一個休止、一條線索或一項解方。果不其然，他在塵土汙垢中、在高高的草叢下與無腿蜥蜴的骨骸與皮囊間找了三天三夜後，在地下室一塊木板底下的金屬盒裡找到了那本書。然而，要讀懂沒有他想的容易。書是用輔音音素文字的數字[45]，以及沙加拉與糾碼文字[46]寫成的。

白天裡，除了查看入睡的拉贊村民，將死者與生者分開並加以埋葬，他也開始學習「沙加拉」與輔音音素數字。經過六星期後，他終於能讀懂那本書，理解到村民對他祖先的誤會有多大。

45　輔音音素文字（abjad），這個文字系統將二十八個阿拉伯字母都賦予一個數值。「abjad」的名稱便來自閃族字母的前四個字母「A-B-J-D」。數祕術是該系統的使用途徑之一，另外也會使用於法術符咒與護身符。

46　沙加拉是類似輔音音素文字的神祕文字，但用的不是阿拉伯字母，而是以一條垂直線搭配數目不一的水平線，交叉成有如樹枝形狀，所構成的字母系統。「沙加拉」在阿拉伯語正是「樹木」的意思，使用方法與輔音音素文字雷同。糾碼是一種計算以輔音音素數字書寫的字句的方式，有時會使用於符咒與藏寶圖。

在解讀該書時，驅魔師明白了那個偉人，那個偉大的科學兼博學家，知道植物與岩石的祕密。他能閱讀過去數百年的神祕文稿，能辨識星辰的隱形軌跡，也能從掌紋預測一個人的命運。他是死過數回的人，一次次死而復生，在世上漫遊於生死之間，因此他不懼怕死也不因生欣喜。他直率地解析夢，能從眼中看見一個人的前世，並提醒此人今生要盡的責任。他總是獨自一人，卻從未提及孤單，他很自由但不會去思索自由的意義。他的人生被許多事所束縛，那都是其他人不知道卻準備花大半生去了解的事。他在這本書裡寫道：「雖然大家都說我是拉贊人，但只有我知道我是在某一天冷不防地就出現在森林裡，而當我站在鏡子前看著臉上與眼中的紋路，卻看不出自己原來在何處。」然而，他不相信自己眼珠虹彩中那些幾乎看不見的細紋，心裡確信自己已經活過好幾世才會得到這些知識——比任何人都高深的知識；這些知識即使在遙遠的過去也早被遺忘，連個名稱都沒留下；這些知識遠遠超越「西祕亞」與「利祕亞」[47]與煉金術，以及如今每個年輕男孩都琅琅上口的其他神祕學。

驅魔師快速翻閱，興奮之情與時俱增，他對祖先的回憶錄與知識瞠目結舌，甚至將拉贊與沉睡的村民都拋到腦後，看到最後有幾行字讓他不明所以。這位偉大的科學博學家寫道，拉贊的居民在遺忘村子歷史後被施了魔法陷入沉睡，後來他破除了魔法，並答應為後代子孫撰寫歷史。他將一二一二年十二月十二日標示為沉睡魔咒解除之日，在這一天，村民托他的福得以重生。因此他並非無端將這個日期視為每個新生者的生日，那是拉贊子民甦醒的日子。

雖然沉迷於書中，驅魔師認為自己的第一要務應該是將村民從睡眠魔法中救出，因此他不得不抗拒繼續閱讀的誘惑，照書中指引前往森林深處。他來到一片圓形大空地，在圓圈中心靜坐絕食三天三夜，一面抗拒著進食與睡眠的誘惑，一面鞭笞自己蒙塵的心靈角落，以便如書中所示「找回記憶」。書裡寫道：「在尋找者內心，確切之處，不配之人無法得見。」書中又寫：「真正尋找沉睡魔鬼布沙斯普之人，乃是憑藉口耳相傳，能靠自己與生俱來的知覺尋得。」於是就在絕食、恍惚出神了三天三夜後，他跟隨第一隻螢火蟲的飛行路徑，在雨水、霧氣與月光中走了幾個日夜，最後來到森林裡一處陌生地點，被寂靜所包圍。他看見一座深谷，在日正當中時刻半顯幽暗。不聞鳥鳴，不見微風吹動樹葉，甚至沒有蛇滑行過覆蓋地面的枯葉。一切事物都陷入一種昏沉靜止的狀態。他想起書中提過一條「忘川」。他豎

47　「西祕亞」是讓死者復活的神祕學；「利祕亞」則是捕捉精靈與幽靈的神祕學。

耳傾聽，只聽見一個聲音，那是引發昏沉遲鈍的忘川之水緩緩流動的聲音，只要喝上一口河水，記憶就會永遠抹煞。忘川會流經睡魔的住所。當驅魔師繼續前行，內心的驚恐顯而易見。那惡魔該有多可怕，為何書中沒有說明要用什麼武器自衛呢？他懷著戰慄之情繼續走，直到來到一座洞穴，裡面種著醉人的鴉片和「豪瑪[48]」。他進入洞穴，看見一個巨大的老魔鬼睡得很熟，額頭上突出兩隻小角，頭擱在一對又大又白的翅膀之間。他的鬚髮長及小腿，身子底下有一塊黑色毛皮。當驅魔師愈靠近、將他看得愈清楚，就愈不覺得害怕。最後，他不得不承認並非所有魔鬼都是邪惡的。等候睡魔醒來的二十四小時當中，他喝了幾杯依書中說明調配、能抵擋睡意的藥水，讓自己保持清醒。他看著房間中心的小小忘川泉水，多想喝一口啊！但隨即想起書中的指示，便強自壓抑住。接著他望向洞穴牆壁，看見人類夢境中清晰但雜亂而謎樣的影像混在一起，又分開來。在其中，他發現一個自己經常做的夢，夢裡的他親吻了一個長相美麗的女孩，那是他多年來一直想親吻的人。

等到最後，他無計可施，只好折一根「豪瑪」植物的細枝，戳進老魔鬼的鼻子。巨大老魔鬼打了個噴嚏醒來，然後從帶著濃濃睡意的眼皮底下看著驅魔師，平靜地問他想做什麼。驅魔師解釋了做夢的問題，請睡魔放過他村裡的人，讓他們重新過正常生活。睡魔連驅魔師說的是哪些人、哪個村子都想不起來，只說：「不是我去找人的麻煩，每次都是人們不放過我。好啦，你回去吧。今天晚上，他們所有人都會做夢做到白天再也不想睡覺。」睡魔話才說完，又繼續沉睡了。

經過三天三夜回到村落的驅魔師心中憂慮不已，唯恐睡魔不會遵守承諾，不料發現村裡的熱鬧情況前所未有。村民已不記得那段長時間的昏睡，只知道所有人都做了一個無法形容的怪夢。每個人一開始敘述自己的夢境，又會忽然打住，連忙補上一句：「不是這樣啊。夢裡的感覺糟多了。我也說不上來。」他們全都在同一個夢裡，雖然沒有清晰影像，醒來以後卻個個頭痛噁心，感到不安沮喪。他們不僅領悟到死者已然不在，也忽然注意到雞舍幾乎被夜裡偷襲的狐狸和胡狼洗劫一空；牛羊為了尋找新鮮青草，已撞破畜欄門，遊蕩在森林裡、田野中與稻田間，吃掉了大半的青綠稻苗；蜘蛛到處織網；攀爬花朵與植物爬進了房間裡

48 豪瑪是一種植物；在祆教教條與波斯神話中扮演一定角色，被認為是草麻黃的一種，經常在宗教儀式上榨汁飲用。

面；床鋪則散發死亡、性愛與做噩夢所流的汗水等氣味。因此，當長途奔波而精疲力竭的第一任驅魔師開心地進村時，人人都只顧忙著荒廢的活兒，誰也沒有回頭看他或特意回應他的招呼。

第十五章

當胡山轉動老舊鑰匙打開鐵柵門的鎖，聽見生鏽鉸鍊咿呀作響，赫然發現映入眼簾的仍是同樣花朵盛開的大院子，仍是從他出生就在的那棵老松與那群梧桐。那座山茱萸棚架，還有坐在棚架下喝番紅花或酸櫻桃茶的母親、父親與老祖父，在他記憶中，這是他們每天下午的例行公事。他們微笑望著他，彷彿一張久遠的裱框照片。經歷了無數悲慘、徒勞的痛苦與動盪，他又再一次面對一處小天堂。這麼多年後再見到這一幕，他並不驚訝。他們彷彿從照片的永恆腳本中對著他微笑，彷彿千百年來一直在等著他將如今生鏽的鑰匙插入這棟卡札爾王朝宅子的門鎖，頂著亂蓬蓬的白髮、臉色蒼白、眼神絕望地出現在他們面前，開口問道：

「這棟房子還容得下我嗎？」

沒有人提問，無論是母親戈妲法麗，或是父親賈姆希德，又或是祖父馬努切爾。他們任由他遊蕩多日，走過無數房間，從露台到起居室，從客廳到儲藏室，從藏書室到地下室。他甚至不知道自己在找什麼。他打開櫥櫃門，凝視放在裡面的物品，感受著，就像個好奇又漫無目的的小男孩，又或是凝視著不知為何空空如也的櫃子。他到閣樓與地下室去，打開老舊行李箱與木箱的鎖，花上幾個小時把玩箱內蒙上了灰塵的舊物。他目不轉睛看著這些物事，好像它們正以超脫語言與歷史的方式在跟他說話，在告訴他他不在時，它們遭遇了什麼樣的命運。他觸摸舊雕像、卡札爾王朝的繪畫、卡馬雷登・白札德的畫作與米爾・埃馬德的書法。他將手織絲質地毯挪到一旁，由於想起在拉贊養的蠶，便仔細檢視地毯的角落與打結處。

他在藏書室一待就是幾個小時，卻一頁也沒讀。他翻著書、聞著書味，細看書中眉批，試著猜測或回想哪些是他寫的，哪些是霍斯勞寫的，哪些又是出自父親與祖父之手。他看著書票，看著將所有書分類並依字母排序的那本大筆記本，看著多年前他和霍斯勞所做的圖書分類。他摸到的每一本書都不只是書而已，還是一段回憶，是他整個人生宿命，是渴望。

他想起許多年前（時間太過久遠，他甚至不記得自己當時的模樣），他和霍斯勞花了好幾天，將藏書室裡全部五千七百三十二本書，依字母順序加以整理並依主題分門別類。他們是多麼樂在其中啊！他還記得，他們原以為只需要一星期就能完成，但第一天結束時便知道自己大錯特錯。難道有可能只是拿起書，在封面寫上分類號碼與字母，然後就擺上書架嗎？他們只要一書在手，天曉得什麼時候才能放得下。他們會一頁頁瀏覽，讓其中的段落像漁網一樣捕捉住他們，帶著他們墜入書海深處。他們會大聲念出一些章節段落，互相討論。接著驀然驚覺已過了數小時，所有的書仍在身邊四周散落一地，母親戈妲法麗送來的餐點已經冷掉，他們卻仍埋首於當天早上拿起的書。即使父親與祖父前來幫忙，情況也未改善，差別只在於現在變成四個人看書看得渾然忘我。他們會討論捧在手上的書，會爭辯，會寫眉批，然後才不得不暫時將書放下，繼續分類。

當他在不受審查限制的家族藏書室裡翻著書頁、聞著書香，想起這些甚至還不及藏書的一半，嘴角不禁微微泛起笑意。在為書分類時，他們都還是各自（依慣例）去買書，每星期光顧一次納希爾霍斯勞街的書店，後來則是上革命街。若不是戈妲法麗適時地申斥，誰知道何年何月才能完成這項工作。不過四個月後，藏書室已經整理安置妥當。四面牆邊各擺了一張書桌，卡尚產的卡札爾王朝地毯上則放置了六人座的義大利沙發組，作為休憩之處。是的，沒錯，這個家族最初與最後的遺傳狂熱就是閱讀。

如今這麼多年後，沉溺於年輕歲月的回憶、到處晃來晃去的爸爸，對霍斯勞的想念更勝以往了。他們已經多年未曾同住，但在他們快樂的童年、少年與青年時期，曾花那麼多時間互相交換想法與經驗，誰都想不到日後人生中，兩人竟會相隔如此遙遠。

爸爸繼續以近似童稚的好奇心進到廚房，檢視舊瓷盤與銅鍋，然後用這些器具給自己煎了個蛋。他連續數小時站在彩繪玻璃窗前，看著灰塵微粒懸浮於半空中，在彩色的陽光光束裡。也許他在尋找自己的童年，又或者是在尋找這棟擁有十八個臥室，還有許多連廊、尖頂拱廊與拉窗的樓房裡失落遺忘的歲月。也許他仍追隨著他心愛羅莎的身體的神祕香氣，與她第一次出現在宅內走廊上的記憶。

心神不寧的狀態持續幾天後，他終於下定決心，找到了他的重心：一個與宅內所有牆壁、地毯與彩色窗子一樣完好無缺的地方，一個並未受到外界暴力入侵的地方，也就是藏書室，那個古老、寬敞、不受審查限制的藏書室。

儘管如此，沉默寡言的爸爸回到自己父親家中，仍帶來一種年輕的興奮感，使得戈妲法麗、賈姆希德和馬努切爾再次變得青春。他們天未亮就起床。賈姆希德去買麵包；馬努切爾放巴迪札德的唱片、開窗，並在院子灑水；戈妲法麗則開始準備早餐。當屋裡瀰漫茶與新鮮桑嘎烤餅[49]的香味，他們便去叫醒他們當中的年輕人（雖然如今已是一頭白髮的老人），讓巴迪札德的聲音滲入他全身的毛細孔。他們將桌布鋪在地上、卡札爾王朝時期的地毯上，或是在院子的高台上，等眾人都就座並在茶裡加糖，一聲聲輕柔的「早安」將一種歡愉傳遍屋宅與庭院。沉迷於茉莉與紫茉莉花香中的胡山開口說話了，以便忘卻他在拉贊那寥寥可數的幸福日子。他聊著好天氣，聊著他在德黑蘭看見的轉變，聊著他擔心祖屋會被市長奪走。但沒提拉贊，沒有！也沒提羅莎、碧塔、蘇赫拉布或是我。絕口未提！

奶奶和爺爺解釋說市長曾假借各種藉口親自到宅院來，表達購買的意願，但最後終究不再試圖賄賂他們，恐嚇也就此開始。首先，他們以神祕信仰為由將霍斯勞下獄。霍斯勞雖然知道事情原委，卻不肯與市長見面，叫他別再玩這些把戲。於是市長發現自己又無牌可打了。但他不死心，轉而企圖報復，至少可以倡議一些拆屋計畫。結果通過了開發新公路的議案，連帶也下達拆除他們家的命令。於是幾個月間，他們已經備妥推土機，準備前來輾平樹

49　桑嘎烤餅是一種用炙熱小石頭烘烤的伊朗烤餅。

木與那棟美麗的卡札爾宅院，就為了洩憤。問題是，儘管面對如此可怕的威脅，不管是奶奶或爺爺都既不生氣也不頹喪，連歲數比庭院樹木都大的曾祖父也一樣。當爸爸焦慮地問他們打算怎麼辦，爺爺只回答說：「我不管他怎樣，反正我們就杵在這裡了。」同時將甜茶一口喝光。

爸爸就這樣逐漸在屋裡找到自己的位子。他太渴求閱讀，無論是索福克勒斯或伯特蘭・羅素的書都無所謂，只要讓他與世界的思想家連結，確保他遠離當下這些充斥全國的知識侏儒就好。他希望再次提升自己的心靈。隨著時間過去，他的研讀開始有了系統。有一陣子他閱讀古代戲劇，接著是伊朗與美索不達米亞的神話，接著是一系列的古代宗教書籍。後來，他讀了政治理論、社會學與意識形態思想的書，然後是宗教在戰爭中的角色，以及人類心智的僵化。他讀了關於阿拉伯人入侵伊朗以及薩珊帝國因何瓦解的書，然後再與伊朗國王倒台及伊斯蘭共和國創立的原因相比較。他想起書本燒毀以前自己知曉與閱讀過的許多事，但這些事本身似乎也遭火吞噬了。這時他才發覺憂傷會導致遺忘。

最後，胡山觸及伊朗現代史，在這裡他的問題全都變成無底深淵。他每天買報紙，雖然明知多數新聞都不是事實，卻還是想知道他不在的時候，其餘民眾有什麼樣的轉變——經過戰爭，經過大屠殺，經過知識份子與富人逃往海外之後。他仍然沒有勇氣離開家門，上街走在人群之間，那些人——有些因為沉默，有些因為無知——幾乎可以說是殺害他人後取代其位置。他仍然無法原諒，不管是別人，或是他自己。

我敢說尼采寫《善惡的彼岸》時，絕對沒想到有一天，會有一對兄弟因為此書達成心靈的和解。假如不是那天拿起那本書，胡山或許永遠沒有機會擁抱霍斯勞，與他一同重溫兒時回憶。當時霍斯勞出現在房裡，喃喃自語：「沒有一個人知道什麼是善、什麼是惡！」他站在那裡，由於靈魂大大覺醒使得肉體呈半透明狀。他「叭叭」抽著手捲比迪菸，往空中吐出芳香煙霧，語氣堅定地說：「可是兩者之間的界線向來都很清楚。」

當然，胡山對於霍斯勞逐漸變得透明並不訝異，這種事一天到晚發生。因此他與弟弟展開無止境的討論，這番討論將會在他此生身後繼續在書中進行。藉由對話可以看出兩人的思想何其不同，但也讓他們得知哪怕距離與差異再大，他們依然是那麼親近，這麼多年來依然是那麼思念對方。到最後，當香草燉菜兩度變冷，吃不得了，他們依然熱烈地討論自己的經驗與想法，甚至激動到互相擁抱親吻，眼中閃著童稚狂喜的淚光。

不過隔天早上，爸爸繼續一個人看書，他還是想知道充滿恢弘氣勢與創意，倡導善思、善言與善行的伊朗文化與文明，怎麼會崩壞到如此地步。反觀霍斯勞叔叔，他確實一點都不想知道，他只希望像個純真的人漂浮在宇宙意識與照單全收的潮流中，偶爾現身在世界某個角落的圖書室看一本書。

起初爸爸很生氣，因為霍斯勞在面對社會與家族巨大的不公不義時，竟只是毫無動作、寧靜平和地在家與圖書室與喜馬拉雅山巔的古廟間出現又消失，甚至不願看伊朗電視或收聽國際電台。爸爸心想：「殺戮、失業、經濟蕭條、前景無光、希望破滅的民眾隨處可見，難道他沒看到？」簡單地說，爸爸很生氣，氣他自己，氣社會，氣世界，而且把所有得不到答案的問題都丟到弟弟身上。但正當他要拿問題轟炸弟弟，目光恰巧落在霍斯勞臉上清晰柔和的紋路——他坐在院子角落一棵梧桐樹下冥想，全身散發一股童稚般的平和。爸爸心想自己應該多花點時間去了解弟弟，他知道這個弟弟這許多年來一直在尋找，他知道他長年待在印度、西藏與西伯利亞，隨薩滿、神祕主義者與苦行修士學習。他知道弟弟看得懂神祕的古代文稿，並擁有精神與物質價值等同於整座博物館的手稿。他知道他吃過不少苦頭，不但坐過牢，幾年前妻子還外遇，和一名富有女子逃往法國，爭取同志權利的運動剛剛在那裡展開。

他知道感情上的失敗對霍斯勞打擊極大，之後終其一生，他都逃避著不願建立認真的關係，即使曾一度在印度瘋狂愛上一個獻身於老鼠廟的女性神祕主義者。他知道他永無止境地到處遊歷，跨越一條條沒有盡頭的未知道路。他會適度地看書、冥想，好讓自己能在處理人際關係時變得精明。

胡山沒有譴責弟弟，而是覺得最好還是反躬自省，想想這些年來自己又做了些什麼。這是個輕率的問題，答案令人沮喪。因此他遠離霍斯勞與其他人，將自己反鎖於書房，深深斥責自己。除了讓那些災難壓垮自己與家人之外，他還做了什麼？搬到拉贊後又回到德黑蘭的他，不也只是從生活中無法控制的苦痛逃離開來嗎？他斷定影響我們人生的事，多半都發生在我們缺席時。他斷定假如革命開始之初，我遇害的時候，他沒有放棄、沒有逃往拉贊，而是試圖與有志一同的人發動引導一場運動（哪怕只是小規模），至少現在心裡會好過一點。接著他想到穆罕默德．莫赫塔里[50]，想到弗洛哈夫婦帕娃奈與達日烏什[51]，也想到穆罕

50　穆罕默德．莫赫塔里是一位左派詩人作家，遭暗殺身亡，是一九九〇年代情報與國家安全部針對抱持反政府意識形態人士所進行的連續暗殺事件中的受害者。在這一連串的殺人事件中死亡超過八十人。

51　弗洛哈夫婦是領導伊朗民族黨的夫妻檔，在家中遭情報部人員殺害。

默德・卜楊德[52]。他還想到一些沉寂多年，才剛剛出現在某篇文章或新聞便遭處決的部落客與社運人士。儘管伊斯蘭指導部與情報部訂定了嚴格的審查制度，在某些書中以及零零落落的文學與社會科學刊物中，仍可找到頗有見識的批評言論。他暗忖：「看起來社會還活著，它在呼吸，它對暴行有反應。」如果他也能像他們一樣，如果他能有所作為，至少組一個樂團，而不是完全拋下音樂，不就能對社會貢獻一己之力嗎？假如他沒有按捺住辛辣言論，肯定會沒命的，那麼羅莎會怎麼樣呢？「噢，羅莎呀！……羅莎！……羅莎！……妳在哪裡？」

霍斯叔叔再次來找爸爸卻是在最糟的時候。那天早上，爸爸讀到幾則新聞，關於幾名參與政治活動的大學生失蹤、一份刑事檔案平白無故少了兩萬頁，以及一位審理命案的法官收賄，他怒不可遏，隨時可能爆發。因此，當他看見霍斯勞手裡拿的書，立刻完全失控，對弟弟怒吼道：「這些狗屁神祕主義對真實的世界有什麼用？」霍斯勞被他的問題與口氣嚇到，不發一語。奧修的《金色未來》攤開在他手中。他靜靜地將書闔上，坐下來，定定地看著爸爸，等他消氣。爸爸見他沉默不語，火氣更大，便更大聲地說：「當我的蘇赫拉布無緣無故被處決，當他們燒死我女兒，當我老婆喪失心智離家出走，你的狗屁神祕主義幫了什麼忙？」霍斯勞再次為這些悲劇深陷哀傷，依然沒有開口。

爸爸繼續說道：「當那麼多無辜的政治犯被處決，當那麼多年輕人在一場欺瞞世人的戰爭中死去，當那麼多權利被廢止，你這場神祕主義遊戲起了什麼作用？」霍斯勞嘆了口氣，頭垂到胸前，以責難的口氣說：「的確完全沒有！」

爸爸提高嗓門嚷嚷起來：「這個世界充斥著謀殺、不公不義和痛苦，像你這樣的聰明人卻去躲在廟宇求平安，而不做點什麼來對抗腐敗與不公！」這時他的肩膀忽然開始抖動，他大聲哭泣起來。多年來壓抑的淚水泉湧而出，浸濕了書本和地毯。當熱淚淌下雙頰，流到襯衫上，他只想溺斃在自己的淚河中，看不出有任何活下去的理由。他曾全心全意喜愛的一切，都被人用最糟的方式奪走了。他的塔爾琴、他在德黑蘭的家、羅莎、蘇赫拉布、碧塔、我，最糟的是，**我們對未來的憧憬**。他們甚至想毀掉這棟卡札爾王朝時期的屋宅，兩百年來宅子都是家族的資產，這是有文件證明的。他們還可能想要什麼呢？他坐在那裡，淚流不

52 穆罕默德．卜楊德是研究學者兼作家，也是連續暗殺事件的受害者。

止，雙臂抱頭，真希望當初被黑雪給埋掉算了。

霍斯勞想起身摟住兄長聳起的雙肩，為神祕主義沒能替謀殺、掠奪、貧窮與人類的不公提供任何簡單的解決之道而道歉。但他及時打住，轉而離開房間，讓爸爸一個人哭個痛快。離開前，經過爸爸身旁時，他佇足片刻，捏捏兄長的肩膀。

當天晚上再進到藏書室時，他看見爸爸一如往常斜靠坐在椅子上看書。直到此時他才坐到自己平日的位子上，輕輕地說：「大多數人都把這個世界當成具有威脅性的危險地方，必須武裝抵抗、對抗、自我保護或是逃走。而對這些人來說，世界真的變成會威脅人、傷害人、有攻擊性的怪獸。但是世界是我們需要花一輩子才能稍有了解的東西。」

見爸爸仍保持沉默，他搖搖頭遺憾地接著說：「你說世界變得瘋狂，問我能為它做什麼。我的答案是：我唯一能做的就是不被捲入瘋狂之中。」霍斯勞叔叔接續道：「你只有去游泳才能了解游泳，去愛人才能了解愛，去冥想才能了解冥想。沒有其他辦法。心向外敞開，冥想則是向內。這就是你的世界和我的世界不同之處。」

他猶疑地看著爸爸，不確定他是否還在聽，然後又小心地說下去：「我不怪你。時間不停地轉移，我們心愛的一切正在被毀滅。看看你身旁四周。這些書，這些手稿，這些書法，手抄本的彩飾、建築、庭園景觀，這些細密畫——再也無處可尋了。現在賣的不是這些具有千年歷史與豐富意涵的圖案的地毯，而是印著米老鼠的工廠製地毯；現在不會聽到每間房子的角落裡偶爾響起電話聲，而是每個五歲孩童人手一支手機。所有舊日花園、歷史古屋、古老文物、手工藝品、國家寶物，以及伊朗數千年文明與文化思想的其他產物，要不是已經被毀，就是正在被毀滅與侵吞。在這場粗暴猛烈的攻擊中，民眾失去了自我認同與過往經歷，讓他們彼此疏離，你覺得有誰能獨力做些什麼嗎？或許團結的集體運動是唯一的解方，但這些人哪來的團結之心？毀滅需要團結，建設也需要團結。」他稍一停頓，又接著說：「面對如此廣泛的破壞，我能做的也只是不受到我不相信的事物汙染。唉，要是能多做一點就好了！」爸爸沒有從書本抬起頭，好像沒聽到似的，也許是因為他雖然明白霍斯勞的意思，卻無法因此獲得安慰。他整個人被一個動盪社會釋放出的痛苦充塞。讀史書、聽新聞報導，內心的痛苦與憤怒卻不減反增。他覺得又絕望又喪氣。他厭惡殘酷、戰爭與不公不義，同時也無法理解面對這一切時的靜默。有句話彷彿不知出處的引述句，一再地在他耳邊呢喃：「未來的世代會自問，為什麼再度天明後，他們卻被迫生活在黑暗中。」但他說：「明天我要出去。」

隔天他外出了。他穿上燙過的襯衫和西裝褲，在鏡子前站了一會兒，斟酌著要不要打領帶，最後還是決定打了。深藍色領帶配白襯衫與黑西裝褲。他慢慢打開生鏽的院門，站在門框裡，往街上左右張望，沒有察覺父母與祖父各自從不同窗口目睹了他的遲疑。自從逃離之後的許多年間，他出於必要，只涉足過德黑蘭幾次，而且總會避免在市區街頭四下走動。就連書被穆拉搶奪燒毀後，他賣掉古物想補充藏書，也沒有到革命街去，而是向登報廣告的私人圖書館買書，帶回拉贊。

今天，這是頭一次，在伊斯蘭革命的數十年後，他想上街看看這座城市，看看民眾、新道路、巷弄、亮著霓虹燈招牌的新店家，以及穿戴黑色披風頭巾、快步疾行的婦女。他聽說有些昔日花團錦簇的花園如今蓋了新公寓大樓，他想就近看看。他想瞧瞧德黑蘭和當地居民如今變成哪一種生物。他暗自思忖：「我並不想和這些人還有千頭蛇般的政權妥協，我只是想看看社會的殘破屍首還剩下些什麼。」

朝塔吉里什廣場走去時，他盡量不注視人，而是多看建築與街道。走了幾百公尺後，便覺得身體肌肉緊繃，頸部血管膨脹。他自我安慰說他現在已經是老人了。隨後他試著紓解對人的懼怕——不久前才暴虐地燒死他女兒、燒毀他的塔爾琴與住家的那些人。

他愈往前走，街道與商店變得愈擁擠。他已記不得自己有多少年沒去王者之王公園了，如今已改名為國家公園。這裡有碩大的看板，有大大小小、賣外國衣物的商店，步道兩旁設了鐵欄杆，有大型的雙層巴士，汽車喇叭聲響個不停，還有計程車司機對著步道上的民眾叫喊著攬客：「太太！去雷薩拉特嗎？」「先生！去賽伊德漢丹嗎？」

他覺得累了，但決定徒步走到雷札國王街，現今叫革命街。市區景象顯得平靜，就好像再也不會發生什麼暴行或罪行，這些全都靜靜地鎖到監獄大門後面去了。有一對年輕男女牽著手朝他走來。然而，當男子往街上斜瞄一眼，兩人突然鬆開手，臉色變得蒼白。爸爸順著他們的目光看去，只見一輛標著「道德警察」字樣的綠色Patrol車駛過，車上坐著兩名披戴露面罩袍的女人和兩名穿軍服的男人。他們緩緩沿著路邊行駛，仔細地監看行人。道德警察經過後，那對男女又牽起手來。隨著距離逐漸拉近，爸爸注視著他們的臉。他們看到道德警察的反應，就好像再正常不過似的，比恐懼或投降都更正常。這讓他心煩不已，腦海中再度湧現一波負面思緒。他來到巴勒維十字路口，如今稱為瓦利耶雅什。有幾個人撞到他，仍繼續行走，沒有道歉，他身在自己國家卻像個異鄉人，彷彿沒有一處是他的家。在拉贊，他覺得侷促不安，而在德黑蘭，他是個陌生人。他猛批自己不去看事情的光明面；畢竟還有德黑蘭大學和都市戲院，還有梧桐樹和渡烏，而且儘管恐怖的氣氛令人窒息，人們還是會避開「他們」的目光牽手，彷彿在說：「心愛的，別擔心！這些艱難時刻會過去的。」

他從德黑蘭大學走向十二月二十四日廣場（如今稱為革命廣場）途中，遠遠瞥見一群身穿黑衣的人。昨天新聞報導並未聽說有什麼示威活動，否則他絕不會冒險出門。他有些擔心，決定回頭，卻發現民眾繼續往反方向走，對集會視若無睹。他走了幾步，卻不禁鄙視自己，對自己內心的害怕、憂慮與憎恨感到難堪。假如七千五百萬人能每天目睹示威抗議、貧窮、腐敗、公開處決與逮捕行動，他為何不能？假如碧塔能與這些人一起生活並同理他們，他為何不該這麼做？「走向十二月二十四日廣場的這群人當中，肯定不是只有我痛苦。當然也不是只有我的孩子被殺。」他心中暗想。他想起最近讀到一則消息，一九八〇年代有一萬五千人單純因為政治理念而遇害。所以，還有其他人，他們繼續活著，掙扎於憂傷與喜樂、希望與絕望之間。或許是心懷希望，希望有所改變，根本的改變。

他低頭一看，自己的腳還在往後退，帶他遠離那群黑衣人。路邊有一叢非常美麗、孤立的玫瑰花吸引了他的目光，一叢毫不設防的玫瑰花，在那一大片喧囂煙霧、灰黑交錯中，純潔得格格不入、孤孤單單。這麼多年來他一直在尋找美：尚未誕生的美，與百年前便已逝去的美。他想起自己當時是多麼惶惑驚恐，逃離新革命份子的突襲，逃離德黑蘭。他對美與寧靜的探尋牽引他來到拉贊，可是沒多久「他們」也來了。「不管你跑多遠，他們終究總會找到你，將你摧毀。」他心想。如今他再度回到德黑蘭。依然在逃。就在雙腳踩著緩慢、穩定的步伐逃開時，他抬起頭環顧四周人的面孔，環顧路人、街頭小販、書販。他看著毒蟲睡在舊建築的角落，看著民眾彎腰駝背、腳步急促地來來去去，甚至沒注意到那群黑衣人，好像各自活在自己的星球上。

他覺得德黑蘭也像上癮的城市，沉迷於煙霧、恥辱、貧窮與麻痺，稍一努力想清醒就會引發恐慌。中毒成癮的德黑蘭想戒癮，但缺乏意志力，清醒個幾天又會一頭栽進去，而且癮頭變得更大。它對壓迫成癮，對貧窮成癮，也對禁制與懷舊成癮。

逃離黑衣群眾更遠後，他想到過往的時期，諸如被稱為一九九九年學運與二〇〇九年綠色運動的時期，他只在報上看過或是聽碧塔提過。他心中暗想，雖然那些助長革命與戰爭延續的人可能不願承認，但戰後每隔幾年就會發生的政治運動，以及後來被稱為建設、改革、儉約與重返伊斯蘭革命黃金時代等等時期，儘管只是穩定並鞏固政權勢力的一種手段，其實全都是由一些反政府的小抗爭衍生而出。他頓時明白，這個政權能夠將每個反對它的對抗力量併入政權本身。

他又看看自己的腳，仍然在帶著他往反方向走。他必須做點什麼，無論如何他都得設法阻止自己逃跑。他在一間音樂行前面停下，沒來由地進入，看著成排的CD。他不知道自己在這裡做什麼，但他需要時間做出正確決定。過了好一會兒，他終於轉身對店員說：「我已經好久沒來，我想找個有特色的歌手，要聲音好聽、音樂好聽，歌詞也要有新意。」

年輕店員瞄向其他顧客，確定沒有可疑人士後，從櫃台底下拿出兩片CD。「霍梅和穆赫森．南久。」他隨即補充道：「不過當然還有其他的。」直到此刻之前，爸爸兩手一直插在口袋，好像不想讓手沾染城裡的罪惡似的。這時候，他抽出手來，遲疑地摸摸那兩張CD，問說能不能試聽幾首。店員請爸爸隨他到後間，他將南久的CD放入音響。

我們有盜版的《教父》
我們有蒙羞的政府
我們有膨脹的檔案

我們有披著民族色彩的失敗者
我們有建設性的批評
因此我們或許會有未來

爸爸很喜歡歌詞中的苦澀嘲諷。接著店員又播放霍梅一首歌的其中一段：

是什麼樣的世界，喝酒有錯？
是什麼樣的天堂，吃小麥有錯[53]？
說實話，說實話，實話
何處是你高遠的天堂？
順帶一問
那裡也有每個人和那可恥的唯一真神嗎？

53 此處指涉《古蘭經》的某章節，當中提到哈娃因為吃了一穗小麥而被逐出天堂。

爸爸眼中閃著喜悅光芒。「沒錯！他們還活著，還有反應。」他心裡這麼想，嘴裡問道：「女生也唱嗎？」「是啊，」年輕店員向他保證，「而且也唱得非常好，但不能在檯面上唱。」接著他又拿出兩張祕密演唱會的ＣＤ遞給爸爸。爸爸熱切地四張全買，謝過店員後離開。他下定決心了：他要回革命廣場去。他用小塑膠袋提著四張ＣＤ，邁開大步往回走向黑衣群眾，離得愈近他愈不害怕。示威群眾正在對空揮拳呼喊口號，一如革命初期。但這些拳頭與當時不同，當時那些拳頭堅定有力，充滿信心，擁有這種信心的人出於信念能輕易殺人，否則至少也能背叛或囚禁鄰人、同事或甚至自己的孩子，讓他們等著被處決。相反地，現在這些拳頭消沉疲軟，彷彿是受責任感驅策而舉起，背後沒有信心或意識形態。這些拳頭力量微薄，是個微不足道的企圖，想要集結一小部分慘淡、有限、落魄的力量。

儘管人數不多，頂多百來人，示威者擋住了主要道路阻斷車流。其他人全站在步道上，有些輕聲交談，有些則雙臂交叉手夾在腋下站立，不自覺地試圖保持內在的距離，默默旁觀那群萎靡不振的黑衣人。他也停了下來，覺得領帶和燙過的白襯衫可能會讓自己顯得突出，但不在乎。有一名示威者念著一張紙上的內容，高呼道：「英國去死！」接著其餘群眾——多數是老年男子和鬍子還沒長齊的年輕人——跟著他喊：「英國去死！」爸爸站在一旁，好不容易才鼓起勇氣問站在身旁的某個人：「怎麼回事？」附近一家書店的中年老闆回答：「好像是在抗議英國有人把領袖畫成漫畫。」他接著撇嘴一笑，補上一句：「這些孩子氣的真主黨人，每隔一段時間就會找藉口出來作秀。」

示威者有氣無力的呼聲持續著，忽然間有幾個人開始吶喊。只見一群身披裹屍布[54]、拿著阿里．哈米尼巨大海報的男子，從幾輛白色培坎轎車下來，裹屍布上還寫著：「哈米尼啊，我服從你，我融入你的統治，我將生命獻給領袖。」這些人與幾個憤怒激動的穆拉一起走到示威群眾前面，他們一臉暴怒，高聲怒吼，搥打自己的頭，一面呼著口號：「反對至高領袖的人去死！……英國奴才去死！……美國奴才去死！」以及：「服從領袖一定勝利！」

在步道上看著他們的民眾變多了。有幾個店主心生焦慮，紛紛拉下鐵門。氣氛變得一觸即發。那位中年男子悄悄對爸爸說：「這些人很危險，我們最好還是進裡面去。」但就在這個時候，有個披裹屍布男子的目光落在爸爸的領帶上，便瘋狂地衝上前來撲向爸爸，拉

54　身穿裹屍布者是革命之後組成的一個激進暴力團體，其成員為了政權著想而樂於殺人與被殺。身穿裹屍布便意味著他們在當下那一刻願意赴死。

扯他的領帶，並將臉湊到爸爸面前噴得他滿臉口水。「你打領帶是想證明你是英國的奴才，對嗎？只有混蛋，只有間諜才會打領帶！抓住間諜！」他話還沒說完，就有另外三人攻擊爸爸，情勢發展之快速讓他不敢置信。裹著布的人將他圍起，推來推去，口水飛濺，還把他一把拉到面前高喊：「間諜！……就是這些人威脅到革命！……抓住他！……把他帶走！」

步道上有幾個人試圖為他解圍，那個書商則緊緊抓著他的手，對施暴者喊道：「你們不覺得羞恥嗎？這個人做什麼了？別找他麻煩！」

不料，這讓言詞浮誇的那夥人終於逮到機會可以自我賣弄、散布恐懼。他們把這兩人都抓起來，推上車載走。路人與旁觀者一領悟到出了什麼事，便連忙躲進商店與巷弄。在車上，一名組織成員脫下裹屍布，用力撕成兩半，用來蒙住他們的眼睛。他二人嚇壞了，原本口氣強硬的書店老闆此時害怕地懇求道：「先生，我們做了什麼？我們連話都沒說啊！」

有個聲音嚷嚷道：「閉嘴！你這王八蛋在替抱西方大腿的人脫罪。」

「各位，我根本不認識這個人。」爸爸開口道：「讓他走吧。他沒做錯什麼。」

對兩人吼叫怒罵的刺耳聲音再次響起，伴隨著掌摑與毆打聲，一直持續到車子猛然刹車。一扇車門打開來，書店老闆被踢了出去。其中一個施暴者從車窗探出頭大喊：「滾吧，垃圾傢伙！以後別再像這樣隨便亂開口！」

當車子疾駛離開，爸爸鬆了口氣，至少他們把書店老闆放了。這時他感覺到手上的塑膠袋被扯走。「好哇，好哇，好哇！這是什麼呀？我不就說他是間諜嗎？你竟然聽禁歌！」

「我是在革命街上買的。」爸爸說：「那家店是合法的，有你們伊斯蘭指導部的許可證。」

那人輕蔑地回答：「先牛，藥房也可以買到老鼠藥，你怎麼不買一點回去吃！」

爸爸不知該如何回應這種盲目的邏輯。車子繼續慢慢開過巷弄間，過了一會兒，另一個尚未完全變嗓的聲音以令人不安的溫柔語氣說：「先生，革命過後這麼多年來，有那麼多烈士為國家戰鬥而犧牲生命，結果你卻還跟那個可惡的國王一樣打領帶，而且聽這種ＣＤ？」

爸爸以一種他也不知道自己擁有的沉靜態度說：「你說的是什麼革命？什麼戰爭？什麼烈士？你根本沒有親眼看過的那些嗎？當時你都沒出生呢。」

另一人出奇激烈地回答：「看來你也一樣傲慢！告訴我，在今天之前你都待在哪個國家？」

有那麼一剎那，爸爸想要撒謊，想隨便說個國家，希望他們能放過他，但隨即想起自己根本沒有護照可以證明。於是他說：「這個國家！」他們當中一人說：「原來你是個保王黨，在宣傳反政府的思想。你是哪個組織的？」

爸爸沒有吭聲，只是斜仰起頭從蒙眼布下方往外看。他們此時進到一棟普通公寓大樓的地下停車場，有兩名士兵已先跑進來從裡面打開然後關上停車場的門。他們帶他爬上幾層樓，將他推進一道走廊，最後進入一個房間，讓他在椅子上坐下，接著將他雙手反綁後取下蒙眼布。房裡光線昏暗，幾分鐘後，門打開來，他頭上亮起一盞微弱燈光。他買的ＣＤ放在面前的桌上。還沒看到人，他就聽見一個聲音對另一人咆哮：「誰把這個人的手綁起來的？解開。快點！」門開了，有人來替他鬆綁，隨即離開。一名中年男子在他對面坐下，下巴有些許鬍碴，襯衫袖子捲到手肘處，額頭上明顯可見一個暗色圓形烙印。爸爸知道革命過後數年間，真主黨人之間開始流行用熾熱湯匙在身上留下烙印，以顯示他們的黨員身分與力量，也想給人無比虔誠的印象，就好像他們祈禱時額頭使勁地磕在「土爾巴」小陶板上，表皮才會形成硬繭。大家都說——從報紙與電視的圖片影像看來也的確如此——凡是在這個政權裡具有某種地位的人都有三項共通點：手上拿著念珠、頸部圍著穆拉衣領，以及額頭上有熾熱湯匙的印記。

那人開始檢視CD，然後在他面前放了一張紙和一支藍色BIC原子筆說：「寫吧！」

「要我寫什麼？」

那人說：「你記得的都寫下來！」

「到我這個年紀記得的事可多了。」爸反駁道，「多到遠遠超過你的耐心和你們這個遲緩笨拙的龐大體制。」

男人眉頭皺得更深了，他說：「看來你有關於我們體制的情報。那就寫那個吧。」

「這又不需要什麼特殊情報。」爸爸嗤之以鼻。「每個小孩，打從入學的那一刻起，就會被強迫接受你們的體制。」

「你這話是什麼意思？」男人問道。

「你們在每間學校還有偏遠村落都建立了一座『兩千萬巴斯基民兵』[55]的基地，透過清真寺和伊斯蘭社群。」

「原來你也不相信真主。」男人驚呼道：「你知道這會受到什麼懲罰嗎？處死！你是世間

55　兩千萬巴斯基民兵，在一九七九革命後，由何梅尼所組織，用以對抗以美國為首的西方世界敵人。

敗壞的人[56]。」

男人憤怒地跳起身來，將椅子丟到角落。「你好像沒搞懂！」他尖聲大吼：「半個小時後，這張紙最好已經寫滿！」他拿起CD走向門口。驀然間，他臉上肌肉起了變化，露出令人毛骨悚然的微笑，在「砰」地關上門之前又說：「你那顆懷舊的心想寫什麼就寫什麼吧……」

爸爸很快地環顧四周一眼，除了牆壁就只有身後的木門。他看著紙筆，微笑暗忖，他想寫回憶錄已經想了好多年。才過短短幾分鐘，他就喊道：「請拿紙來。」立刻有人送來幾張紙，好像一直在門邊傾聽似的。一小時後，他又高喊：「請拿紙來。」門後的同一名士兵替他送來一疊紙。兩小時後他再次說：「請拿紙來。多拿一點！我還要一點水！」這回，不敢置信的士兵送來了一令未拆封的A4紙，連同一壺水和一只大塑膠杯一起放在桌上。

臨走前，他瞅了一眼爸爸已寫好的那疊紙，彷彿為爸爸的天真感到難過似的，絕望地搖搖頭，像是在說：「可憐的傢伙，你可知道你每寫一行就會更刺激他們審問你！」

但爸爸似乎想著其他事情，超脫世俗、比他自己的生命更重要的事，諸如他與家人的經歷、德黑蘭與拉贊的完整歷史——他還怕失去什麼呢？他鬆開領帶，然後解開袖扣捲起袖子。他沒有意識到時間流逝，寫啊寫，寫到睡著。隔天一早被訊問者吵醒，他坐在對面讀著紙頁。「所以說，你兒子被處決，你女兒被燒死，你老婆也跑了！」訊問者問道。

爸爸沒說話。他嘴裡有怪味，正打算喝杯裡剩下的水，訊問者卻將杯子揮飛，水濺到爸爸的臉和衣服上。「看你這麼不老實，顯然還沒挨過革命衛隊情報組織的棍子！」訊問者吼道。

爸爸仍然沒開口。那人叫嚷得更大聲了：「你只是在瞎扯吧？你妹妹變成精靈，你女兒變成美人魚，進大海以前還生下魚和貝殼？天下了黑雪，還有祆教徒的鬼魂替你們祈禱?!有個鬼魂給了你藏寶圖?!」他發出神經質的大笑，然後忽然跳起來，兩手撐著桌面咆哮道：「看你一頭白髮、滿臉皺紋，還以為你一定是個值得尊敬的人，會說些值得尊敬的話，但現在看起來，你只是在杜撰一些給小孩聽的故事，尤其是你和女兒的鬼魂一起生活的那部分！哈哈哈！……你應該去瘋人院才對，不是來這裡！」

他轉向門口大喊：「來人！」一名士兵行禮進入。訊問者瞇起眼睛，把臉湊到爸爸眼前

56　「敗壞的人」在《古蘭經》與伊斯蘭教法學中指稱被認為對社會有危害者的用語。這種人會受到死刑懲罰。

說：「我本來打算盡快放你走，因為昨天他們把你拉出群眾帶到這裡來只是想製造騷動，但現在你胡說八道地寫了這些侮辱人的話，我得給你一點教訓。然後再讓你繼續去過你的悲慘人生。」他轉向士兵說：「給他一點涼水。他好像渴了！」

他說完走出門外，幾秒過後，兩名彪形大漢走進來，把爸爸拖到地下室。他們替他上手銬，訊問者也再次出現。他因挨打嘴裡滿是血味，此時聽見訊問者告訴那兩人：「我還需要他的右手。」因此他們用鏟柄毆打他的左半身，直打到他暈過去。

他甦醒過一次，當時人躺在陰暗囚室的水泥地上，冷得牙齒格格打顫。翌日醒來卻發現自己躺在醫院床上，左臂與兩條腿都打了石膏。他年紀已經太大，禁不起這種痛苦與折損。他全身疼痛難當，這時來了一個護士替他注射止痛劑，他隨即沉沉睡去，夢見了蘇赫拉布、碧塔和我。我們一起在一間囚室裡，蘇赫拉布拉起爸爸的手，淚漣漣地親吻著。然後他指向靠近天花板的一扇小窗說：「唯一的辦法就是看天空，有時候會有鳥飛過。」接著碧塔輕撫他受傷骨折的腳，說道：「其他時間，你就想想小時候聽過的故事。」我從背後抱住他的肩膀，就像他以前教我彈奏塔爾琴的指法時那樣。我說：「等我。」

我真的希望爸爸知道我很快就會來看他——只要他在心裡召喚一聲。我是說，怎麼可能把一個像他這樣的老人家丟給折磨他的人呢？於是下一次訊問時，當訊問者聽到爸爸準備召喚我的鬼魂以證明我的存在，對方頓時呆愣住，接著倒吸一口氣，大笑一聲，試著用不帶懼怕的口氣說：「那就叫她來啊！」這幾個字都還沒說完我就到了。我關了燈，用指甲抓他的身體，撕破他的上衣，接著又揍他的臉，把他連人帶椅舉起來丟向牆角。

我都不知道自己擁有這種力量，應該是仇恨賦予的吧。訊問者驚恐怒吼，兩名武裝警衛急忙衝進來，卻無法讓電燈開關正常運作，最後他們打開手電筒，看見手腿骨折的爸爸坐在座位上，訊問者則瑟縮在角落裡，臉頰與背部滴著血，襯衫被扯得破破爛爛。

那是爸爸最後一次見到那個訊問者。下一位訊問者是個年約四十的男子，肩膀寬闊，黑髮理成極短的小平頭。第一次會晤時，他翻著爸爸如今已變得很厚的檔案說：「所以你能和鬼魂精靈溝通囉。你知道《古蘭經》裡說行巫術是要處死的。不過，看在你年紀的份上，我再給你一次機會。紙筆在這裡，我們饒過你的右手就是要讓你能替自己辯解，我們心腸多好啊！好了，寫吧，但這次要說實話。」

話說完後，他離開了房間，也許是擔心再待久一點的話，也會被我攻擊。爸爸開始動筆，一寫又是好幾天。訊問者每天都會來讀爸爸前一天寫的內容，從中提出一些問題，記下來，要爸爸將答案具體寫進回憶錄裡。

爸爸從頭全部重寫一遍，這回他把他們那些古板腦袋無法理解的部分刪除，這裡修一修、那裡改一改，讓內容變得徹底可信。這回他完全沒提黑雪或我的鬼魂，或是圖蘭姑媽加入精靈之列，或是碧塔和以薩做愛的火焰圈圈。在新的版本中，完全沒寫到何美拉．哈敦受詛咒的庭院和水井，或是艾法的黑色戀情、被施魔法的沉睡或是拉贊的聖火——這些全是我告訴他的。他絕口未提古代祆教徒的祈禱，或是下黑雪期間牛與野獸、公雞與野鳥的交配。這回他既沒有寫到羅莎曾一度能帶著塞佩里的《旅人》，騰空走在納希爾霍斯勞街道上方，也沒提到弟弟霍斯勞能在眾目睽睽下現身又消失。他寫的是他徹底反對他被捕前的政治體系，還寫說碧塔精神錯亂，如今相信自己變成了美人魚，所以住進精神病院；又寫說妻子羅莎罹患阿茲海默症，結果走失了。他寫說革命份子放火燒我們家把我燒死了，之後他們一直沒看見我的屍體。他寫了許多事情，有些是他自己夢境的一部分。他寫說多年來他深受憂鬱症之苦，始終足不出戶，直到有一天，他出發去旅行，遊歷了國內多數地區，不僅教書還替年輕人取得非法的政治書籍。他寫說他既不是君主主義者，也不是共產主義者，也不是聖戰士，他只是想要民主，認為人民有權利選擇自己的宗教、穿著與政黨，並且應該有新聞自由。他寫，他沒有活著的家人，關於弟弟霍斯勞的那番說詞純粹是他憑空想像，他也從未有過名叫圖蘭的妹妹。

他寫完後，他們讀畢，隔天便直接將他送往埃文監獄。此後他再也沒有受到訊問，更不曾踏足任何法院。接下來五年，他生活在牢裡，想像著總有一天會有人來告訴他開庭日期到了。即便五年六個月又十天後，因為年老而被釋放，他仍覺得自己會被帶上法庭聆聽宣判自己犯了什麼罪。他們之所以釋放他是因為確定他精神失常，遲早會死，對神聖伊斯蘭政權已無絲毫威脅。

我夢見自己做夢，夢到爸爸去世，當時他早已回到德黑蘭的祖屋。也許這麼多年後，時間終於到了，我已不再需要得到爸爸允許。假如蘇赫拉布沒有就這樣消失無蹤，假如碧塔的魚腦能讓她記得我們，也許我們可以相聚，就像往年一般，圍坐在火邊喝熏茶，聽著牛羊的叫聲。也許我們可以擦亮樹林柵門生鏽的鎖，給鉸鍊上油，修剪樹枝、翻土、種小麥，一如往日。否則至少也可以一起坐在門廊上，讀一首畢贊．賈拉利或沙姆盧的詩。

最後，我決定去見爸爸。他獨自在臥室裡醒著，看到我卻不訝異，倒是很開心，因為我們已經多年不見。我用不著看到他臉和脖子上的皺紋和他如今已全白的髮鬚，就知道時候快到了。自從出獄以後，他無所事事，只是坐在窗邊盯著院子看。他頭髮所剩不多，讓我尷尬的是，在他眼中我仍是個十三歲女孩，反觀他這些年來卻老了這麼多。或許我應該承認，當我告訴他媽媽早已回家很久了，我原以為他會立刻收拾行李啟程出發。不料他只是坐在椅子上，讓我默默地坐到他身邊。他既沒有跳起身來（其實他脆弱的骨頭也不容許他這麼做）也沒有打包東西，甚至沒有堅持要我多待一些時候。沒有！他只叫我陪他喝茶。

第十六章

媽媽回來了，還意外地重拾家務，彷彿從未離開過。第一天她清除書架、書本和地毯的塵土，動作敏捷得驚人，而且多年來頭一次進自己的臥室，喚醒模糊的記憶。她用汽油、萊姆混合液殺螞蟻，打開窗戶，並用鐮刀鏟除到處雜生的草和雜草。很明顯，她早已學會挺身面對人生。

她走到爸爸為孫子挖鑿的池邊，看見了魚，其中有些已經長到和水池一樣長，而且由於數量太多，全都交疊在一起扭動翻滾。雖然她很高興見到我，卻什麼也沒問，顯然打算藉此懲罰自己。她想著碧塔和爸爸的命運，看著自己臉上的皺紋加深，想每天這樣折磨自己。即使看見浴室的門用水泥封住、屋頂拆除，蓮花也越過屋頂蔓生進後院，曲曲折折地爬入水池裡，她還是一個問題都沒問。

我覺得承受無數痛苦的她徹底改變了。她不再是那個來自德黑蘭、受寵、纖弱、爸爸總是輕聲細語以對的獨生女。如今的她飽經風霜、精於世故又堅強，她讓每日的苦惱由心過，但不許停留。現在輪到她等待了。她處理完家裡的大小事，然後獨力打造一座新池塘並將半數的魚轉移過去。她拔除、燒盡整個五公頃樹林的雜草並修剪樹枝，準備好長期等待。她換上乾淨衣服，備好一杯茶，坐在門廊上，等候爸爸在未來許多年中的某一年、許多日子中的某一天到來，那時她會對他說：「胡山，你沒回來之前我絕對不會死！」

等候的時間非常漫長，遠遠超過媽媽的耐性，也超過被雜草包圍的樹林所能忍受。樹林再一次在多餘的草木與未修剪的枝枒覆蓋下生氣盡失，卻仍靜靜地繼續存在，就像生活在廚房、臥室與門廊之間的媽媽。

媽媽在拉贊長年等待，而爸爸待在埃文監獄與達爾班期間，在一個尋常日子起霧的早晨——當媽媽早已失去毅力與體力，無法再照顧樹林，清除屋內爬生的藤蔓、螞蟻與蜥蜴；當拉贊居民已經習慣戰爭、黑雪，以及兒子與母親缺席的事實；當第一任驅魔師、艾法的黑色戀情與拉贊聖火這些故事，都變成只是遙遠且令人難以置信的回憶——電鋸的刺耳噪音悍然驚醒睡夢中的村民。貨車與拖車跟隨電鋸而至，壓平草與野花，砍倒樹幹粗如房屋的巨樹（也連帶抹滅了數百夢想與所有人生活中的數千時刻），然後裝車運往城裡。

村子的孤立與純潔在一夕間被徹底剝奪，留下村民百思不得其解，最後怎會捲入這場規則不是由他們訂定的遊戲，侵略者與受害者的遊戲。在這場遊戲中，受害者很快就變成侵略者，變成**受害—侵略者**。一開始，村民盡可能努力適應電鋸與隨之而來的一切所強加在他們身上的改變，但沒多久就忘記他們的神話與夢想、他們的歷史與平衡，手拿起鋸子，自己攻擊起希爾卡尼亞森林，這座祖先交付給他們的森林。自此，日日夜夜無時無刻不會聽到電鋸、貨車與拖車的聲音。他們明目張膽地搗毀森林以及數千年的精靈與幽靈的夢。他們挖開祆教祖先的墳墓，掠奪先人的日常物品與珠寶，再當成古董賣給低階情報人員。在森林深處，他們剛從城市輸入的新塑膠靴踩扁了發光藍蝶，行動電話的鈴聲讓蚱蜢與蝴蝶逃之夭夭。鳥遷移了，螢火蟲幼蟲在卵中自盡，蟬也不肯破繭而出。

正當村民享受著裝設空調的新屋、手機、插著塑膠花的花瓶，和塞滿架子的洋芋片、百事可樂和口香糖，感覺到前所未有的快樂之際，拉贊就在羅莎老邁的雙腳下、在她衰弱的雙眼前崩壞了。不過，若非媽媽及時展現精明，那些牟取暴利者會以為再度覆滿青苔的我們家已空置多年而出手，他們會用電鋸搶奪、謀害林中的群樹。

那天，當村裡和城裡的幾個人拿著電鋸、開著貨車，一路破壞樹林柵門的生鏽鎖鍊，踐踏勿忘草與藍綠色蜥蜴，砍倒老青梅樹，媽媽挺身抓起斧頭走上前去，搧了其中一人大大的耳光，說道：「你再上前一步，我就把你劈成兩半！」由以薩帶路的村民以為從德黑蘭搬來，住在這棟廢棄房屋的一家人早就死的死、走的走，如今看見這個一頭灰白長髮的老女人，立刻轉頭就跑，以為那一定是守護房屋土地的鬼魂。只有以薩站定不動。他往前一步，操著當地口音大膽問道：「太太，妳認識碧塔小姐嗎？」媽媽從沒見過以薩黝黑的臉，因此沒有回答便轉身走開。但以薩追上去，說道：「請告訴我。我一定要見她一面。」但媽媽走過草地時長裙拖地的窸窣聲掩蓋了他的聲音。

媽媽以為一個耳光就能讓他們收斂，真是大錯特錯，這只是開始而已。在下了一百七十七天黑雪之後，幫忙重建村民住家與土地的這家人，不久之前還頗受到孩童們的尊敬，如今這些孩子都變成沒有目標的年輕人或中年人，他們從城裡引進的法律允許他們去侵占任何「外來者」的產業。這些法律極晚才透過胡笙（這回是帶著電鋸回到拉贊）教導村民，可以罵德黑蘭來的有錢人「傲慢」、「國王的同路人」，並奪取他們的財物。因此，當媽媽待在大屋的八卦傳開來，騷擾便開始了。

有一大群年輕人會在晚上聚集到屋子周圍，朝傾斜的屋頂丟石頭、打破窗戶、朗讀猥褻的色情詩句。有一次到了半夜，其中最惡劣的五人來到門廊上，要老婦人開門陪他們睡。媽媽氣壞了，生平第一次請求樹林裡的祆教徒鬼魂和她的祖先出手幫助。她原本也沒抱太大希望，因此見他們很快就到達時，她喜極而泣。她先擁抱多年未夢見的母親，然後與她的父親、祖父母、我和祆教徒鬼魂，一起慢慢打開玻璃門，踏上門廊。那群下流胚子一看見我們，當下僵住，還有幾個尿濕褲子，然後才尖叫著逃跑，倉皇之際還踉蹌摔倒在地。到了第二天，拉贊便傳出這屋裡住著鬼的消息。那天晚上，鬼魂們不僅拯救了屋子與樹林，沒有遭到拜伊斯蘭平等口號之賜而陷入瘋狂的拉贊居民接收、掠奪，還為媽媽準備了她有生以來最美好的夜晚之一。下流胚子離開後，鬼魂拿出酒杯，一面吃著精緻的美食肉品，一面舉杯互敬、細數回憶、說笑跳舞直到天亮，跳舞的配樂是媽媽在一個衣櫥後面找到的卡瑪的老唱片。

那晚過後，媽媽不再覺得孤單，儘管天曉得已經多少年過去了，她挺直了背脊，大聲喝令屋裡四處從馬賽克磚之間冒出來的蕨類與菌類與草立刻退散。她殺死螞蟻和蜥蜴，明顯看得出來她會盡所有力量活到爸爸回來那天。她總會及時想起——但有時候卻又好像根本不認得我。這不是好徵兆，但我已經對天發誓，我會留下來保護她不受蔓生的蕨類、寒冷、蜥蜴與男人侵擾。

不過，我認為是以薩拯救媽媽從記憶、渴望、攀爬植物的「沙沙」聲和用腳黏掛在窗戶的樹蛙的「嘓嘓」聲中脫困。村民可惡至極地以電鋸攻擊樹林的隔天，媽媽被鐮刀緩慢、平穩地割草聲吵醒，看見了以薩，他也許是想找許多年前燒焦圓圈的痕跡吧。她想用拐杖驅離他，但還沒付諸行動，以薩就說他多年前曾是這裡的園丁，現在願意免費工作幫助屋裡的老婦人。以薩待了幾個月，懷著悔恨以及他與碧塔遙遠往事的回憶，讓鐮刀慢慢地、如冥想般割除樹林的草，希望也許能在荊棘與草底下，找到一塊變黑的石頭紀念那段歲月。

媽媽習慣了他的存在，有時甚至會替他送茶或吃的，但從未與他交談，他持續提出的問題始終沒有得到答案。她沒有回答是因為她也不知道，又拉不下臉來問我：「碧塔到底在哪裡？」

媽媽和平常一樣坐在門廊上，讓蒼蠅依慣例掠過她發皺的皮膚，但也盡可能不讓牠們傷她的心。她手上抓著幾張小小的紙，緊盯著每張紙上的字看。有些字詞她找不到安置之處：愛、夢想、吻、悲痛、記憶、哀愁、寂寞、害怕、逃跑、不忠、渴望、做愛、希望、苦悶、絕望、死亡、神。

她利用剩下的記憶標示屋內的物品。每樣東西都貼了標籤：花瓶、桌子、書、冰箱、畫、紙。有幾天，她滿心尋思該把「愛」貼在哪裡才不會忘記，想到把「愛」貼在床上時不禁失笑。她暗想：「再也沒有比這個更蠢的了。」接著她頭一次對字的順序略微產生懷疑。單字在她心裡移來移去以便組成正確句子。也許這樣想比較對：「更蠢了這個再也沒有！」她再次看著手上的紙。試試這個：悲痛。應該把「悲痛」貼在哪裡？但只消片刻她便發覺自己的問題不只是記憶、單字或名稱，而是連句子結構的概念都開始混淆。她暗自納悶，如果胡山回來，她會有表達悲痛的能力嗎？她是該說「錯過你我」或是「你錯過我」？又或者只須說「錯過」就夠了？當她玩弄著手上的紙片，她的哲思開始懷疑腦中的字。她心想：「這些年來我一直在應付的語言規則多麼荒謬。」可是一說出口，竟赫然聽見：「我多麼荒謬在年的規則裡應付語言。」

媽媽起身走進屋裡，拿著針線回來，重新坐回平常坐的椅子上。她四下看了看，確定我不在附近。然後以極其沉靜的神情，慢慢將每張紙縫到黑色連身長裙上。縫完後，她深吸一口氣，讓炎炎夏陽將她剩餘的記憶蒸發，送上天去。她把幾張紙一起都縫在心口上：愛、悲痛、做愛、哀愁、神和希望。

在那個被祕密與犬薔薇與野生報春花的香氣包圍的美麗豔陽天，她坐在溫熱陽光下玩弄著字句，讓它們的憂鬱在她腦中擺盪，睡與醒、意識與遺忘狂烈地猛攻她的心思，但她並不知道幾分鐘後，老邁的爸爸會顫顫巍巍、氣喘吁吁地出現在她面前。

第十七章

其中一個站在遠處錄影的男人大喊：「幹她！太酷了，我要傳給所有人看！」

那個年輕人不再試圖吻碧塔，這條無助的美人魚。另外三人前來幫忙，把碧塔的雙臂用力扭到她頭上，牢牢按住，好讓年輕人解開褲襠拉鍊。他一手在那銀色閃耀如圓月的美麗鱗片間摸索她的陰道，另一手掏出自己剛剛勃起脹大的陰莖。但不管他怎麼摸、怎麼戳，還是找不到。他又好奇又氣惱，便坐到碧塔身上，開始檢視並觸摸她。最後才跳起來嚷嚷道：「連個洞都沒有啊！」

過去兩個小時當中，當地人將她團團圍起不停高喊：「殺了美人魚，殺了牠！」這幾年來變得愈來愈年輕美麗的美人魚碧塔，以手臂與長髮遮住赤裸的胸部，瑟縮、驚恐、顫抖地注視他們充滿貪婪與獸性的眼睛。那些人將她包圍得滴水不漏，讓她無處可逃。其中有個穿著革命衛隊制服，留著長長黑鬍鬚的人，深深皺起眉頭拿槍瞄準她。

有個老漁夫把穿了一條褐色蟲的釣鉤垂在碧塔頭上方，露出蛀牙笑著說：「吃啊！」他讓魚鉤和蟲掠過碧塔的嘴，大笑起來。碧塔噁心地別過頭，從攻擊者、柑橘小販、漁夫和米販流汗的身體間的空隙望向大海。距離好近，近到只要一跳，這場噩夢就會結束，她也會暗自發誓絕對不再踏足乾燥土地，也不再為了見我們費任何一點心力。唉，她犯了多大的錯誤！竟依循前一晚做的夢，結果落到如此地步。在她的魚腦中，我們已不留痕跡，但那個該死的夢讓她倏然想起一切，才會來到海灘，希望在這麼多年後能見到我們其中一人。

叫喊聲再度提高，四周聚集了更多人。男人爭先恐後停好自己的曳引機、摩托車，以及載運柑橘、魚貨與稻米的卡車，急忙跑過來旁觀。那些沉默的人，那些或許不認為應該殺她的人，拿出了手機，用因為勞動長滿繭的雙手開始錄影拍照。少數幾個受好奇心驅使站在稍遠處的女人很快就回家了，因為男人告訴她們：「這是男人的事！」其餘的人繼續齊聲吶喊：「殺了牠！殺了牠！牠是末日的徵兆。」有幾個人在騷動中爭吵起來。一人說：「為什麼要殺她？這可憐的東西做了什麼？」

「你沒看到她沒穿衣服嗎?!」

「要殺了這個，給其他人一點警告。不然萬一他們也想來怎麼辦？」

那個持反對意見的人問：「哪些其他人？」

「就是其他那些……神話怪物啊！」

反對者說：「她是真實的……你說『神話』是什麼意思？……你看不見她嗎？」

「那這段時間她都在哪裡？搞什麼啊？現在連魔鬼和精靈和仙子都變成真實的了？」

反對者再次堅稱：「拜託！她又沒傷害人，我們應該跟她談談。」

接著他一面繼續錄影，一面推開旁人，來到美人魚身邊跪下，對嚇壞了的碧塔說：「妳在這裡做什麼？」

碧塔看見他眼中的憐憫，哭著說：「我只是來看我父母，如此而已。如果你們放我走，我發誓我會離開，永遠不再回來。」

那些男人完全聽不懂。雖然她能輕易理解人類說的話，但在他們聽來，她的聲音大概就像海豚。有人笑著說：「她的聲音還真好笑。」那個反對殺她的人也聽不懂，但出於同情，他假裝聽懂了，因此繼續說道：「還有誰要來嗎？我是說……有什麼神話怪物嗎？」

碧塔詫異地說：「神話怪物？我怎麼知道？我只是來見家人。求你發發慈悲！讓我回家！」

所有人都只聽到海豚般的叫聲，但那人又說：「他們叫什麼名字？告訴我，我們就讓妳走。」

碧塔痛苦至極，哭著將指甲深深嵌入臉頰，嘶喊道：「我怎麼會知道？我只知道魚和人魚。我們生活在很遠的地方，很遠很遠那邊。」她的手臂揮舉向裏海的另一頭。

年輕人朝那個方向看去，說道：「我想她是在說其他人會從海的另一邊來。」

男人們驚駭不已，紛紛交頭接耳。但那個年輕人仍然轉向他們說：「讓她走吧。她又沒做什麼。」

有一人說：「去哪裡？放她走，讓她去叫其他人來嗎？」

另一人說：「唉，你想想嘛：有一天醒來，看見人魚、精靈和幽靈從海上和森林來，那有多可怕！」

另一人回應道：「現在變得一點保障都沒有了！願神保護我們所有人！」

碧塔惶惑地看著男人們的嘴。前一刻抱著會被釋放的希望，下一刻又變得絕望疲憊，渾身是血，髒兮兮地哭泣。她全身都痛，好希望他們丟下她，讓她獨自哭泣死去。是她太愚蠢，竟以為能在大白天到海灘來等我們！

男人們忙著交談時，她從他們穿著靴子的腳之間發現海的一個小角落。只須縱身一跳就行了。她用盡全身剩餘的每一分力氣跳起來，溜過泥濘靴子間的沙地，朝海水滑行。但男人們發現了，連忙抓住她的手臂與肩膀與尾巴，將她丟回他們之中。

其他人把反對處死美人魚的人推開，朝她圍攏過來。他們將手機鏡頭對準碧塔尖挺白皙的胸部、背部和波浪般的美麗尾巴。有個年輕人攝影時，對站在旁邊的人說：「太酷了！太美了！」

另一人回答：「看看她的頭髮，看看她渾圓的屁股，真想試一試！」

人群圍成的圓圈繼續變小，最後有人靠近到可以觸摸碧塔的肩膀。他感覺自己的手變得濕濕黏黏，放聲大笑說：「了不起啊！她就像魚一樣！」他聞聞自己的手又說：「也有魚的味道，死魚。」

眾人聽了哄然大笑，更加大膽地靠上前來。他們又摸又捏她的頭髮、肩膀、臀部和胸部，咧開留著小鬍子的嘴笑，露出滿是菸垢的黃板牙。已經沒有人喊：「殺死美人魚！」漸漸地，他們的手愈來愈貪婪，愈來愈粗暴。碧塔尖叫哭泣，拚命想推開他們猴急的手。最後有一個年輕人抓住她兩隻手腕，固定在她身體兩側，將她強按在地，然後騎到她身上。

碧塔大聲尖叫，哀號，吶喊求救。但她的聲音沒人聽得懂。男人們笑著說：「她的聲音好像海豚。真酷！你在錄影嗎？拍一下吧。」

趴在碧塔身上的年輕人含著她的乳房，貪婪地又吸又咬，但忽然啐了一口，嫌惡地說：「噁心……她有黏液和海藻的味道！」不料他仍不放過她。他將臉與胸膛揉進碧塔尖挺裸露的乳房，骨盆用力地衝撞她。他試圖找到她的嘴想吻她、吸吮她，但她不停地反抗，頭左閃右躲，大聲尖叫哀求。

那人終於死心，忿忿地從她身上下來，說道：「她根本沒有洞！」其他男人驚訝地說：「什麼？怎麼可能？那她們怎麼生孩子？」

另一人說：「再找找看，會找到的。」另有幾人上前幫忙，此時臉和美麗的黑色人魚長髮已沾滿泥沙的碧塔被他們翻來覆去，他們摸找著她的臀部下方，手指還粗魯地插進她像魚一樣的脆弱表皮。他們沒有找到洞，但手指與指甲的用力戳刺已傷害她的身體。她流著血，尖叫、哀求。年輕人氣憤地起身，拉上拉鍊，狠狠踢了她的身側一腳說：「那她們有什麼用？」隨後轉向拿槍的衛隊兵大吼：「你還在等什麼?!殺了她！」

反對殺她的年輕人一邊拍攝，一邊難過地搖頭。他想阻止他們，否則至少說點什麼，但看著這一個個當地人，才想到自己毫無機會。他認識他們每一個人，他們也都認識他。他欠其中幾個人錢，替其中某個人工作，而且想娶其中另一人的女兒。有一人是他舅舅，還有一個是他姑丈。在這些小地方，大夥兒似乎已經共同生活數千年，彼此多少都有點親戚關係。祕密口耳相傳，某人說的悄悄話會在另一人的聚會上成為談論話題。透過手機鏡頭仔細看著那一張張面孔（全是遠親近戚），他心裡暗想，儘管他們外表不同，有諸多爭端、歧異、流言蜚語，並自覺比他人高尚，事實上各個體內都裝著同樣的靈魂。他想到自己，便將鏡頭轉向自己。**那麼他又是誰呢**？是他們的孩子之一，也是其他一些人未來的父親。這些念頭令他傷心，手顫抖起來，卻未停止拍攝。

他轉動鏡頭，直到停在衛隊士兵臉上，接著慢慢放大。他想起了這個人是他高中的宗教老師，也是他姑丈的鄰居。沒有人開口說話，但所有人眼中都閃著同意認可的微光，還有幾個人面露微笑。到最後，不知是誰高喊：「那你還在等什麼！」其他人彷彿從一種集體恍惚中驚醒過來，開始齊聲喊道：「殺了她！殺了美人魚！」

短短幾秒後，槍聲響起。就在那一刻，年輕人心裡原本有一顆希望的種子萌芽，他原本沒來由而無用地覺得會有某種超脫塵世的力量前來幫忙拯救她，而就在幾秒鐘後，卻不敢置信地看著碧塔這條美人魚，當著數十人的面，死在一把點四五的科特手槍下。動手的衛隊兵注視著每個人的臉，露出得意微笑，然後將槍口還在冒煙的手槍收進腰帶的槍套裡。碧塔的鮮紅血液流到漁夫與柑橘稻米販子的手腳上，有幾個還在攝影的人傷心地搖了搖頭，不再拍攝，喃喃自語地離開。他們騎上摩托車或坐上車之後，踩下油門疾馳而去，希望能第一個將影片放上ＩＧ、臉書和YouTube。

站在那裡的兩三個人從車上拿來鏟子，當場在泥沙地裡挖了個洞，把碧塔踢進去，一面咒罵：「賤貨！她不是無緣無故被殺的！她肯定做了什麼！」

有幾個人一直沒有停止拍攝，包括那個反對殺她的年輕人在內，他們在仔細拍下她胸口的彈孔，以及沙地上流向大海並融入鹹鹹的裏海海水的血跡之後，才搖著頭難過地離開。

留下來的人用沙土、貝殼與扇貝覆蓋她的墓穴，好讓人看不出這裡埋了屍體。太陽下山後，在海邊走動的最後一批人也回家去，告訴妻子這番刺激的經過，殊不知他們僅是在幾個小時前，才從目睹整個來龍去脈的小男孩口中聽聞此事。

女人們聚在一塊兒談論這起悲劇，連續數小時陷在絕望的情緒中，同時咒罵丈夫、兄弟與父親。但隨著夜幕降臨，她們紛紛想起了爐子上的食物；想起了小孩還沒寫完的功課；想起了若不趕快回家，丈夫又會生氣地大吼大叫；想起了必須在丈夫回家時已經鋪好的桌巾；也想起她們得假裝一無所知，那麼才會有一丁點機會讓丈夫找她們說話，向她們傾吐，再次感受到夫妻間早已不存在的親密感。然後夫妻倆再喝杯熱茶，一起上床。

第十八章

爸爸的確回到拉贊了，但不是在我提出請求的時候。他在德黑蘭等待市長親自帶領推土機，上門來威脅利誘他們。眼看情況毫無改變，市長只得使出不得不的手段，並質問爺爺：「你為什麼寧可看著房子毀掉，也不讓給我？」爺爺只說：「因為你就是毀滅本身。」市長怒火中燒，下達拆除令，工人全都盲目聽令，首先就在他們不敢置信的眼神注視下掠奪整棟宅子，即使再小的物品也不放過，通通放上他們的私人轎車與貨車載走。年紀加起來有幾百歲的爺爺奶奶和曾祖父坐在門廊上，眼睜睜看著每一件地毯、小地毯、畫作、雕像、書本、枝形吊燈、老舊鉸鍊、彩繪瓷器、具歷史意義的水晶，以及擁有千年回憶的銅瓷器皿被偷走。他們看見工人如何處理他們的書，如何在搬運時，粗手粗腳地打破一些舊花瓶、畫框和盤子。他們看見工人如何踐踏地毯，如何讓庭院裡已盛開兩百年的犬薔薇棚架毀於車輪底下。

他們一切都看在眼裡，卻一言不發。破壞行動十分徹底，而他們已再無足夠的精力改變些什麼。一清空屋內最後一樣物品，工人便開始動手將古老雕花門窗從牆上拆下。接著，最後一個工人窮凶極惡地把爸爸和其他人從椅子上趕起來，把椅子也拿走。只有一樣東西不許被偷，就是偉大祖先拉齊的舊箱子。接下來，爸爸、爺爺、奶奶和曾祖父照原訂計畫互相擁抱親吻，然後在工人與市長目瞪口呆的注視下，爺爺奶奶和曾祖父走進內廊，拉著彼此滿布皺紋的手坐到水泥地上。

爸爸不想看到推土機拆除的房子打落在父母與祖父頭上，不想看到他們被自己的房子活埋。於是他把舊箱子放上車，一路哭著開到拉贊。

第十九章

因此，我們偉大祖先拉齊的預言錯了，碧塔活得不夠久，無法守護箱子和古書。一個人能承受幾次「最後一擊」呢？這是人生第四度讓爸爸解脫苦難。碧塔的慘死是最後一次。她死後，爸媽的大限之期也到了。我帶領他們到碧塔葬身處，連夜將她挖出沙地，帶回樹林，然後含著淚水、懷著悲痛，在一棵老橡樹下為她挖了一座墳。挖好了墳，我們將她美麗纖細的遺體（有神奇的尾巴、一頭長髮和旭日下依然閃閃發亮的鱗片）放入，並將她的芭蕾舞鞋置於她手中，身邊則放了一千一百年歷史的祖傳箱子，裡面有兩本拉齊寫的書：《先知的欺騙伎倆》與《宗教的侵害》。然後以土掩蓋，等候下雪。

數秒鐘後，當雪開始落下，蘇赫拉布和碧塔現身了，籠罩在閃耀的白色雪花間。我們一家互相擁抱，面帶微笑，然後站在那裡看著白雪覆蓋整座樹林。雪覆蓋了墳墓、回憶、房屋。我們佇立旁觀，看著雪覆滅所有發生過的一切。

多年以來，這是我們一家五口第一次團聚。我們牽著手，有一刻，我們目瞪口呆地看著五公頃樹林未來的命運。我們看見房子荒廢隱匿在蕨類、樹木與草之間；池裡的魚數量變得太多，開始互食；我們還看見數百年間，沒有其他人在樹林裡最大的橡樹上蓋木頭樹屋，也再沒有人在青梅樹上頓悟。之後再也沒有人因為看到搖搖欲墜的拜火廟或古代祆教徒屍骨而感到興奮，而數百年後，當碧塔這條黯然失望的美人魚的墳穴被發現，記者們大作文章，在報上寫說美人魚確實曾經存在過。然而他們永遠不會明白為何她手上拿著一雙粉紅色芭蕾舞鞋，身旁還有一只裝著兩本拉齊手寫書的古老箱子。

時候到了。在輕柔不間斷的雪花底下，草、樹、蕨類與忍冬藤蔓，出於對爸媽徒勞地掙扎而痛苦了一生的敬意，全部扭曲纏繞在一起，莖幹緊貼，不斷蔓生，直到整座樹林被綠色天棚遮蔽起來，與外界隔絕。我們三兄妹一如兒時手牽著手，陪伴爸媽進到臥室，他們將會在臥室裡離世，不過我們誰也沒想到他們死亡的時間會拖那麼久。

爸媽平和地親吻我們之後，並肩躺在床上，牽著手閉上眼睛。臨死前，媽媽說：「我們很快就會在另一邊見到你們了。」

一小時後，他們仍然面帶微笑，沒有死去。爸爸睜開眼說：「死亡的進程很緩慢，你們三個就去忙自己的事吧。」話畢，他二人靜靜地陷入昏迷。

我們於是離開，一起坐在另一個房間等待。但等待並非易事。死亡依然讓我們三人心中充滿單純的恐懼與焦慮，因此我們開始追憶往事。我們聊到如果自己沒死會怎麼做，如果出生在另一個時期或地方，現在會在做什麼。碧塔說她一定會成為芭蕾舞者，會愛上並嫁給一個藝術家。蘇赫拉布說他會當記者，經常旅遊各國搜集報導題材。我說我會想當作家。但儘管有諸多幻想，對死亡的恐懼仍然滲入他們的話語、記憶與夢想中，強加於他們身上。碧塔忽然哭起來，說道：「爸媽不應該吃這種苦的。他們怎麼受得了看我們一個個死去的痛苦？」

蘇赫拉布點了根菸，說道：「他們的一生可以用兩句話總結：他們相愛，希望打造一個美好未來。但他們沒能讓自己和孩子過上幸福生活，反而面對死亡、迷惑和痛苦，然後死去。」我說：「我很慶幸我們都沒有小孩！把小孩帶到這個世上並不安全。」

我們的焦慮與時俱增，談起（一個慘過一個的）回憶時，怒氣難消。一天、兩天、三天過去了，我們的苦悶並未消失，感覺好像所有的痛苦重重地壓在我們身上。到了第三天日落時分，有一個神情疲憊、風塵僕僕、眼神哀傷的陌生人，肩背一只大布袋，費力地穿過灌木與樹木與雜亂糾纏的藤蔓來到屋前。他好像屋主似的沒打招呼就進屋，並直接走進爸媽的臥室，然後大聲喝令：「進來！」我們三人也就去了。眼神哀傷的陌生人頂著未老先衰的白髮，開口道：「我是來替你們父母送口信的。他們說，你們要是不停止埋怨哭泣，他們死不了。」

「誰知道你說的是真是假？」我說。那人表情鎮定地轉向仍處於昏迷狀態的爸媽，喝道：「坐起來！」這時，爸媽的身體彷彿不由自主地坐了起來，歪斜著脖子。那人看著我們三個，見我們被說服了，便讓爸媽重新躺下。

他陪同我們到屋外門廊，說道：「等你們的憤怒和苦悶情緒消失三十分鐘後，他們就會無拘無束地死去，和你們相會。」話說完後，他便和來時一樣，消失在群樹與灌木間。

於是，在無盡歲月當中某一年的某個寒冬深夜，爸媽去世了，來到院子加入圍坐在火邊的我們。翌日破曉時，當最後一點餘燼熄滅，媽媽起身默默地走向森林，我們尾隨在後，卻不知要上哪去。我們走啊走，最後來到一棵青梅樹下止步。枝頭上仍有結實累累的青梅，我們摘了幾顆來吃。那是我們從這世上帶走的最後的滋味。「真奇怪，我以前從來沒看過這棵樹。」我思索著說。「因為這是一棵樹，和其他所有的樹一樣。」媽媽邊回答邊開始爬樹。我們四人也跟著爬上去。這棵樹並不十分高大，好像不大可能承受得住我們五人的重量，但沒多久我們就發現，隨著我們往上爬，樹也愈長愈高、愈粗壯。爬了幾公尺後我們停下來，樹也同時停止成長。當我們又繼續爬，樹也同樣繼續長。我們爬著爬著，穿過了雲層，看見地球在我們下方。我們停下片刻，樹也停止生長片刻。我們向下俯瞰，看見地球上大片的森林、海洋、高山和雲層，還有無數的國家、邊界、人民、愛、恨、謀殺與掠奪。我們彼此相望，領悟到現在多麼輕易就能放手。我們繼續爬升，來到樹梢最高處。爬在最前面的媽媽回頭看著我們每一人，微微一笑，隨即冷不防地沒入樹皮，消失不見。接著是爸爸，接著是蘇赫拉布、碧塔，最後是我。一切就此結束。

致謝

我要感謝父親教會我在文學天空自由翱翔。我對母親心懷感激，沒有她的支持，我不會生活在澳洲這個自由國度，也無法不受審查制度規範地書寫。

我深深感謝澳洲民眾接受我進入這個安全民主的國家，讓我能毫無顧忌地寫出這本書，這是我在祖國享受不到的自由。

Hit
暢／小說
112

永遠的青梅樹

The Enlightenment of the Greengage Tree

•原著書名：The Enlightenment of the Greengage Tree•作者：夏庫菲・阿札爾（Shokoofeh Azar）•翻譯：顏湘如•校對：李鳳珠•封面設計：鄭婷之•主編：徐凡•責任編輯：李培瑜•國際版權：吳玲緯•行銷：闕志勳、吳宇軒•業務：李再星、陳美燕•總編輯：巫維珍•編輯總監：劉麗真•總經理：陳逸瑛•發行人：涂玉雲•出版社：麥田出版／城邦文化事業股份有限公司／104台北市中山區民生東路二段141號5樓／電話：(02) 25007696／傳真：(02) 25001966、發行：英屬蓋曼群島商家庭傳媒股份有限公司城邦分公司／台北市中山區民生東路二段141號11樓／書虫客戶服務專線：(02) 25007718 ; 25007719／24小時傳真服務：(02) 25001990 ; 25001991／讀者服務信箱：service@readingclub.com.tw／劃撥帳號：19863813／戶名：書虫股份有限公司•香港發行所：城邦（香港）出版集團有限公司／香港灣仔駱克道193號東超商業中心1樓／電話：(852) 25086231／傳真：(852) 25789337•馬新發行所／城邦（馬新）出版集團【Cite(M) Sdn. Bhd.】／41-3, Jalan Radin Anum, Bandar Baru Sri Petaling, 57000 Kuala Lumpur, Malaysia.／電話：+603-9056-3833／傳真：+603-9057-6622／讀者服務信箱：services@cite.my•印刷：前進彩藝有限公司•2023年5月初版一刷•定價360元

國家圖書館出版品預行編目資料

永遠的青梅樹／夏庫菲・阿札爾（Shokoofeh Azar）著；顏湘如譯. -- 初版. -- 臺北市：麥田出版：家庭傳媒城邦分公司發行, 2023.05
面；　公分. -- (Hit暢小說；RQ7112)
譯自：The Enlightenment of the Greengage Tree
ISBN 978-626-310-418-1（平裝）

EISBN 978-626-310-433-4 (EPUB)

866.57　　112001573

城邦讀書花園
www.cite.com.tw